柴垣文子
Fumiko Shibagaki

森の記憶

新日本出版社

森の記憶＊目　次

『民主文学』二〇一九年五月号〜二〇年八月号連載

一　穂水川

　誰かが泣いている。何とせつなげな声だろう。そう思った瞬間、風が激しく窓を揺すった。きしむ木の音や電線の鳴る音を、泣き声と間違えていたのだ。正体が分かったあとも、悲痛な泣き声が、まだ、耳にこびりついている。

　これまで、自然界の音を人の泣き声と聞き違えたことがいずみにはない。今夜に限って何故だろう。少し考えて、すぐに思い当たった。

　先日、知人が幼い娘を遺して病死した。葬式のとき、黒いワンピース姿の幼い娘を見たせいで、人の泣き声と聞き違えたのだ。

　けれども、それだけではない気がする。とっくに乗り越えたと思っていたが、過去の傷痕《きずあと》が胸底《むなそこ》に残っているのかも知れない。いずみは父と母を写真でしか見たことがない。黒いワンピースを着た幼い娘の姿が、いずみの過去を呼び覚まし、木や電線の音を泣き声と錯覚させた気がする。

　風呂に入っていた夫が、タオルで頭を拭きながら、居間に入ってきた。いかにも湯上がりらしく顔が上気している。晃《あきら》はタオルをローテーブルの上に置きながら言った。

「自由の身になった。自由は、いいなあ」

　彼は中学校を定年退職して、まだ間がない。その特別の時間を味わっているのだろう。

　彼は窓の外に目を向けた。

「春の嵐やな、まるでゲリラ雨や。冬から夏に直行しそうやな」

　彼の言葉に、いずみは反感を覚えた。温暖な田舎町に、ゲリラ雨という言葉は似合わない。

「いまは、春の盛りやわ」

　言い返したいずみの言葉を打ち消すかのように、屋外の音はいっそう激しくなった。

「ほら、全然、春らしくないやろ」

　彼は声を強めた。

　いずみは黙って、ローテーブルの上の本を手に取って開いた。

「いずみは、いつも願望が先にくる」

見なくても、想像できる。多分、夫は顔をしかめているだろう。

「エッセイを書き続けるんやろ。それなら、現実をちゃんと見ろよ」

そんなことは分かっていると反発が先に立った。言い返す言葉を探していると、いきなり突風が家を揺さぶったので、いずみは思わず身を縮めた。

彼はタオルを手に取ると、居間を出ていった。

独りになると、雨の音や、風の音がいっそう身に迫った。何故か、早期の退職をしたころのことが思い出された。まだ四十歳になっていなかった。あれから二十年近いときが過ぎた。


いずみは晃より二歳年下で、かつては小学校に勤めていた。

心臓の発作が起きたとき、上の息子が高校生、下の娘が中学生で、教育費がかさむ時期だった。その上、将来、公務員の年金が支給される勤務年数にまだ達していなかった。

一方、晃の郷里では父親が病死し、弟が入院していたので、毎月送金をしていた。

「辞めたら生活が成り立たないわ」

「辞めた方がいい」

いずみは辞めないと言い、晃は辞めろと言った。何回話し合っても、平行線だった。

晃がテーブルをたたき、いずみが声を荒らげて椅子を立ったこともあった。どちらも、頑として譲らなかった。歩み寄りのないまま、何日かが過ぎたとき、晃が言った。

「生きていてほしい」

しぼり出すようなその声に胸を打たれ、いずみは早期の退職をした。

そのあと、家族四人で奈良市内のアパートを出て、生活費を浮かすためにいずみの生家に移り住んだ。生家は京都府南部の穂水《ほみず》町にあり、部屋数の多い母屋と、離れのある古びた田舎家だった。独り暮らしをしている祖母のことはずっと気になっていたので、一緒に住めるのは安心でもあった。

晃は田舎暮らしが気に入り、出勤前の畑仕事が日課になった。

いずみは、学習塾の傍ら、エッセイを書き始めた。途中で退職したという劣等感につきまとわれたが、文章を書いているとやわらぐ気がした。

学習塾は子どもの人数が減ったので、十年ほどでやめたが、エッセイは書き続けてきた。

母の命とひきかえに生まれた自分は、いったいどんな存在なのだろう。人が生きることの意味を問いながら、いずみはエッセイを書いてきた。


翌朝、目を覚ますと、激しい風雨は収まり、カーテンの端から陽光がもれていた。

窓を開けると、朝の光が狭い空に満ちていた。新しい空気を吸い、日課のストレッチをした。

キッチンへ行くと、晃がジュースを作っていた。青汁用のケール、ブルーベリー、「豆乳、蜂蜜《はちみつ》入りだ。豆乳以外は家で採れたもので、ブルーベリーは冷凍してある。

「これからは神社や自治会の仕事もゆとりを持って、思いきりできる」

晃は快活に言った。

いずみは味噌汁を作り、イワシを焼いた。

朝食のあと、居間のソファーに晃と並んですわって新聞を広げた。


「集団的自衛権だなんて言ってるが、軍事同盟そのものやな」

彼は新聞から目を離さないで言った。軍事同盟という言葉が、いずみを刺激した。

しばらく考えて口を開いた。

「次のエッセイだけど、〈戦争の空〉というタイトルで書こうかな」

「難しそうだな。大きく出たね」

そのとおりかも知れない。そう思いながらも、いずみは押しきった。

「志は大きい方がいいに決まってるやろ」

いずみが言うと、晃は新聞から顔を上げた。

「そのせっかちは加江さんにそっくりやな」

彼は死んだ祖母の名前を持ち出したあと、新聞に目を戻した。

「加江さんや私より、せっかちな人がいるわ。いま、目の前にいるわ」

言いつのろうとしていずみは考えを巡らした。ふと短歌のことが頭に浮かんだ。晃が短歌を作ったのは結婚する前のことだった。

「晃も退職をきっかけに、何か書いてみたらどうなの。〈流れ星　君はひとつで僕ふたつ　ドクダミ匂う古都の山寺〉覚えてるでしょう」

「あれは最初で最後。いまさら、いずみを笑わせるために作りたくないよ」

彼はきり返した。そういえば、あのとき、いずみは笑った。

「もう、笑わない。絶対に笑わない」

「僕のことはいい」

「東日本大震災のあと、短歌を作る人が増えてるって。晃も短歌を作ったらいいわ」

「僕のことにかまわないで、〈竹林《ちくりん》〉に載るような、いいエッセイを書けよ」

彼は言った。

〈竹林〉はエッセイ誌で、季節ごとに発行されている。〈竹林〉という言葉を初めて聞いたとき、いずみはぐんぐん伸びていく若竹を想像した。しかし、冊子の冒頭の文章を読んで、違う意味が含まれていることを知った。

何度も読み返したので、いまでは、その文章をすっかり覚えている。

〈竹林〉には抑圧された歴史がこめられている。
かつて、戦争へと暴走した時代があった。
しかし、時代の流れにひるまず、
真実を求めた人たちがいた。
〈竹林〉はその水脈を受け継いでいる。
平和な社会を求め、
時代と暮らしを映し、
私たちは言葉を創る。
変竹林《へんちくりん》と呼ばれてもいい。
竹のように根と根をつないで進む。
真実は、ひとりでは守れないから。

この文章を諳《そら》んじると、いつも、背すじの立つ思いになる。変竹林という言葉も、自分に似合う気がする。

「このところ、ずっと雨が続いたな。今朝、やっと、太陽が見られた」

晃が話題を変えた。その言葉を聞いて、いずみは死んだ祖母の言葉を思い出した。

「いつか雨はやむで、待つんやでって、加江さんはよく言ってたなあ」

いずみは言って、一枚のCDを手に取った。晃の退職記念に、息子から贈られたCDだ。バンド仲間と一緒に作ったもので、息子は作詞を手がけたと言っていた。

CDをかけると、女性ボーカルの声が流れてきた。聞いているうちに、ふと気づいた。

「この歌詞、加江さんの言葉と似てるわ」

そう言ったとき、ちょうど女性ボーカルがその歌詞を繰り返した。

雨　雨　風　風
だけど　いつか空は晴れる
そのとき
わたしは
小舟を漕ぎ出す
海へ
あなたと

「この歌詞ね、いつか雨はやむで、待つんやでっていう加江さんの言葉と似てるわ」

「そうやな。それにしても、加江さんは頑固やったなあ。いずみは加江さん似やな」

「晃も頑固やで、加江さんといい勝負やったわ」

彼は何か言いかけてやめた。

「畑へ行ってくる」

誰が頑固かという話よりも、畑の野菜が気になるらしく晃は畑へ出ていった。

いずみは〈竹林〉の春号を開いた。

玄関の方で軽快な足音がして、孫の真由がボブの髪を揺らしながら入ってきた。

息子たちの家族は離れに住んでいる。息子夫婦は勤め先から遅い時刻に帰宅する。そのため、月曜日から金曜日までの五日間、ふたりの孫はいずみたちと一緒に夕飯を食べている。

真由は椅子にすわって、サン・テグジュペリの文庫本をテーブルに置いた。

「『星の王子さま』や」

いずみが言うと、真由は笑みを浮かべた。

「お父さんにもらった。お父さんも中学生のときに読んだって」

「私も、お父さんにもらった本があるで」

「おばあちゃんのお父さんって、私のひいおじいちゃんやな」

「そう、あの本」

いずみは本棚の上段を指差した。赤茶けて古びた本が並んでいる。

「小林多喜二、高見順」

真由は目を細めて、背表紙の文字を読んだ。

「真由も中学生やな。学校は楽しいか」

「まあまあ」

「学校で、いじめられてないやろな」

「うん」

「いじめてないやろな」

「うん」

真由は曇りのない表情で答えた。健康そうな桜色の頬がみずみずしい。真由を見ているうちに、いずみは気になっていたことを思い出した。

以前、息子たちはたいてい家族揃って出かけていた。けれども、最近、母と子どもだけでよく出かける。先週の土曜日も、母と子は泊まりがけで出かけて息子だけが家にいた。

「真由、このごろ、よくおばあちゃん家《ち》に行くなあ。三人だけで行くなあ」

ためらったあと、思いきって聞いた。

「うん」

真由はいずみの顔をちらっと見た。

「最近、お父さんと、お母さんは、用事があるときしか話をしないわ」

真由はつぶやき、いずみと目を合わせないで立ち上がった。

「おやつのときに、またおいで」

「そうする」

真由はうなずいて、出ていった。

いずみは〈竹林〉を開いた。けれども、真由の話が気になって、文字が頭に入ってこなかった。

キッチンへ行って、食器や鍋を念入りに洗った。ピカピカになった鍋を見ても、いつものように気分がすっきりしなかった。

キッチンの椅子にすわったとき、玄関先でもの音がした。

「オオハラサーン」

声音を変えて呼んでいるのは、孫の壮太だ。客を気取っているらしい。

「はあい、いま、行きます」

軽く返事だけをして、いずみは〈竹林〉のページをめくった。待ちくたびれたらしく、壮太が居間に入ってきた。小学五年生、足音が姉の真由よりもいちだんと高い。

「何か、おいしいものがあるかなあ」

「ある、ある。壮太の好物、ヨがつくもの」

「ヨモギ餅《もち》やろ」

「ピンポーン」

いずみは自家製のヨモギ餅を焼き始めた。

「壮太、お父さんと、お母さんが、あまり口をきかないって、そうなの」

壮太は黙っている。

「どうなの」

もう一度聞いた。

「僕には関係ない」

彼は両親の話題を拒否するかのように、ひたいの前髪を片手で払った。

そのとき、玄関を開ける音がして、真由の軽快な足音が聞こえた。

「いい匂い」

真由が言いながら、入ってきた。

彼女は匂いに敏感だ。

ヨモギ餅を載せた木皿とお茶を、いずみはふたりの前に置いた。

「おばあちゃん、明日の夕飯は何」

ヨモギ餅を食べたあと、壮太が聞いた。

「そうやなあ、久し振りにカレーライスやな」

「ヤッタア。中辛と甘口の間にしてや」

「オッケー」

真由と壮太が帰っていくと、急に部屋の中が静かになった。

晃が畑から帰ってきたので、緑茶を出した。彼はお茶をひと口飲んで、顔をほころばせた。

「いずみは体が弱いから、最後は僕が世話をすることになるのかなあ」

晃に言われて、いずみは自分の終末の光景を想像した。けれども、どこか遠くの、違う世界のことのような気がした。

「現実味がなくて、想像できないわ」

いずみはそう言って、お茶をすすった。

「そうやな。平均寿命まではまだ大分あるなあ。とにかく、備えはしてある。入院や、けがや、万一のときの保険だ。人生には思いがけないことが起きるからな」

「それは、そうかもね」

「タンポポとか、石ころとか、妹にもらったことがあったなあ」

ふいに彼がしんみりした声で言った。小学校に入学する前に、彼の妹は病気で死んだ。

「妹の小さい手が忘れられない。手遅れになったのは、家が貧しかったせいなんや」

彼の声に、憤りと悔しさがにじんでいる。


午後、晃は近くの八峰《はちみね》神社に出かけた。氏子総代をしているので、こまごまとした用事がある。洗いざらしの古びたカッターシャツ、色あせたジャージのズボン、相変わらず服装に無頓着だ。

いずみはエッセイを書こうとした。けれども、なかなか書けなかった。

いき詰まったときの特効薬は草ぬきだ。いずみは庭に出て草をぬき始めた。

「また、スランプか」

ふいに晃に声をかけられた。いつ、神社から帰ってきたのか気がつかなかった。腕時計を見ると、二時間が過ぎていた。

「夜中にきつく降ったんで、川音が高い」

彼が言ったので、いずみは耳を澄ませた。遠くで川が騒いでいる。

「裏山はすごいことになってるよ」

いつの間にか、見てきたらしい。

「行ってみようか」

晃に誘われて、膝丈ほどの草はらの間を歩いて、裏山の前に立った。

昔、ここには杣道《そまみち》があって川へ続いていた。風呂や、かまどで燃やす木を伐りにいく人がいた。ウナギや、鯉《こい》を釣りにいく人もいた。

けれども、いま、道は跡形もなくなって一歩も中へ入れない。樹木や笹竹が密集し、棘《いばら》や藤蔓《ふじづる》がまとわりついている。丈の低い木は曲がりくねってからみ合い、枯葉が枝に固まって朽ちている。

「いずみ、覚えてるやろ。加江さんが腐葉土をせっせと畑に運んでいたことを」

かごを背負って、前かがみになって歩いている加江の姿が思い出された。

「よく独りごとを言ってたなあ」

晃はつけ加えた。

加江の独りごとは呪文のようで、かろうじてふたつの言葉だけを聴き取ることができた。守り神、生きてるもんが大事という言葉だ。

南の島で戦死した祖父に話しかけていたのか。死んだいずみの母に話しかけていたのか。森の生きものに話しかけていたのか。自分と対話をしていたのか。いまとなっては知るすべがない。

「時どき、いずみが独りごとを言うのは加江さん譲りやなあ」

晃は思い出したように言った。

かつて森を往来していた人たちの多くは死んでしまった。生きている人たちも、森に近づかなくなった。家の中でひっそりと暮らしたり、介護施設に行ったりしている。

晃がきり立った傾斜を指差した。

「猪《いのしし》や鹿《しか》は逞《たくま》しいな」

見ると、削り取られた黄土色の土がむき出しになっている。風が生臭さを運んできた。野生のたけだけしさに圧倒される思いで、いずみは獣道《けものみち》を眺めた。森はうっそうと茂って、人を寄せつけない。このまま、自分たちは自然からどんどん離れていくのだろうか。

家へ引き返しながら、いずみは子どものころのことを思い出した。

母はいずみを生んですぐに死んだので、いずみは祖母に育てられた。祖父は若くして戦死し、母はひとり娘だった。いつだったか、祖母がいずみを庭に連れていった。

「お父さんが植えた木やで。この木が大きくなったら、お父さんに会えるで」

祖母は金木犀《きんもくせい》を指差して言った。

小学校の四年生になったとき、シングルマザーの同級生はいたが、両親ともいないのはいずみだけだった。

「いずみちゃん、何で、おばあちゃんを加江さんって呼ぶんや。変やで」

父親のいない子が言った。同級生の言うとおり、祖母は自分のことを加江さんと呼ばせていた。

「何で、おばあちゃんを加江さんって呼ぶんや。わけが分からんわ。変やで」

同級生は繰り返した。その目が意地悪く光って見えた。いずみは黙っていた。

その日、家に帰ったいずみは、学校であったことを祖母に話さなかった。黙って金木犀の傍に行き、如雨露《じょうろ》で水をくんできて、木の根もとにそそいだ。この木が大きくなったら、お父さんに会えるという祖母の言葉を思い出しながら水をそそいだ。誰に教えられるともなく、いつのころからか父が東京にいることを、いずみは知っていた。


裏山へ行ってから、数日がたった。

朝食のあと、いずみが居間で新聞を広げていると、晃が入ってきた。

「話がある」

彼が言ったので、いずみは新聞から顔を上げた。これまでに何回もこの言葉を聞いてきた。教職員組合の委員長に立候補したときも、〈憲法を知る会〉を立ち上げたときも、話があると彼は言った。

「現地で説明するよ」

「現地ってどこよ」

いずみは身構えて、次の言葉を待った。

「裏山」

彼は勢いのある声で言った。

いずみはしぶしぶ外へ出た。彼のあとについて黙って裏山まで歩いた。

「どうだ」

彼が振り返った。いずみは目をしばたたかせた。森の中に作りかけの細い道ができていた。足を踏み入れると、幾重にも積もった落葉が足裏を押し返して匂い立った。新しく伐り拓かれた小道を四メートルほど進むといきどまりになっていて、それ以上は一歩も進めなかった。

「ひとがんばりすれば、穂水川が見られる。一緒に道を作ろう」

彼の声にやる気がみなぎっている。

晃は自治会や、八峰神社や、〈憲法を知る会〉や、畑の仕事などをせっせとしている。その合間に、裏山へ出かけている様子だ。

一緒に道を作ろうと言われたことをいずみは忘れてはいなかった。けれども、森へは行かなかった。

〈竹林〉の夏号に応募するエッセイ「戦争の空」に集中しようとした。けれども、なかなか前へ進まなかった。どうして、こんなに頭がはたらかないのだろう。どうして、こんなに文才がないのだろう。泥沼に足を取られた気分で、いずみはぼんやりと窓の外を眺めた。

玄関で晃の呼ぶ声が聞こえた。

「いずみ、見えたよ」

高い声をいぶかりながら玄関へ行くと、彼が汗だくになって立っていた。

「何が見えたの」

「とにかく、来いよ」

急かされて裏山へ急いだ。

森の前に立つと、道はずっと奥の方まで延びていた。いずみは枯れ枝を踏みしだいて進んだ。しだいに川音が高くなってきた。

ふいに雑木林が途ぎれた。

岩の上に立つと、まばゆい光に包まれた。

たっぷりと水をたたえて流れる穂水川に、いずみは息を呑んだ。

向こう岸には黒っぽい岩がきり立っていて、ところどころに、丈の低い木が模様のように生えている。黄緑色の葉が目に優しい。

「完璧な景色やわ」

この景色のようなエッセイを書きたいと思った。

「いずみは感覚的だな。この世に完璧なんかないと思うで」

彼の言葉に、いずみは素直な気持ちになってうなずいた。いいエッセイを書きたいという意識が先走り、大切なことを見失っていた気がした。

「道の傍の木をもっと伐るよ。里山はもっと明るいものな」

晃は言った。里山という言葉が、無性に懐かしく感じられ、過去の記憶を刺激した。いずみは目を閉じたが、すぐに目を開いた。

「加江さんはビッキ石って呼んでたなあ」

いずみは足もとの岩を指差した。

「そういえば、言ってたなあ。ビッキ石ってどんな意味やろな」

彼は首をひねった。

朝、いずみは古いブラウスとジーンズに着替えて、竹のこぎりと剪定《せんてい》ばさみを手に裏山へ行った。

森の小道に入ったとき、激しい音が遠くで鳴り響き、ゆっくりと大木が倒れた。

群青色《ぐんじょういろ》の作業着姿が見える。晃が片手にのこぎりを持って立っている。

「倒れてる木を運んで」

彼の言葉にうなずき、腕の太さぐらいの木を運ぼうとした。けれども、引っ張っても、押しても、動かない。意地になったが、びくともしない。晃がいずみを見て、笑っている。

いずみは木を引っ張るのをあきらめて、笹竹を伐ることにした。笹竹は膝丈ほどのものもあれば、背丈の二倍ほどの高さに伸びているのもあった。剪定ばさみを使っているうちに、背中に汗がふき出した。

その夜、指のつけ根や、腕や、腰や、肩が張っていた。いつもより念入りにストレッチをしたが、硬くなった筋肉は容易にほぐれず、痛みが残った。けれども、眠りは深く、夢を見なかった。

翌朝、エッセイを書くために、新聞のきりぬきや、資料になりそうな本をテーブルの上に広げた。

〈戦争の空〉というタイトルで書くのは、やはり難しく、筆はなかなか進まなかった。

晃は居間の本棚から分厚い図鑑を抜き出して、野鳥の本に熱中している。

しばらくして、彼が顔を上げ、壁の円い時計を見て椅子から立ち上がった。

壁の予定表を見ると、霊園委員会、公民館、十時と書いてある。いずみの住んでいる地域では、自治会が霊園を運営している。遅刻を嫌う性分の彼は早目に家を出た。

晃が出かけたあと、いずみは剪定ばさみを手に独りで裏山へ向かった。

森の中に入って、笹竹や、ツゲの枝を伐った。前の日よりも、作業ははかどった。伐ったり、運んだり、体を動かすことが楽しかった。仕事のリズムをつかんだ気がした。

いつの間にか、時間がたつのを忘れた。

「いずみ」

呼ぶ声がした。

「ここ」

手を休めずに答えた。

霊園委員会が終わったらしく、晃がのこぎりを手に近づいてきた。

「先を越されたな」

彼は笑いながら言った。

その日の夜も、体のふしぶしが痛かった。


裏山へ通い始めて何日かが過ぎた。

午後、いずみは森へ行った。

「大分、森の中が明るくなった。きょうは、完成するかもな」

「えっ、そうなの」

「きょうの、がんばりしだいやな」

いずみは張りきって作業に熱中した。

気がついたときにはいつの間にか、森はすみれ色の夕映えに包まれていた。

不思議な音が聞こえてくる。木の棒をこすり合わせているかのような音だ。

「キツツキのドラッピングだ。あの木や」

晃が指差した。鳥が幹にとまって、くちばしを挿している。茶色い羽根に白い横縞《よこじま》模様が見える。

「コゲラや、キツツキの仲間やで」

間もなく、ギイッとひと声鳴いてコゲラは飛び去り、森はもとの静寂を取り戻した。

晃が大きなクヌギの木を見上げた。

「最後の一本にしよう」

最後の一本という言葉を、いずみはかみしめた。

晃がのこぎりを幹に当てた。間もなく、クヌギの木が高い音を響かせて倒れた。

彼が枝を払い、幹を藪《やぶ》の中に引きずっていき、いずみは小枝を運んだ。

ついにできた。いずみはうねって続く小道を目で追った。森の中に夕陽が射しこんでいる。充足感に満たされ、森の空気を深く吸った。

胸の前で腕を組んでいた晃がふいに言った。

「あしたから、広場を造る」

いずみは信じられない思いで、彼の顔を見た。

「きょう、完成だと言ってたのに」

ため息をついた。急に肩甲骨《けんこうこつ》の辺りがみしみしと痛み始めた。

「楓《かえで》と、山桜と、ウワミズ桜は残すよ」

彼は気を引くつもりなのか、いずみの好きな木の名前をあげた。

「ソヨゴも少しはあった方がいいな」

彼はつけ加えた。ソヨゴって何だろうと思いながら、黙って手首をもんだ。

「くりの木広場、しいたけ広場、蜜蜂広場、木登り広場を造りたいな」

夫の快活な声が夕ぐれの森に響いた。

「先に帰るわ」

いずみはそう言って、家に帰った。もう、これ以上はつき合えない。

樹木図鑑で調べると、ソヨゴは漢字で冬青と書くことが分かった。冬も葉っぱが青いので、冬青という字を当てたのだろう。

玄関の戸を開ける音がして、真由が入ってきた。彼女はいずみの向かいにすわった。

「裏山に冬青という木があってね、赤くてかわいい実がなるんやで。サクランボみたいに軸が長いで」

いずみは真由に図鑑を見せた。

「おばあちゃん、アオハって知ってる」

「アオハって青い葉のことなの」

冬青がアオハという言葉を、真由に連想させたのだろうかと思いながら尋ねた。

「違う、アオハルのこと。アオハルは青春《せいしゅん》という意味やで」

青春という言葉を久し振りに聞いて、いずみは自分の青春時代を思った。失敗の連続だという思いが強く、これまで封印してきた。青春は遥か遠くに去ったと思っていたが、意外に近くにあるのかも知れないと思った。


晃は足しげく裏山にかよっている様子だ。その日、いずみも久し振りに裏山へ出かけた。タオルを首にかけ、剪定ばさみを持って森に近づくと、木の倒れる威勢のいい音が聞こえた。

森の道を進んでいくと、広場があった。端から端まで十メートルほどある。何本もの木が横倒しになり、くりの木だけが残っている。山ぐりがコロコロ落ちている光景が目に見えるようだった。くりの木広場を過ぎて、しいたけ広場、蜜蜂広場の傍を過ぎて、森の中の道を進んだ。

中腰になって木を伐っている晃の姿が見えた。樹木の匂いが濃く漂ってくる。

空に大きく葉を広げた木が、胸丈ほどのところで枝分かれしている。ここは木登り広場だろう。見ているうちに、絵本で見た光景が目に浮かんだ。

「ハンモックをかけたいな。ぜいたくかなあ。でも、それぐらいは、ひねり出せるわ」

いずみが言うと、彼は手を休めた。

「いいね。退職記念に奮発しよう」

いずみはポケットからスマホを取り出し、ハンモックを取り寄せてほしいと息子の憲にメールで頼んだ。息子たちは夫婦ともアウトドア派だ。

数日後の夜、晃は〈憲法を知る会〉の会合に出かけた。いずみが本を読んでいると、息子が居間に入ってきた。背丈ほどある細長い箱をふたつ抱えている。

「ハンモックが届いたで」

憲は箱を開いた。散らかったものを片づけている息子に、いずみは話しかけた。

「憲にもらったCDを聞いて、発見があったわ」

「何」

「〈雨　雨　風　風　だけど　いつか空は晴れる〉という歌詞ね、加江さんの言葉と似てるわ。いつか雨はやむで、待つんやでって、加江さんはよく言ってたやろ」

「そういえば、そんなことを言ってたなあ。遺伝子だけじゃなくて、言葉も伝わるのか」

憲の言葉に、いずみは二重のらせん状になった遺伝子の形を思い浮かべた。

「由衣子は」

「まだ、帰ってない」

次の土曜日にハンモックをかけることに決めて、いずみは玄関で憲を見送った。

憲はたたきに立って、軽く咳きこんだ。異臭がかすかに伝わってきた。

「煙草をすってるの」

「ちょっとだけ」

憲はいずみの問いをさえぎり、背中を向けた。

憲は専門学校を出たあと、隣の県の食料品店に勤めている。ずっと煙草とは無縁だった。煙草を吸っているのは、夫婦の不仲のせいだろうか。そう思うと、気が滅入《めい》った。

土曜日の朝早く、晃と憲はハンモックをかけるために森へ出かけた。

いずみは由衣子たちを誘おうと思い、離れの玄関の前に立った。真由と壮太のどなり合う声が、部屋の中から聞こえてきた。これまで聞いたことのない激しい声だ。

「いい加減にしいや」

叱りつける母親の声がした。いずみが玄関に入りそびれていると、由衣子が出てきた。

「森へ案内しようと思って」

「すみません」

「由衣子が前を歩けばいいわ。先頭の方が、いい景色を見られるから」

「はい」

それきり話は続かず、黙って歩いた。

由衣子は憲より二歳年上、仕事熱心で、料理が得意だ。高校と専門学校を卒業したあと、公立病院で事務職をしている。

くりの木広場を過ぎ、しいたけ広場まで歩いたとき、子どもたちに追いつかれた。

孫たちは太い枝から垂らしてあるロープに飛びついて揺らし、ホーラ、ホーラ、ユーラ、ユーラと歓声を上げた。

「まるで森の中の巨大な振り子ね」

いずみが言うと、由衣子はうなずいたが、何も言わなかった。

木登り広場に、白い網目のふたつのハンモックがかけてあった。木漏れ日が降りそそいでいる様子が、水彩画のように見える。

子どもたちがハンモックに乗り、いずみと由衣子が揺すってやった。

真由がハンモックを下りて、クヌギの木に取りついて、自分の背丈ぐらいの高さまで登った。幹がふたつに分かれたところで腰をかけて、足をぶらぶらさせている。

「クラスの子を誘おうかな」

真由が明るい声で言った。

「僕も呼ぼうかな」

壮太が答えて、素早くハンモックを下りて、傍のナラの木に登った。その様子が木とじゃれ合っているかのように見えた。壮太は幹を片手で握り、枝の上に立って叫んだ。

「川の方から、お父さんがくる」

間もなく、憲が首から大きなカメラをかけて現れた。子どもたちにカメラを向け、彼は何回もシャッターを押した。

「そこから、おじいちゃんが見えるか。木を伐って、川がよく見えるようにするらしいで」

憲が言った。

「木が揺れてる。あっ、倒れた。ほんとうや、上流まで見える」

壮太が叫ぶと、木の枝に腰かけていた真由が立ち上がった。しばらくして、晃が木の茂みから現れた。シャツに汗がにじんでいる。

「森と川がつながった」

晃は感慨深そうな目の色を見せたが、すぐに、枯れ枝をせっせと拾い始めた。彼はかたときも、じっとしていない。

由衣子は川へ視線を向けている。

「由衣子もハンモックに乗ったら」

いずみは声をかけた。一瞬ためらったあと、由衣子はハンモックに乗った。

もうひとつのハンモックに、いずみも横たわった。緑色の葉を透かして青い空が見える。雑木林と空に包まれて、目をつぶった。揺れるハンモックに身をゆだねると、穏やかな時間が流れていく。

いずみは目を開いた。いつの間にか、由衣子がハンモックから下りて川の方を見ている。その頬が硬く見えた。いずみは急いでハンモックから下りた。

「うとうとしたわ」

いずみは笑いながら言ったが、由衣子の硬い頬は少しもゆるまなかった。

「先に帰ります」

ふいに由衣子が言った。いずみは憲を見た。憲はカメラを川の方へ向けて振り返らなかった。

帰っていく由衣子の背中が知らない人のもののように見えた。うつむきがちのうしろ姿が遠ざかり、樹木にさえぎられて見えなくなった。

ふと傍らを見ると、鬼山椒《おにざんしょう》の木があった。

「こんなところに、鬼山椒の木が」

いずみは気分をそらそうとした。けれども、誰にも聞こえなかったようだ。

葉っぱを指先でもみほぐして鼻に近づけたが、芳香はなかった。ざらついてくる思いをなだめようとして、いずみは鬼山椒の葉を力まかせに足もとに捨てた。

二　草のいのち

朝食のあと、いずみは書きかけのエッセイを机の上に広げた。季刊誌〈竹林〉夏号のしめきり日が迫っていた。書きあぐねてつい先延ばしにしてきたが、きょうは書き上げたかった。

晃は八峰神社の清掃に出かけているので、家の中は静かだった。

電話が鳴った。幼なじみの清水智子《ともこ》からだ。

「いずみちゃん、いつ、旅行に行くの」

いきなり智子は尋ねた。

「特に予定はないけど」

「晃さんの退職記念にヨーロッパ旅行にでも出かけるのかと思って」

「晃の年金が下りるまでの五年間は厳しいわ。去年の台風で飛んだ屋根瓦の修理代を払ったあと、退職金を取り崩しながら生活するわ」

「相変わらず貧しいなあ」

率直なもの言いが智子らしかった。

「ふたりに大事な話があるんやけど、電話ではちょっとね、会って話すわ」

いずみは壁の予定表を見た。

「いま、晃は神社に行ってるんやわ」

「そうか、晃さん、相変わらず飛び回ってるんやな。ふたり一緒に話をさせてほしいんやわ」

智子はきびきびした声で言った。

「帰ってきたら、こちらから電話をするわ」

そう言って、いずみは電話をきった。

昼前に晃が神社から帰ってきた。

「智ちゃんから電話があってね。私たちに話したいことがあるらしいわ」

「何やろな」

晃にも心当たりはないようだ。

「午後ならいいって、返事をしようか」

「その前に行きたいところがある。四時半でどうやろって言って」

いずみは智子に電話をかけた。

「四時半でどうやろって、晃は言うんやけど」

「了解。鹿寄《しかやどり》高原へ行って、そのあと、いずみちゃんの家に行かせてもらうわ」

「相変わらず忙しいなあ」

「生活相談なんやわ。じゃあ、また」

智子は急いでいる様子で電話をきった。

「退職記念にヨーロッパへ行くのかって、智ちゃんに聞かれたわ」

いずみは思い出して言った。

「じゃあ、出かけよう」

いずみは驚いて、晃の顔を見た。

「ヨーロッパ旅行だなんて、夢のようやわ」

「それがいい、ヨーロッパへは夢で行こう」

やはり、ヨーロッパは夢のまた夢だ。

「で、どこへ行くの」

「耳吉川《みみきち》の方や。太陽光発電をしてるらしい」

穂水町でも太陽光発電が始まるのだろうか。

昼食のあと、晃と外へ出た。街道をそれて狭い町道を歩いていった。春リンドウが道端に咲いている。青紫色の花が空を向いて咲いている。ほのかな明るみのある花だ。

娘が小学生のころ、ハッチョウトンボを探してこの道を一緒に歩いたことを思い出した。ハッチョウトンボは日本で一番小さくて体全体が一円玉の中に収まってしまう。頭、胸、腹はルビー色、翅《はね》は透明で、〈森の赤い妖精〉と呼ばれ、絶滅が危ぶまれている。

娘は三十二歳になり、東京で派遣社員をしていて、古いマンションに独りで住んでいる。もう二年間、帰省していない。

農道の片側には休耕田が続いて草や葦が茂り、柳の木が枝を伸ばしている。まれに、まだ作られている田んぼがある。耕された茶褐色の水田を見ると、気持ちが落ち着いた。

しばらく歩いていくと、空き家の前に出た。家全体が傾き、窓ガラスが曇っている。中の空気がよどんで見える。庭の雑草は伸び放題で槙《まき》の木の枝や葉にクモが糸を張り巡らしている。

ふたつに分かれている道を集落の方ではなく、雑木林の方へ進んだ。昔、祖母が所有していた山林が見えてきた。祖母はその山林を売っていずみの学資に充てたのだった。

歩いていた晃が首をかしげた。いつもとは違う異様な明るさを感じ、いずみも急ぎ足になった。

山林の前でいずみは立ちすくんだ。太陽光発電の群青色のパネルが並び、無機的な光を放っている。

「まだまだ序の口で、これから百ヘクタール以上は増えるそうだ」

「百ヘクタールって、どれぐらいなの」

「甲子園球場の二十倍ぐらいかな。この辺り一帯を埋め尽くすことになる」

そう言われても、甲子園球場に行ったことのないいずみには見当がつかない。

傍を流れている耳吉川に目を移すと、ひとまたぎできる小さい川は茂った草におおわれている。上からのぞくと、底の方に水が光っているだけで川音はしなかった。

「こんなに、おとなしい川なのにな」

彼がつぶやいたので、いずみは祖母に聞いた話を思い出した。

「加江さんはよく話してたな。番傘に穴があくほど、激しい雨が降って、耳吉川が大暴れしたって。山から岩がごろごろ転がり落ちてきて、鉄砲水が起きて、穂水町では五十人以上の人が亡くなったって。私が生まれる前のことらしいけど」

「それは六十年ほど前のことやけど、おととしのゲリラ豪雨のときにも、この下流で町道がごそっと陥没したで。穂水町だけじゃない。最近、集中豪雨の被害が全国的に起きてるで」

晃は声を強めた。

豪雨のために太陽光発電のパネルが押し流されたり、崩れ落ちたりしている写真を新聞で見たことがある。パネルは有害なものを含んでいるので触ってはいけないと書いてあった。

いずみは、遠くの山なみを見つめた。次つぎに岩が転がり落ちてきて土石流がパネルを直撃する様子が目に浮かんだ。そうなったら、春リンドウは根こそぎさらわれ、ハッチョウトンボは消えてしまうに違いない。背中がぞくりとして、いずみはパネルから目をそむけた。

「しっかり見ておいた方がいい」

彼がいずみを見て言った。

「エッセイを書き続けるんだから、現実を直視しないとな」

「分かってる」

いずみは目の前のパネルに目を戻した。

家に帰ると、キッチンでお茶を飲んだ。

晃が壁の時計を見上げて椅子を立った。

「智ちゃんが来るまで、まだ時間がある。山下会長の家に行ってくるよ」

山下満《みつる》会長は〈憲法を知る会〉の代表で、長い間、隣の市の議員をしていた。議会議長をしたことがあり、保守系だと言われている。

「きょうは事務局会議じゃないでしょう」

「模擬投票の打ち合わせをしたいんや」

「模擬投票って」

「改憲を問う投票やで」

「ああ、あれね」

「四時半までに帰る」

そう言って、晃は出かけた。

もうすぐ、久し振りに智子と会える。そう思うと、気持ちがはずんでくる。高校生のとき、いずみは智子と同じ文芸部に入っていた。智子がいてくれたので、いまの自分がいると思うことがある。

いずみは小さいとき、草花を摘んだり、本を読んだりして、独りでいることが多かった。早く大きくなりたいと思っていた。大きくなったらお父さんが会いにくると祖母に聞いていたからだ。

ところが、東京で再婚していた父はすでに死んでいたのだ。いずみが高校生になった年、祖母はそのことを打ち明けた。

いずみに事実を受けとめる力があると祖母は判断したのだろう。けれども、できなかった。激しい渦の中に巻きこまれたかのように錯乱した。

棄《す》て子、うそつきと紙に書きなぐった。折れた鉛筆の先が紙をつき破った。

その夜、家を出た。どこでもいい、知らないところへ行こうと思い詰めた。最終列車に乗ろうと思い、無人の穂水駅のベンチにすわって待った。

ふと見上げると、降るような星空だった。ひそかに慕っている同級生の顔をいずみは思い浮かべた。

いつ来たのか、目の前に祖母が立っていて、いきなり腕をつかんだ。その手を振り払うと、あっけなく祖母はプラットホームのコンクリートの上に転げた。祖母はむっくりと起き上がり、むしゃぶりついてきた。ささくれだった指に血がにじんでいた。

家に帰ったいずみは本棚に並んでいる本をじっと

見た。父が残していった小林多喜二と高見順の本だった。いきなりその本を床にたたきつけた。祖母は黙って本をもとに戻した。再びいずみは本を床に投げつけた。祖母は本をもとに戻した。

いずみは部屋にこもった。金木犀の木を植え、本が好きだった父親像をいずみは頭の中に描き続けてきた。その像を払いのけようとした。つき上げてくる憤りを原稿用紙にうずめた。

ふと、部屋の外にかすかな物音を聞いた。戸を開けると、置かれたお盆の上で海苔を巻いたおにぎりとお茶が湯気を立てていた。

次の日の放課後、文芸部の部室へ行った。顧問は笑顔で迎えてくれたが、いずみは持っていた原稿を渡さなかった。けげんそうな顔つきの彼女に背を向けて、部室を出た。

翌日の土曜日、再び文芸部の顧問のところへ行って、〈私を騙《だま》した祖母〉という原稿を手渡した。読み終わった彼女の目に涙がたまっていた。その涙を見て、いずみはプラットホームのコンクリートで転げた祖母の姿を思い出した。とっさに顧問の手から原稿を取り返し、部室を走り出た。入ってきた智子と出口でぶつかったが、走りぬけた。

家に帰ると、独りで部屋にこもって、慕っている同級生のことを思った。彼は下級生とつき合っていていずみには目もくれなかった。ふた親のいない自分に恋する資格はないのかも知れないと、胸の芯に硬いしこりを感じた。息苦しかった。死にたかった。リストカットを試みたが、できなかった。

その夜、智子が家にきて、ひと晩じゅう一緒にいてくれた。翌日もいずみの傍に一緒にいてくれた。いずみが部屋にこもっている間、祖母は部屋の外に食事を置き続けた。

それから何日か過ぎた日の夕刻、〈私を騙した祖母〉という原稿を裏庭で焼いた。立ち上る黒っぽい煙をぼんやりと眺めていた。

回想にふけっていたいずみは、玄関の戸を開ける音で現実に引き戻された。

はずんだ足音を響かせて、孫の壮太が入ってきた。彼は青いズック製の手提げをテーブルの上に置いた。椅子にすわると、ひたいに垂れている髪を片手でさっとかき上げた。

「手提げに何が入ってるの」

「教科書、読んでこいって、きょうの宿題」

壮太は答えて、手提げの中から五年生の国語の教科書を出した。のろのろとページをめくったり、何ページも一度にめくったりしていたが、しまいに教科書をテーブルの上に放り出した。

壮太は手提げの中からDVDを取り出して居間へ入った。すぐに、探偵もののドラマのテーマ曲が流れてきた。踊っているらしく、リズミカルな曲に足音が混じっている。

電話が鳴った。清水智子からだった。

「生活相談が早く終わったんやわ。少し早いけど、行ってもいいかなあ」

彼女はすまなさそうに言った。

「大歓迎やわ。晃もじきに帰ってくるわ」

受話器を置いたあと、桜湯を準備していると、チャイムが鳴った。

「待ってたんやで」

いずみは玄関へ急いだ。智子は大小の紙袋を持って入ってきて、大きい方をいずみに渡した。

「地産地消やで」

智子が言ったので、いずみは袋の中をのぞいた。タラとコシアブラの芽が入っている。

「智ちゃん、ありがとう」

買い物は週に一回の生協の宅配に頼っているが、やっぱり地元産はいい。

「いずみちゃんの場合は地産地消になるけど、私の場合は自産自消やで」

「智ちゃんは、ぜいたくしてるねえ」

「それはいいんやけど、大きな悩みがあってね。人生最悪の事態なんやわ」

智子は悲しそうにうつむいた。

「どうしたの」

「ついに最高体重を突破したんやわ」

いずみは笑った。

「いずみちゃん、笑いごとじゃないで」

「だから、桜湯ね。ノンカロリーやで」

「過重体重者の絶望を理解していただきまして、心から感謝します」

「晃に八重桜を採ってもらって、作ったんやわ」

「晃さん、相変わらず、まめやな」

いずみは桜湯を智子の前に置いた。

「いい香り」

智子はそう言って、桜湯を飲んだ。

居間にいた壮太がキッチンに入ってきた。彼はあいさつをして椅子にすわった。

「晃さんは壮太君たちを連れてよく出かけてるなあ。沈み橋とか、プールとか、図書館とかで、見かけたで。桑の実や、アケビ採り、蛍の季節には蛍、ハッチョウトンボの季節にはハッチョウトンボ、晃さんはよっぽど穂水町が好きなんやな」

「そうやな。鹿の角《つの》が落ちてるって聞いて探しに出て、こんな大きいのを持ち帰ったこともあったわ」

いずみは両手を広げ、大きさを示した。

彼女は壮太を見て目を細めた。

「もう五年生やなあ。また教室で会おうな」

智子は朗読ボランティアの会員で、穂水小学校で読み聞かせをしている。穂水町の文化祭典のステージにも立っている。

いずみは久し振りに智子の朗読を聴きたくなり、テーブルの上の教科書を手渡した。

「智ちゃん、何か読んで」

智子はうなずいて教科書をめくっていたが、すぐに読み始めた。北原白秋の〈からたちの花〉だ。

彼女が読みおわると、空気がしんとした。

「な、わけない」

ふいに壮太がつぶやいた。

「壮太君、どういう意味よ」

智子がけげんな顔をした。

「ウソッポイ」

思いもかけない壮太の言葉だった。

「ウソッポイって、どういうことなの」

智子が聞いた。

「〈みんな　みんな　やさしかったよ〉って書いてあるやろ」

壮太は言った。確かに書いてある。

「みんなっていう言葉に、気をつけなさいって先生が言ってたで。みんながどっと笑ったって言っても、ひとりぐらいは笑っていないかも知れない、気をつけなさいって」

壮太は真顔で言い、唇をきゅっと結んだ。

「壮太君は先生の言葉をよく覚えてるんやなあ」

智子が感心した顔をした。壮太は照れた顔で椅子を立つと、居間の方へ行った。彼はその担任に決まったとき、ラッキーと言った。理由は簡単だった。宿題の少ない先生だというのだった。

　壮太が居間の方へ行ったあと、智子は桜湯の茶碗に見入っていたが、ふとつぶやいた。

「白秋の〈みんな　みんな　やさしかったよ〉を壮太君はウソッポイって言ったなあ」

　しばらくの間、沈黙が続いた。

「私ね、ウソッポイって聞いて、白秋のおびただしい戦争協力詩を思い出したわ。あの数の多さはハンパないわ。白秋には、〈万歳ナチス、万歳ヒットラー〉という詩もあるわ」

　智子はそう言って、空になった桜湯の茶碗をテーブルに戻した。

「〈みんな　みんな　やさしかったよ〉と、〈万歳ナチス、万歳ヒットラー〉という文章を同じ人間が書くなんてね。いずみちゃん、どうしてやろ」

　智子の言葉に、いずみは考えこんだ。

「どちらにも、リアリティーがないわ」

　いずみは小声で答えて、智子の茶碗に湯をつぎ足した。

「なるほど、リアリティーね」

　智子はそう言って、茶碗に手を伸ばした。

「いまの教科書には、〈からたちの花〉が載ってるやろ。その前に載ってた高見順の〈われは草なり〉はなくなったな」

　智子が言ったので、いずみは、高見順の詩が教科書から消えたときのことを思い出した。父は死んだ。高見順の詩も消えた。あのとき、取り返しのつかない落としものをしたような気がした。

「私は、〈われは草なり〉の方が好きやわ」

　いずみはつぶやいた。

「いずみちゃんも、そうなの。私もそうやで。でね、いまも私たちは〈われは草なり〉を教室で読み聞かせてるんやで」

　彼女は慰め顔で言った。

　約束の五分前、キッチンのドアが開き、晃が急ぎ足で入ってきた。

「いらっしゃい」

「お邪魔しています」

「敗戦のとき、山下会長は中学生だったそうだ。戦時中の話をしっぽり聞いたで」

　晃が椅子にすわりながら言った。

「山下会長は講演会や、スタンディングアピールや、学習会などに、どんどん新顔の人を連れてくるわね」

智子が感心した顔をして言った。

「そうやな。ところで、話って何やろ」

晃はそう言って胸の前で両腕を組んだ。

智子が椅子にすわり直して背すじを立てた。

「憲法も、政治も、大変な時代ですよね。ごぞんじのように、いまという時代を戦前に戻そうとする流れが強まっています」

智子は改まった口調できり出した。その様子は、いかにも議員らしく堂々と見えた。彼女は中学校の教員をしていたが、早期に退職し、穂水町で共産党の議員をしている。

「こんなときだからこそ、おふたりに、ぜひ、共産党に入ってもらいたいのです」

彼女の言葉に、いずみは驚いた。まったく予想もしていなかった。

「つながって取り組みを広げる。これが共産党の基本の考えです。ぜひ入ってください」

彼女はていねいな言葉で言った。

「前にも誘われたが、断りました」

晃は改まった口調で答えた。智子は知っているという顔でうなずいた。

「共産党に入る気はないんですよ」

晃はもう一度そう言い、口をつぐんだ。

「私は健康に自信がないので、とてもできないわ」

いずみが言うと、智子はほほ笑んだ。

「ベッドに寝たままの人も、共産党に入れる。どんな人も、社会の力になれる。共産党は民主的な未来への道すじを明確に示しているわ」

そうだろうか。

「未来への明確な道すじがあるのなら、とっくに世界は変わってるんじゃないの」

いずみは信じられない思いで言った。

「僕は自由に活動したいと思っているので」

晃が言った。

「ふたりの言われることと、共産党に入ることとは矛盾しないんですよ」

智子は芯を感じさせる声で言い、小さい紙袋を手渡した。

「この中に、本や冊子が入っています。共産党のことが分かります。ぜひ、読んでください」

彼女が言ったので、いずみはうなずいた。

「読みます」

晃が答えた。

「また、話を聞いてください」

そう言い、智子は真っすぐなまなざしを向けた。

彼女が帰ったあと、晃は新聞を広げた。

いずみは本棚の上段から高見順の本を数冊ぬき出した。高校時代に床に投げつけたせいで、本の角がへこんでしまっている。その角をそっとなでてからテーブルの上に置いた。

壮太が居間からキッチンに入ってきて、本を一冊手に取った。

「昔っぽい本やなあ。高見順って、どっかで聞いたことがある。そうや、朗読ボランティアの人に読んでもらった。〈われは草なり〉を書いた詩人や」

「壮太は、よく覚えてるねえ」

いずみは感心して言った。

「朗読ボランティアの人は、暗唱するといいって言ってたで」

「で、暗唱したの」

「もちろん」

壮太は胸をそらした。

「それは聴きたいな」

晃が言うと、壮太はまんざらでもない顔をした。

暗唱をしたあと、壮太は首をひねった。

「この詩には、伸びられる日だけ伸びたらいいって、書いてあるなあ。でも、先生は、毎日がんばりやって言うんやで」

壮太は不服そうな顔をした。

「それは、先生は、そう言うやろな」

いずみは言った。

壮太が帰り、晃とふたりだけになった。

晃は新聞を読み始めた。いずみは頬杖をついて、高見順のことを考えた。

彼はプロレタリア作家同盟に入っていて、労働運動に関係していたために、治安維持法で捕らえられた。多喜二と同じ目に遭わせようかと特高刑事は高見順に言ったという。その刑事は、小林多喜二を拷問によって死に至らしめた人物だったという。

高見順は三か月ほど取り調べと拷問を受けたあと、一筆書いて釈放されたのだった。

のちに、高見順は尖端恐怖症を患っている。ペンや、剃刀《かみそり》など先の尖《とが》ったものを見ると、パニックになる神経症にかかったのだ。先の尖ったものを指と爪の間に刺しこむ拷問があったという。そのせいではないかといずみは思っている。

私生児という言葉がまかりとおっていた時代に、終生、高見順は父に認められなかった。そんな作家と自分の境遇とを重ね、いずみは高見順の小説や詩などを読んできた。父に認められなかった彼も、父を知らない自分も、寂しい人間だと思った。

朝、晃の姉から電話がかかってきた。姉は明石に住んでいて、忘れたころに電話をかけてくる。

「だしけに、いまは忙しいっちゃ。十薬《じゅうやく》か、なつかしいな」

故郷の言葉で話す晃の声が聞こえてくる。彼の故郷は日本海側の港町だ。

電話を終えると、彼は外へ出ていった。

いずみはエッセイを仕上げようと思い、〈戦争の空〉の続きを書いた。何回も書き直して、やっと最後の一行を書いた。

「いずみ」

晃の呼ぶ声がしている。洗濯干し場の方から聞こえる。いずみは椅子から腰を浮かせた。

戸を開けて外へ出ると、いきなり草の匂いに包まれた。花をつけた十センチほどの長さのドクダミが大きな竹ザルに盛られ、濃密な匂いを放っている。洗い立ての葉や茎からは水が滴《したた》っている。

いずみはドクダミを一本だけ手に取って、真っ白い花に見入った。

「ドクダミ、またの名は十薬ね」

「いずみは体が弱いからな」

ドクダミの茎を揃えながら晃は言った。

「ヨモギや桑の葉もいいそうだ。姉の話によると、自分で作ると、主体的になって、なおいいって」

「レモングラスはどうやろ」

「よさそうやな」

いずみは居間につるしておいたレモングラスをキッチンのテーブルの上に下ろした。花ばさみで長さを揃えていると、たちまち室内が芳香に満たされた。

晃がキッチンに入ってきて、ドクダミとレモングラスを煎じ始めた。蒸気が立ちこめ、空気が淡い琥《こ》珀《はく》色《いろ》に染まっていくようだ。

彼は二個の小さいコップにお茶を注いで、片方をいずみに渡した。

「特製の健康茶だ」

ひと口飲んで彼はほっと息をはいた。いずみも口に含んだ。自然の香りが身体に染みこんでいく。

「やっと、エッセイを書いたわ」

いずみは〈戦争の空〉を晃に見せた。

晃は読んだあと、黙っている。

「どうだった」

「おじいさんが南の島で戦死したことと、現代の集団的自衛権をからめて書いたんやな。軍服姿の祖父の写真を見てる場面はいいけど、全体に理屈が先走ってる気がするな」

いずみは軍事同盟という言葉に刺激され、〈戦争の空〉を書いた。何回も資料を調べ直した。大きなものに目を奪われ、実感から離れたのだろうか。

「不掲載かなあ」

「掲載ばかり気にしてるなあ。無駄なことはひとつもないと思うけどな。精いっぱいやったら、それでいいと思うで」

晃の言葉に、二十年ほど前、初めてエッセイを書いたときのことが思い出された。

そのころ、いずみは小学校を早期に退職し、人生の落伍者だという劣等感にさいなまれていた。けれども、エッセイを書いているときはもの憂い気持ちを忘れることができた。

初めて書いたのは、祖母のことだった。加江は戦争のせいで夫と死別し、戦後になって娘に先立たれ、孫娘のいずみを育てた。

加江はあずきを作っていた。穫り入れたあと、庭に筵《むしろ》を敷いて天日干しにして、さやをむき、あずきを一升瓶に詰め、納屋の棚に並べた。

あずきを食べると胃腸が喜ぶというのが口癖だった。体の弱いいずみの命を守ろうとして心を砕いていたのだろう。

膝を痛めてかがめなくなってからも、加江は小さな椅子に腰かけて畑仕事をした。

〈あずき〉という題のエッセイは、季刊誌〈竹林〉に掲載された。祖母は〈竹林〉を仏壇に供えた。手を合わせていた加江の丸まった背中がいずみの目に焼きついている。

初心にかえってエッセイを書こうと思いながら、いずみは椅子を立った。

「心機一転、きょうは、智ちゃんにもらった山菜を天ぷらにしようかな」

「いいね」

タラとコシアブラの芽を次々に油で揚げた。晃が庭先に群生している三つ葉を採ってきて、白和《しらあえ》にした。春らしい食卓になった。

食後、晃が意気ごんだ顔をして言った。

「話がある」

「今度は何なの」

「穂水町の再生のために、プロジェクトが必要だ。NPO法人を立ち上げるよ」

「魅力ある町づくり課が役場にあるんだから、これ以上、晃の仕事を増やさなくてもいいと思うけど」

彼は黙って本棚の下段から数冊の本とファイルを取り出した。三冊のファイルは分厚くふくらんでいる。手に取ってめくると、新聞のきりぬきやネットから引き出した資料が入っていた。

「前々から、魅力ある町づくり課は衰退する将来を心配して穂水町の再生を呼びかけていた。広報で読んですぐに、計画を練り始めていたんや」

退職前から準備をしていたとは驚いた。

「手がけるからには、できる限りのことをやるつもりやで」

いつものように前のめりだ。

「わざわざ苦労をかって出るタイプやな」

「いずみの皮肉にもだいぶ慣れてきたけど、この件は応援してほしいね」

彼は下段の棚から数冊の本を出して、テーブルに置いた。『川と森』『荒廃する山林』『里山文化』『地域を再生する』などの文字が読める。どの本にもたくさんの付箋《ふせん》がついている。

「穂水町を再生したい人が必ずいるはずだ」

「そんな人が、いるかなあ」

「まず、団体を訪問するよ」

彼は指を折って団体名を次々にあげた。長い間、晃は自治会の役員や、神社の氏子総代や、町の消防団員などを務めてきたので知り合いが多い。

「もう、死んでしまった人もいる。ひと癖もふた癖もある人たちがいたな。いきなりどなられたことがあったなあ」

彼は昔を懐かしむ目になった。

「あの人たちがひと癖にふた癖なら、晃はみ癖以上はあるわ」

「何とでも言ってくれ。団体への呼びかけをしたあとで、個人に呼びかける。呼びかけ文をネットでも発信してもらう」

ネットの得意な知人に頼むつもりのようだ。

「これで、団体の訪問は終了だ。老人会の人も、林業組合の人も、穂水町の将来に危機感を持っていることが分かった」

夕飯のときに、晃が言った。

「あとは、若い人の参加だな」

彼はつぶやいて、厳しい顔つきをした。穂水町には若者が少ない。もともと数が少ない上に、仕事に追われていたり、子育てが大変だったりする。町の再生は課題の多い道のりだ。

「それは難関ね」

「うん、年配者には、若い人に辛口の人がいる。遊び回ってるとか、いい車に乗ってるとかやな。反対に、青年には青年の言い分がある。退職金や、年金への不満やな。活動する中で世代間の分断の問題は、いい方向へ進むやろ」

彼は手ごたえを感じているようだ。それに持ち前の楽観的な性格が大きいようだ。

「団体が終わったんで、今後は有志に当たるよ」

「ゆっくり食事もできないなあ。そうや、退職の挨拶状を出しといたわ」

「ありがとう」

そう答えたものの、それほどありがたがっている口振りではない。彼の頭の中は穂水町の再生で占められているらしかった。

穂水町を再生するための初めての集まりが、役場の会議室で開かれた。

その夜、帰宅した晃はキッチンのドアを開けるなり言った。

「十七人、予想以上の人数だ。町の将来を考えている人が大勢いることが分かった」

まずまずのスタートのようだ。

彼は両手を頭上に上げて伸びをした。

「珍しい人が来てたで。起業家だと言ってた。ネットで見て、魅力ある町づくり課に問い合わせてきたという話だった。まだ三十代やな」

起業家は都市にいるものだと思っていた。こんな山あいの町に姿を見せるとは知らなかった。

「こんな田舎で何をするの」

「ブランド志向なのかな。お茶の加工品とか、高級な竹炭製造とか」

いかにも現代に生きる人のようだ。

「こんな田舎に、目をつけている人がいるなんて、意外やなあ」

「会社を立ち上げるつもりだろうな。日本は会社型の社会だからな」

彼の言葉が、よく呑みこめなかった。いずみは経済に疎い。

「太陽光発電の大型開発についても、話をしたよ。原発から抜け出せるという人もいた。町の経済発展のためになるという意見も出た。災害や自然破壊を心配する人もいたよ」

「で、どうなったの」

「結論を急いではだめだ。日ごろ思っていることを話し合うことが大切や。多様な人の集まりでは、それぞれの立ち位置がスタートで、ひとりひとりが自由なんや。僕らは会社を作るんじゃない。会社型の思考はしない」

彼は力をこめた。

「加江さんはよく手間返《てまがえ》しと言ってたわね」

いずみは祖母の言葉を思い出して言った。

「それだよ。手間返し。それぞれは一生けんめいだが、孤立している。つなぎ役が必要なんだ。結果的に、それが穂水町再生の源泉になる」

「なるほどねえ」

「NPO法人は、どんな名前がいいかな」

彼は聞いた。いずみは穂水町の自然をイメージした名前を考えた。けれども、これという名前は浮かんでこなかった。

その夜、晃は遅くまで机に向かっていた。いずみが傍に行っても、振り向きもしなかった。

「NPOの名前だけどね、思いつかないわ」

彼の背中に向かって声をかけた。

「いいで。みんなで考えたら、きっといい知恵が浮かぶよ」

　彼はあっさりと引っこめた。いずみを本気で当てにしていたわけではないらしい。

　ＮＰＯ法人の会合が開かれた夜、晃は張りきった顔をして帰宅した。

「〈里山チーム〉という名前に決まった。手始めに、ロックフェスティバルを応援するで」

　彼は言った。廃校になった小学校が鹿寄《しかやどり》高原にある。講堂は音楽堂になっていて、十数年来、若い人たちがロックフェスティバルを開催している。〈里山チーム〉は初仕事に、若者たちのイベントを応援することになったらしい。

　晃はノートの整理を始め、いずみは本を広げた。

　これまで高見順の小説や詩を中心に読んできたが、まだ読んでいない作品がある。全集には月報が入っている。読んでいるうちに、戦後、高見順が共産党への入党を勧められたときの文章が目についた。

「熱心に読んでるな」

　晃が新聞から目を離さずに言った。

「戦後になって、高見順は共産党への入党を勧められたんやて。でも、彼は断ったらしいわ。政治的な人間ではないと言って」

「政治的な人間ではないって、どんな意味や」

「小林多喜二のように節《せつ》を貫けなかったことを悔いていたのか、当時の政治の混迷を避けて文学に専念したかったのか、それとも、ほかの意味があったのかな」

　いずみが言うと、彼が新聞から顔を上げた。

「ところが、戦後、〈警察官職務執行法〉が決められようとしたときにね」

「一九五八年の〈警職法〉だな」

「そう、そのときにね。それまで、自分は政治的な人間ではないと言ってたのに、高見順は国会で参考人として意見を言って〈静かなデモ〉や講演会などの中心になって活動したらしいわ。若い人たちに、自分たちのような不自由な時代を経験させたくないって言って」

「人も、時代も、変わるんやな」

　晃は言った。

　いずみは再び読み始めた。とたんに、強烈な文章が日に飛びこんできた。

「驚いたわ。高見順はね、最後は共産党員として死にたいと言ったんやて。でね、僕には父がいない。共産党は僕にとって父のような存在だと友人に言ったらしいわ」

「そう言ったのは、どんなときや」

晃が低い声で聞いた。

「末期がんで入院しているとき。でも、結局、その願いはかなわずに、死んでしまった」

いずみは答えて、清水智子に入党を勧められたときのことを思い出した。

「智ちゃんへの断り方は、あれでよかったのかなあ。ねえ、どう思う」

「僕は正直に答えた。あれ以外にない」

彼はきっぱりと言った。

三　鹿寄高原

ロックフェスティバルの前日の朝、晃が新聞を広げて顔を曇らせた。

「天気予報どおりなら明日は雨や。集まりが悪くなるかもな」

「せっかく若者たちが、がんばってるのにね」

いずみは誰か誘う人はいないかと考え、雨宮藍なら来るかも知れないと思った。藍は小学生のころ、いずみが開いていた学習塾に通ってきていて、高校生のとき、仲間とバンドを組んでいた。

「雨宮さんを誘ってみようか」

「それはいいな」

晃は中学校で藍を担任していた。

「家庭訪問に行ったとき、雨宮さんが庭の隅っこにぽつんと立ってて、その前に小さな石地蔵があった。あのときの光景をよく思い出すよ」

「小さな地蔵の前にねえ」

いずみはつぶやいて、雨宮藍にメールを送った。

―雨宮さん、どんな日々を過ごしていますか。ところで、明日の夕方、鹿寄《しかやどり》高原の音楽堂でロックフェスティバルがあります。参加しませんか―

―彫金や社交ダンスや世界旅行などをやりたいです。庭に山野草をいっぱい植えたい。ロックフェスティバルのことはネットで見ましたよ―

　藍はロックフェスティバルへ行くのだろうか。行かないのだろうか。これでは分からないと思っていると、居間のドアが開いて、壮太が入ってきた。

「壮太たち、ロックフェスティバルへ行くの」

「みんなで行くで。僕らは常連やで」

　勢いのある声が返ってきた。壮太は張りきっているようだ。息子夫婦の不仲に対するいずみの心配を吹き飛ばしてくれるような声だった。


　ロックフェスティバルの日、天気予報どおり雨になった。この雨ではそんなに人は集まらないだろうと思いながら、いずみは居間の窓辺に立って降りしきる雨を眺めた。

　晃の車で鹿寄高原の音楽堂へ着くと、駐車場は泥をこねたようになっていた。車の外に出ると、外灯の青白い光に照らされて、雨あしが光って見えた。すでにたくさんの車がとまっている。静岡、長野、横浜などのナンバーもある。若者たちは悪天候や距離を軽く超えてしまうようだ。

　晃が透明な簡易レインコートを着て、車の誘導を始めたので、いずみはひとりで音楽堂に入った。

「どちらがいいですか」

　受付の女性が、机の上の箱を指差した。参加記念という貼り紙がしてあり、小さいペンライトと、色とりどりのキャンドルが箱の中に積んである。

「水色のキャンドルをお願いします」

「韓国のものですよ」

　受付の女性はろうそくを手渡しながら言った。ろうそくを手に握ったとき、ネットで見た韓国の集会の光景が脳裡に甦《よみがえ》った。ろうそくやペンライトを持って若者たちが広場を埋めていた。

　壁際に並んでいる食べ物のコーナーから、濃厚な匂いが流れてくる。鮎の塩焼き、焼きトウモロコシ、スコーン、フランクフルト、焼きイカ、飲みものなどがテーブルの上に並んでいる。

いずみはズック張りの長椅子にすわった。見回すと、ジーンズの若者が多かった。三百人を超える人が集まっているようだ。

「おばあちゃん」

背後で声がしたので振り向くと、憲が真由と壮太を連れて立っていた。

「由衣子は」

いずみが聞くと、憲は目をそらした。

「お母さんは用事があって、忙しいって」

壮太が答え、三人は食べ物のコーナーの方へ歩いていった。由衣子が来ないことを知り、いずみはじっとしていられない気がしてきて長椅子を立った。

外へ出ると、晃はまだ駐車場にいて懐中電灯を振って車の誘導をしていた。

流線型の、スポーティーな車が入ってきた。若いふたり連れが車から下りると、男の巨体と細身の女の赤いミニスカートが外灯に照らし出された。女は歩き出すとすぐに泥に足を取られて、派手な悲鳴を上げた。

「おんぶしてやろうか」

夕闇の中で男の声が聞こえた。そのとき女性は意外な行動に出た。素早くハイヒールを脱いで、手に持って歩き始めたのだ。近づいてくる女性の顔を見て、いずみは息を呑んだ。雨宮藍だった。これまで知っている藍とは別人のように明るく見えた。

ふたりは足洗い場の方へ行った。藍が泥だらけの足を洗い、男が手伝っている。女の、甘い含み笑いが聞こえてくる。外灯がすらりと伸びた若い女の足を照らし出している。男がその足をハンカチで拭いている。女は彼につかまって、華やかな笑い声を上げながらハイヒールに白い足を入れた。

いずみは会場に入って、もとの長椅子にすわった。藍たちがそろそろ入ってくるころだと思って振り返ると、ふたりはうしろの壁にもたれて立っていた。目が合ったので、いずみは声を出さずにあいさつをした。藍が小さく頭を下げた。

ふいに会場にどよめきが起こった。ステージに目を移すと、女装の若者が立っていた。膝丈の白いワンピースと銀色のピンヒールの若者が、片手を斜め上に伸ばして人差し指で宙を指した。

「ロック　フェスティバル　イン　鹿寄高原　スタート」

若者が腕を振りながら高らかに叫ぶと、たちまち会場は大きな歓声と拍手に包まれた。

三つのグループのバンド演奏が終わり、〈人間になりたがったオオカミ娘〉というミュージカルが始まった。

幕が開くと、舞台に洞窟がセットされていて、杖を持った魔法使いと、桃色のリボンをつけたオオカミが登場した。オオカミが大事な薬品をこぼして、魔法使いに叱られている。オオカミは罰として人間の姿に変えられ、洞窟を追放されることになった。オオカミは酒場で皿洗いおばさんと出会い、ギランスという土地へ旅をする。ギランスでは原発事故のために人々が苦しんでいた。何故事故が起きたのか。ふたりは町の人たちとともに勉強し、行動を始める。そんなストーリーだ。

ミュージカルが終わると、白いワンピースの女装の若者がロックフェスティバルの終わりを告げた。

いずみが椅子を立ったとき、雨宮藍の姿はなかった。外に出ると、晃はまだ駐車場にいた。

「結局、晃は何も見なかったね」

いずみは帰りの車の中で話しかけた。

「初めから下働きに徹するつもりだった」

その答えに、憲の夫婦仲が心配だと言いかけて思いとどまった。黙っているのは気が重かったが、話せば息子夫婦の不仲が決定的になる気がした。まだ分からないのだと自分に言い聞かせた。

ロックフェスティバルの翌日の昼、いずみはふたつのどんぶりをキッチンのテーブルに運んだ。昨夜の天ぷらの残りと、たくさんの青ネギ入りのうどんだ。家の畑で採れた青ネギが強く匂った。

晃は先に食べ終わって、本棚から野鳥のフィールドブックをぬき出して開いた。

玄関で戸の開く音がして、真由が入ってきた。

「ちょっと失礼」

真由はいずみの箸をさっと手に取り、残りのうどんを食べてしまった。

「真由はおいしいものをよく嗅《か》ぎつけるなあ」

いずみが言うと、真由は澄ました顔をした。

「魔法使いは人間を憎んでたなあ」

真由が昨夜のミュージカルの話を始めた。

「そうか、人間を憎んでたか」

晃がフィールドブックから顔を上げて聞いた。

「うん、憎んでた」

真由は答えた。

「何故、憎むんや」

「人間は欲をはびこらせるからって。でも、いくら魔法使いが言っても、オオカミ娘は人間になりたいという願いをつらぬいたなあ」

真由は熱のこもった口調で言った。

「人は人、オオカミはオオカミやろ。人には人の、オオカミにはオオカミの役割がある」

晃が言うと、真由は不服そうな顔をした。

「オオカミが人間にならないと、物語は始まらない。冒険も恋も成り立たないで」

真由は晃に逆らった。

真由が帰ったあと、晃は〈憲法を知る会〉の会合に参加するために出かけた。

いずみは新しく書き始めたエッセイを広げた。

書いていると、スマホの着信音が鳴った。雨宮藍からだった。

「大原先生、これから行っていいですか。相談したいことがあるんです」

声にせっぱ詰まった気配があった。

「私でよかったら、相談に乗るわ」

三十分ほどして、いずみは藍と居間のソファーに向かい合ってすわった。

「大原先生は、私をロックフェスティバルに誘ってくださいましたね。こんな私を誘ってくれる人がいるんだなって、とても嬉しかったんです」

こんな私と藍は言った。

「雨宮さん、自分を見下さないで」

いずみが言うと、彼女はうなだれた。

「つき合っている人がいるんです」

顔を上げて、唐突に彼女が言った。

「ロックフェスティバルで一緒だった人ね」

「そうです。彼と一緒にいると、素《す》のままでいられるんです。安心していられるんです」

「よかったなあ。そんな人に会えて」

いずみが言うと、藍の頬に笑みが浮かんだ。

「ふたりで歩いてたら、すみれが道端にいっぱい咲いてて、私がすみれに見とれてたら、ずっと一緒にいたいって彼が言ってくれたんです」

「で、どう答えたの」

「私も、ずっと一緒にいたいって答えました」

　彼女は小さい声でそう言うと、あからめた頬に片手を当てた。

「私ね、このすみれを庭に植えたいって言ったんです。そうしたら、彼はすぐに根を掘り始めたんですも、指や爪を土で真っ黒にして、でも、どうしても、根がちぎれてしまって」

　指と爪を土だらけにしている若者の姿を、いずみは目に浮かべた。

「私がちぎれたすみれの根を見ていると、彼が言ったんです。種をまこうって。種ができるころに、もう一度ここに来ようって。そのときに、指輪を贈るよって」

　彼女の目がつやをおびて光った。

「彼、自衛官なんです」

　藍はそう言って、ふいに眉間にしわを寄せた。

「何か、心配なことがあるの」

「テレビを見てたら、自衛隊員の海外派兵をできるようにしなければいけないと言ってる人がいて、でも、まさか彼は行かないだろうと思ったけど、やはり心配になって、思いきって聞いたんです。そうしたら、彼は話題を変えてしまって」

　彼女はそう言うと、頬に当てていた手をはずしてうなだれた。

「戦場へ行くなんて、武器を持って戦うなんて、彼が知らない人になっていくようで」

　藍の声が震えている。

「誰かにそのことを相談したの」

　いずみが聞くと、彼女はうつむいたままで首を横に振った。

「自分の気持ちを人に伝えるのが、苦手なんです」

　彼女はか細い声で言い、吐息をついた。

「彼が手の届かないところに行ってしまうんじゃないかと思うと、いても立ってもいられない気がしてきて、どうしたらいいのか分からなくなって」

　藍の目に憂いがにじんでいる。

「彼にあなたの気持ちを伝えたの」

　いずみが聞くと、藍は黙って首を横に振った。

「雨宮さんの気持ちは伝わってないんじゃないの」

「そう思います。でも」

「言わなかったら、つうじないわ」

「言っても、だめです。私なんか」

藍はかすれた声で言って、下唇をかんだ。

「私なんかなんて、どうして言うの」

いずみが言うと、彼女は顔を上げて窓辺に目を向けた。その目がうつろに見えた。

雨宮家はバブル期に広大な土地を住宅地として売ったという噂だった。藍が四歳のときに、実の母親は家を出ている。その直後に父親は再婚し、弟が生まれた。新しい母は華道家だと聞いた。

「私ね、人の顔をそんなふうに上目づかいで見るなって、よく父親に叱られました。私と違って、弟は明るい性格で、親孝行なんです。大学を卒業するとすぐに結婚して子どもが生まれて、あの人たちは大喜び」

藍はあの人たちと言った。瞳に暗い影が差している。家族は彼女にとってあの人たちなのだ。

小学生のころ、藍はいずみの塾に通ってきていて、何でもよくできた。ときには、周りの人の気持ちを先回りして考えることもあった。

「雨宮さん、辛かったね」

いずみが言うと、彼女は、何かに耐えるようにじっとして動かなかった。

「雨宮さん」

いずみが小声で声をかけると、彼女は身を硬くしたような気がした。しばらくの間、沈黙が続いた。

ふいに彼女の肩がピクンと動いた。

「父に殴られて、弟に蹴られて」

彼女の唇からあえぐような声が漏れた。きれぎれの声を聞いて、血の気が引いた。いずみは言葉を失って藍の手を握った。しばらくそうしていたが、気を取り直して言葉をしぼり出した。

「ごめんね、気がつかなくて、ごめんね」

藍は暴力を受けていたのだ。家の中に藍の居場所はなかったのだ。そのとき、いずみの中にひらめいたことがあった。

「雨宮さん、もしかしたら、辛いとき、庭のお地蔵さんに話しかけてたんじゃないの」

藍は顔を上げてうなずいた。そうだったのかと思いながら、いずみは握っていた手を離した。

「雨宮さん、心を許せる人にやっと巡り合ったんでしょう」

いずみが言うと、藍はうなずいた。

「彼を好きなんでしょう」

彼女は前よりも深くうなずいた。

「もう一度話してみたら」

藍は答えない。

「あきらめないでね。ふたりで、必ずすみれの種を採りにいってね」

いずみが言うと、藍は真剣な顔でうなずいた。

「話してみます」

藍はそう言って帰っていった。

晃が〈憲法を知る会〉の会合から帰ってきた。

「さっき、雨宮さんが来ててね」

いずみが藍に聞いたことを詳しく話すと、彼は顔色を変えた。

「雨宮さんは父親と弟に虐待を受けていたのか。雨宮家の生活は彼女を犠牲にして成り立っていたのか。雨宮さんを捜して、奈良や大阪の繁華街を駆けずり回ったことがあったけど、彼女が家出を繰り返したのも無理ないなあ。どうして、あのときに気づいてやれなかったんやろ。すまないことをした」

彼は無念そうに唇をかんでから続けた。

「高校生のとき、雨宮さんは教員になるために大学への進学を決めて、望みどおりに教員になったけど、数年勤めただけで退職してしまった」

「雨宮さんは四歳のときにお母さんと別れなければならなかったでしょう。何かあるたびに、置き去りにされたときの傷痕が疼くのかもね」

冷風が彼女の胸の空洞を吹きぬけているのかも知れない。

しばらくして晃が分厚いファイルをテーブルに置いて話題を変えた。

「運行許可願いを警察に届けてきたで」

〈憲法を知る会〉では労働組合の宣伝カーを借りて、年に何回か市町村を回っている。

「おおかた首尾よくいったが、困ったことが起きた。いつものアナウンサーが親の法事でいないんで、ピンチなんや」

「私も探してみようか」

「いや、いい」

晃には心当たりがあるらしかった。

「いずみに頼みたいんや」

晃が言ったので、驚いた。

「とんでもないわ。ほかの人に頼んで」

「頼む」

彼はファイルからチラシをぬいて手渡した。〈反骨の元自衛官　沼尻紘一氏　来たる〉という文字が躍っている。いずみは元自衛官という文字を見つめた。雨宮藍の恋人が自衛官だということを思い出して、ここで引いてはいけないと思った。

「やるわ」

「ウグイスバアやな」

「何、それ」

「もうウグイス嬢じゃないやろ。だから」

「ウグイスバアで悪かったわね。そんなこと言ったら女性差別になるで」

「ごめん。年齢を積んだ声もいい。素人っぽいいずみの声が、聞く人の耳に意外に届くかも」

彼は慌てた顔をして、けんめいにほめた。

いずみは滑舌《かつぜつ》を始めた。あえいうえお　あおに始まり、ぱぺぴぷぺぽ　ぱぽまでの発音の練習をした。立ったり、仰向けになったりして繰り返した。

本や資料を読んで、アナウンスの例文を考えた。黒い太マジックで清書していると、晃がマイクとカセットデッキを持ってきた。

「テープを用意した方がいいな。声がかすれたり、咳きこんだりするからな」

晃が言ったので、五種類のパターンを考えてエンドレステープに録音をした。

宣伝カーで市町村を回る日になった。

いずみはマイクを手に後部座席にすわり、例文を透明なファイルケースにはさんで手に持った。

隣の市の駅前で、山下満会長が宣伝カーに乗りこんできた。彼は助手席にすわると、首をひねって後部座席のいずみに話しかけた。

「人に出会うたびに手を振ってください。で、目立つように、白い手袋をはめていてください。こちらからは見えなくても、いつも、どこからか、誰かが見ている。そう思っていてください。臨機応変が大事ですな。親子連れを見たら、何と言いますかね」

例文を読むだけではだめらしい。

「子どもたちを決して戦場へ送らないというのは、どうでしょうか」

「それもいいですな。教育費の無償や、九条の戦争放棄が定番でしょうかな。車椅子の人を見たら、二五条の〈すべて国民は、健康で文化的な最低限度の生活を営む権利を有する〉でしょうかな。そのまま読み上げても分かりにくいので、その場に応じて、相手に伝わる言葉で語りかけてください」

　山下会長がマイクを握って手本を示してくれた。声に張りがあってにこやかに話しかける感じが身についている。彼の人柄にも拠るのだろうか、議員の長い経験によって培われた力だろうか。

「車が道の角を曲がる前に、ひとつの文章を終わってください」

　会長は言った。簡単だと思ったが、実際にやってみると難しかった。失敗したときには慌てて、冷や汗をかいて口がもつれた。

「大原さん、笑顔で続けてください」

　会長が言った。失敗しても、落ちこんではいられない。何くわぬ顔で次へ進まなければいけないといずみは自分に言い聞かせた。

〈憲法を知る会〉のメンバーが交代で同乗してきて、二日間かけて宣伝カーで市町村を回った。

　宣伝が無事に終わった日の夜、雨宮藍から電話がかかってきた。

「宣伝カーの声を聞いたとたんに、大原先生だと分かりましたよ」

「聞いてくれて、ありがとう」

　そう答えたあと、いつ聞いたのだろうと思った。

「もしかしたら、私がしどろもどろになってるときに聞いたの。恥ずかしいわ」

「よく声がとおってて、聞きやすかったですよ。私ね、これまで憲法のことは人ごとでしたが、彼のことを思うと、ぼうっとしてられない気がしてきて」

　藍の言葉に、恋人へのいちずな思いがこもっているようだった。

「これまで私はしたい放題してきました。その天罰でしょうか」

　若い藍が天罰と言ったので驚いた。

「天罰なんかじゃない。この世に天罰なんかあっていいはずがないわ。憲法に書いてあるでしょう。すべて国民は、個人として尊重されるって」

「私でもですか」

　私でもという言葉が痛いたしかった。

「すべて国民は個人として尊重されるのよ。すべて国民はって、ひとり残らずということでしょう」

　いずみは言ったが、彼女は答えなかった。絵空ごとだと彼女の無言が語っている気がした。

「私さえいなければばと、よく思いました」

間を置いて、藍は力のない声でつぶやいた。その声に犠牲にされてきたものの無念がこもっているように感じられた。

「私は、どうしたら、いいのでしょうか」

藍の問いかけがせつなく響いた。藍は胸に大きな空洞を抱えている。それだけに、居場所を求める気持ちはいっそう強いのだと思われた。

「彼と話したの」

「話しましたが、肝心のことを言えなくて」

彼女は小声で答えた。

「彼のことを好きなんでしょう。初めて、安心していられる人と出会ったんでしょう」

「そうなんです」

「自分の気持ちに正直になってね」

「それって、とても難しくて」

藍の言うとおりだろう。けれども、幸せになってほしい。つかみかけた愛を育ててほしい。

「必ず、すみれの種をふたりで採りにいってね」

「はい」


「気持ちを伝えたらどうかな。ありのままに、粘り強く伝えるの」

「ありのままに、粘り強くですね。それしか、ありませんよね」

藍は自分に言い聞かせるように言った。

翌日の夜、また雨宮藍から電話がかかってきた。声に力がなかった。

「雨宮さん、彼に気持ちを伝えたの」

「はい、思いきって彼に頼みました。転職をしてほしいって」

「で、どうだったの」

いずみが聞くと、彼女は黙った。

「だめだそうです」

しばらくして、消え入るような声が返ってきた。

「理由は何なの」

「経済的に成り立たないそうです」

愛をつらぬく自由のない社会、その現実が目の前につきつけられていた。

「もうひとつ自衛官を辞められない理由があるんです。辞めたら卑怯者になるそうです」

藍の言葉に、憤りが湧いた。

「命を大切にすることは、絶対に卑怯じゃないわ」

いずみは声を強めた。

「雨宮さんは言ってたわね。武器を持って戦うなんて、彼が見知らぬ人になっていく気がするって。それをとめなければね。手の届かない人にしてはいけない。雨宮さんの気持ちをまっすぐ彼に伝えてね」

いずみは励ました。

「あきらめないでね」

「もう一度、話してみます」

藍の言葉に、いずみはひと息ついた。

「講演会に来てね」

「はい、行きます」

藍はしっかりした口調で答えた。

「一緒に勉強しよう」

「はい、よろしくお願いします」

神妙な声が返ってきた。

講演会の日の午後、いずみは早めに穂水ホールへ行った。入り口で待っていると、雨宮藍のほっそりした姿が見えた。レースの白いブラウスとミント色の膝丈のスカートが涼しげで、手に小さなハンドバッグを持っている。

「雨宮さん」

いずみが呼ぶと、彼女は驚いたような顔を向け、硬い頬をして近づいてきた。

「こういう雰囲気に慣れないせいか、場違いな気がして」

彼女は小声で言った。鹿寄高原の駐車場で大胆に振るまっていたときとは、別人のように見える。

受付で講演のレジュメと感想文用紙をもらった。会場はほぼ満席だった。二百人ほどがパイプ椅子にすわっている。藍は中ほどの席にすわり、いずみも空いた席を探してすわった。

〈平和と人権を考える　講師　沼尻紘一氏〉という横書きの墨字の周りを、折り紙で作ったひまわりの花が囲んでいる。

晃が講演会の始まりを告げた。

白髪の山下満会長が張りのある声であいさつし、続けてハンチングをかぶった講師を紹介した。

講師の沼尻紘一が椅子から立ち上がって演壇の方へ歩いた。実際に音を立ててはいないのに、ひたひたという足音が聞こえてくるような隙《すき》のない身のこなしに見えた。彼は演壇の前に立つと、大きなモノクロの写真を胸の前に掲げた。

「自分が陸上自衛隊の少年工学校に入校したころの写真です。髪の毛が黒々としています。いまは、こうなりました」

沼尻はそう言って、草色のハンチングを持ち上げて見せた。その頭には髪の毛が一本もなかったので、会場は笑い声に包まれた。

彼はもう一枚の写真を見せた。大勢の自衛隊員が整列をしている写真だった。

「現役時代、自分は防空ミサイルの任務についていました。いまになって思うと、人間並みじゃない訓練も受けましたが、限界までがんばりました。何故がんばれたのかというと、目的があったからです。国と国民を守るという目的です。自分は、この手で日本を守っていると思っていました。年々、軍事費が過去最高を更新していきます。そのことも自分の誇りと確信になりました」

沼尻は災害のときの援助活動について説明した。被災地で働いて、おじいさんや、おばあさんや、子どもたちなど、多くの人に感謝され、お礼の手紙をもらったと語った。風呂を提供したときには、泣いてお礼を言われたと日焼けした顔で話した。

「自衛官は人殺しをするために、いるのではありません。日本国憲法にそのことが書いてあります」

沼尻の言葉が意外だった。憲法が自衛隊員の拠りどころになっていたとは知らなかった。

「現在の教育に目を移してみましょう。学校の教科書では古典を重視しています。古典回帰ですね。これはズバリ言って、官邸の方針です。長い間、自分は〈論語〉に夢中になっていましてね。信義や誠実という言葉に取りつかれていました。論語と政治とは双子のようなものです。儒教は江戸時代には兵学、明治以降は修身と結びついていました」

いつの間にか、独特の節のついた粘りのある話し方になっている。

「私は日本の古典を片っ端から読みました。つまり、頭が〈論語〉や古典に乗っ取られていたわけです。私は決して〈論語〉や古典を悪いとは考えていません。無批判に詰めこんで、偏っていたことを悔いているんです」

沼尻は言った。いずみは自分の読書傾向の偏っていることを思い、痛いところをつかれた気がした。

「さて、みなさん、〈教育勅語〉が話題になっています。戦前、〈教育勅語〉は子どもたちの脳を戦争一色に染めましたが、いまはどうでしょう。道徳にその役割をさせようとしているようです」

講師の言葉に、いずみは斜め前にすわっている雨宮藍を見た。彼女はうなずきながら聞いている。

「安全保障関連法が問題になっています。頭から氷水をぶっかけられるような気がします。集団的自衛権とは他人の場所にズカズカ踏みこんで、ケンカを買いにいくことです。自分は新聞を隅から隅まで読みました。いろんな人の話を聞きました。これまでは立場上、避けていた人の本も読みました」

いずみは斜め前を見た。藍はくい入るように沼尻を見ている。

「自分は戦争法に抗議することに決めました。天地が引っくり返ったようなもんです。要するにですね、人間を絶対に殺してはならないのです。たとえ戦闘員であっても殺してはなりません」

沼尻は熱のこもった口調で言った。

「みなさん、自衛隊員が海外に派遣された結果、決してあってはならないことが起きています。何が起こったのか、ごぞんじですね。自衛官が何人も自殺しているのです。人命救助をするはずの自衛官が、自らの命を絶っているのです」

いずみははっとして藍を見た。彼女の顔は青ざめ、膝の上に載せたバッグをきつく握っている。

「自殺には至らないまでも、いろんな場所で地獄のような時間を過ごしている自衛官がいます。誰しも人の子です。人の子の親であり、きょうだいであり、友人であり、恋人でもあります。殺されるかも知れない、殺すかも知れない、自殺につながるかも知れない。人間をそんな場に追いやってはいけない。奪い合いや、殺し合いは深い傷を残します。あってはならない現実は人の心をゆがめます。生涯、過去の傷を抱えて生きていくような辛い世の中、もうやめませんか」

彼はそう言ったあと、戦争放棄の決意を示して、講演をしめくくった。大きな拍手が起きた。いずみは斜め前にいる雨宮藍の方を見た。彼女は拍手をしなかった。窓の外へ視線を向けたまま何回かまばたきをした。

「沼尻紘一さん、ありがとうございました。会場のみなさん、ご質問はありませんか」

晃が問いかけると、年配の男性が手を上げた。

「政権批判をされるのは、元自衛隊員という立場上、難しいのではありませんか」

沼尻は質問者の方を見てうなずいた。

「失ったものは多かったですね。いままで友人だと思っていた人の信用を失いましたね。きれいさっぱりでしたな。それに、ネットでヤラレました。あれはメッチャきついですな。非国民、呪い殺す、スパイと書かれたこともありました。自分の一生はワヤクチャになったと、悲観した時期もありました」

沼尻は咳をし、ポケットからハンカチを取り出して口の周りを拭いた。

「お前は変わったとよく言われました。去った友人、新しい友人、自分の人間関係はずい分変わりました。ですが、変わるのが人間じゃないですか。いろんなことがありましたが、最近は勉強すればするほど、社会のからくりが見えてきて楽しいですね。自分としてはおかげさまで、まずまずの人生をしめくくることができると思っています」

まだ六十歳を超えたばかりだというのに、人生のしめくくりと彼は言った。

続いて髪を後ろでひとつに束ねた五十歳ぐらいの女性が質問をした。

「自分は変わったと言われましたが、沼尻先生は何に強い影響を受けられましたか」

彼女が質問をすると、沼尻は唇の端に穏やかな微笑を浮かべた。

「実は孫が生まれましてね。孫の無邪気な顔を見ていると、たとえ一生がワヤクチャになったとしても、いくら呪われたとしても、戦争に反対するときだという境地に至ったわけです。孫を戦場に行かせたくないんです。力の限り、できることは何でもするつもりです」

沼尻がしわがれた声で答えると、再び拍手が起きた。彼は拍手の中を自分の席にすわった。

司会席の晃が立った。

「質問はこのぐらいにして、どなたか、講演についての感想をお願いできませんか」

晃が言うと、中年の女性が手を上げた。最近、穂水町へ移住してきた女性だ。

「講演をお聞きしているうちに、同級生のことを思い出しました。彼女は五歳のときからバイオリンを習ってて、音大に進んでオーケストラで演奏するのが夢でした。ところが、父親が工場の経営にゆき詰まって、大阪へ引っ越してしまいました。その同級生とはずっと年賀状のやり取りをしていました。中学三年生のときの年賀状に、自衛官になると書いてあって、それきり音信が絶えてしまいました。いまごろ、どうしているのだろうと、思います。もし、女性自衛官になっているとしたら、彼女の人権は守られているのだろうかと気がかりです」

女性は心配そうな顔でしめくくった。

山下会長が閉会のあいさつをした。

「私は〈教育勅語〉の世代です。戦争になったら天皇のために命を捧げよとたたきこまれた世代です。いま、また、世の中がきな臭くなっています。講演をお聞きしまして、憲法署名を増やしたいという思いを新たにしています」

会長のあいさつが終わると、晃が立った。

「アンケート用紙は受付の箱の中に入れてください。よろしくお願いします」

いずみが雨宮藍の方を見ると、彼女はボールペンを走らせていた。いずみも感想を書いた。書き終えて藍の方を見ると、彼女の姿はなかった。

会場の片づけを終えて、晃と駐車場へ向かった。

「沼尻さんの講演は迫力があったわ。それに、ユーモアたっぷりだったなあ」

いずみが歩きながら話しかけると、晃はしばらくの間、黙っていた。

「さっき、聞いたんだが、沼尻さんは難しい膵《すい》臓がんらしい」

晃が言った。沼尻紘一はがんだったのか。講演は残り時間をはかっている人の話だったのか。そう思いながら、いずみは彼の笑顔を思い浮かべた。

帰宅すると、晃は居間のテーブルの上にアンケート用紙の入った箱を置いた。十通あまり入っている中に、雨宮藍の感想文があった。

この世に呪いの言葉があるなんて、ショックだった。いま、誰とも話したくないと書かれていた。

いずみはボールペンで書かれた細い文字を読み返した。誰とも話したくないと書いているが、ほんとうは誰かと話をしたいのではないだろうか。

スマホで電話をかけたが、藍は出なかった。

いずみはメールを送った。

—雨宮さん、あなたと話をしたいと思っています—

返事がなかったので、二回目のメールを送った。

—きょう、講演を聴いて、私はひとつの考えにくくられたくないと思いました。雨宮さんの返事を待っていますね—

雨宮藍からメールの返信が届いた。

—大原先生、人間は人間を見棄てます。自衛官の彼と別れました。誰も私を知っている人のいない場所へ行きたいです。私は家を出て遠くへ行くつもりでいると思っています—

いずみは藍にスマホで電話をかけたが、出なかったので、固定電話にかけた。藍の父親が出た。

「藍さんをお願いしたいのですが」

「あいにく藍は出かけていましてな」

父親の声を聞いた瞬間、藍の声がいずみの耳もとに甦った。父に殴られ、弟に蹴られていたとあえぐような声で藍は訴えたのだった。思い出すと、背中がぞわっとした。


「失礼します」

とっさにそう言って、いずみは電話をきった。

晃が部屋に入ってきた。

「どうした、怖い顔をして」

「雨宮さんのお父さんの声を聞いたら、胸が凍りついたような気がして」

「そうか。彼女の恋が実るといいなあ」

「ほんとうにね」

「僕らの場合も壁は厚かった。いずみは結婚に懐疑的だったからなあ」

晃は過去に戻っていく目になった。

三十数年前、晃に結婚を申しこまれたとき、いずみはうろたえた。子を生んですぐに死んだ母と、子を棄てた父のことが胸にこびりついていた。結婚は不幸とつながっている。その怖れと不安が胸の底に巣くっていた。必死になって払いのけたが、いくら振り払っても、わだかまりはしつこくからみついてきた。人間を信じるのか、信じないのか。いずみは自分に問いかけ続けた。あのころ、迷いから抜け出すことは難しかった。

けれども、晃は粘り強かった。いつまでも待っている。結婚できないなら、妹になってずっと一緒にいてほしいと言った。

いずみは友人の清水智子に相談した。彼女はためらわずに背中を押した。

いずみは若い雨宮藍のことを思った。藍は精いっぱいがんばった。過去を乗り越えようとした。けれども、つかみかけた希望は彼女の手からするりとこぼれ落ちてしまった。

いずみは藍を支えることができなかった。苦い思いが胸に濃く残っている。

四　ツバメ

日が暮れてから、いずみは祭り提灯に火を入れて軒先につるした。隣家の軒先にも祭り提灯がだいぶい色に灯っている。

翌日の朝早く、晃は八峰神社に出かけた。

いずみが庭に出て神社の方を眺めると、大きなケヤキの木の傍に幟《のぼり》がはためいていた。晃は昼前に帰宅し、大きな紙袋をいずみに手渡した。

「配っといて、頼むで」

晃はそう言って、神社に引き返した。

紙袋の中には、供え物のお下がりのうちわと造花が入っていた。

いずみは朝からエッセイを書いていたので、配りものをあと回しにすることにした。エッセイの続きを書いていると、電話が鳴った。

「お下がりはまだか」

聞き覚えのある声だ。

た。


「すみません」

「何時やと思ってるんや」

近所のご隠居はどなった。

「すみません、いま」

途中でさえぎられた。

「昼から配るつもりか」

老人はいっそう声を荒らげ、乱暴に電話をきった。

いずみは大きな紙袋を提げて、重い気分で坂道を上った。陽射しは強かった。

ご隠居は庭に出ていた。片手に木の棒を持って、目の前の池を睨《にら》んでいる。老人のこめかみに青すじが浮き出ている。

いずみが恐るおそる近づいていくと、彼はいきなり木の棒を振り上げ、池の水面をたたいた。

いずみは松の木の傍で立ちすくんだ。

「毎晩、やかましいんや」

池を睨んだまま老人は言った。しゃがれた声に妙に力がこもっている。

「何が鳴くんですか」

「ヒキガエルやっ、クソッ、安眠妨害や」

池をにらんでいた老人は声を上げ、再び木の棒を打ち下ろした。

ヒキガエルは幸運を呼ぶんやと以前は自慢していたのに、何という変わりようだろう。

ご隠居がいずみを見た。

「お祭りのお下がりを持ってきました」

「何でいまごろになってから配るんや。神さんを粗末にしよって」

「すみません」

「お宅は、賑やかで結構や」

老人は険のある声で言い放った。

いずみが思わず目をそらすと、視線の先の庭に雑草が伸びていた。

この春まで、ご隠居は六人家族だった。ところが、息子夫婦が離婚した。妻は子どもを連れて実家に戻り、息子は再婚して遠方で暮らしている。そして、いま老人は独りで暮らしている。

いずみは次の家へ足を向けた。ご苦労さんとねぎらわれて干ししいたけをもらった。

下り坂を歩いていくと、田んぼから涼しい風が吹いてきた。干ししいたけを顔に近づけると、穏やかな陽の匂いがした。

八峰神社の祭りの翌日、晃が如雨露を手に畑から帰ってきた。

「どんと降るかと思うと、日照りが続く。畑の土がからからや」

祭りの頂き物の鯖《さば》ずしをおいしそうに食べながら、晃は言った。

昼食のあと、彼は庭へ出ていった。

電話が鳴った。穂水町長から晃への電話だった。何の用だろうといぶかりながら、いずみは子器を手に庭へ出た。

晃は金ばさみで、花梨《かりん》の木の毛虫を捕っていた。

「町長さんから、電話」

いずみは晃に子器を手渡した。心当たりはないらしく、彼は首をかしげて受け取った。ひとしきり話をしたあと、彼は子器をいずみに返した。

「降って湧いたような話や。穂水町に持っている山林を町に寄贈するという申し入れがあったらしい。四十ヘクタールあるそうや」

「誰がそんな申し入れをしたの」

「森宗一郎という画家らしい」

その名前なら知っている。八十歳ぐらいの日本画家だ。つい最近も、個展の広告を新聞で見た。

「何年か前に、業者がゴルフ場にするつもりで買った土地だそうだ。ところが、バブルがはじけて立ち消えになっていた。それを画家が買ったそうだ」

「別世界の話ね」

金持ちの気まぐれだろうと思った。

「ありがたい話だと町長は言ってた。で、その土地の活かし方を〈里山チーム〉で検討してほしいという話だった」

「丸投げやな」

いずみはため息をついた。

「役場には夜遅くまで灯がついてる。職員はそれぞれに手いっぱいや」

「それはそうだけど」

「それにしても、今年の毛虫はひどいな」

彼が言ったので、いずみは花梨の木を見た。枝にも葉にも、細くて茶色い毛虫がびっしりついている。背すじがぞわっとした。

「地球異変の前触れじゃないといいけど」

いずみはつぶやいた。

晃は町長の話を聞きに役場へ出かけ、二時間ほどして帰ってきた。

「森宗一郎ってどんな人なの」

「もうすぐ、分かる。画家を囲んで話を聞くことになったんや。〈里山チーム〉の主催やで。いずみも参加すればいい」

晃は明るい目をして答えた。


いずみが役場の会議室の戸を開けると、三十人ほどが集まっていた。

画家は正面にすわっている。小柄な人で、白いポロシャツを着て背すじを伸ばしている。足もとを見ると、素足にぞうりだった。

体格のいい丸顔の町長がスーツ姿で画家の横にすわっている。

司会の晃が開会を知らせた。

町長が挨拶をかねて、画家の紹介をした。

森宗一郎が話し始めた。

「私は風景に魅了されて、穂水町の山林を買いました。ミツバツツジが咲き乱れていて、遠くに穂水川が光っていました」

いずみは画家の話に反感を覚えた。景色がいいからといって、普通の人は土地を買わない。

参加者を見回すと、ほとんどの人がなごやかな顔をしている。けれども、不満そうな顔をしている人がふたりいる。穂水川漁協の人と、あずき色のバンダナをつけた農家の女性だ。

画家は続けた。

「周囲を見回すと、開発と放置が同時に進んでいます。自然はあえいでいます。花は咲かない。木の実はならない。鳥たちは来ない。水田も残り少なくなりました。里山は消えつつあります。まるで壊れつつある人の心を映しているかのように見えます」

画家の話はもっともだと思った。けれども、話の裏に何かよこしまな意図はないだろうか。

「荒れ果てた山林を里山として再生させたい。何故なら、里山は人間らしい暮らしに欠かせないからです。それから、池があるといいですね。水鳥たちが集まります」

画家は水鳥たちと言ったとき、目を細めた。その目が優しかった。彼の言葉に裏はないのかも知れない。そんな気がしてきた。

「生態系は壊され続けています。その先に、何が待っているでしょうか。人類の危機ではないでしょうか。生命のつながりを実感できる里山を穂水町に造りたいのです。子どもや、若者や、お年寄りの声が満ちる空間を造りたいのです。みなさん、ぜひ力をお貸しください」

森画伯は話をしめくくった。

晃が参加者に質問と感想を求めた。

バンダナの女性が、片手を耳の高さに上げた。

「正直に言わせてもらいます。森先生のお話はきれいごとではないでしょうか。困るんです。鳥は畑や田んぼの大敵なんです。どうやって追い払おうかと苦労してるんです。それに、鳥は車のフロントガラスにピシャッと糞《ふん》を落としますよ」

彼女が勢いのある声で言うと、笑い声が起きた。うなずいている人もいる。

画家はうなずいた。その姿がおうように見えた。

「ほかに、どうでしょうか」

晃が言うと、大きな咳払いをした者がいた。穂水川漁協の人だ。

「鮎は鳥にやられる。鷺《さぎ》の大群が魚を食い荒らす。この上、池を造ったらどうなるんや。鳥が増えて大損害になるやろ。目に見えている」

彼は野太い声で言った。

いずみは画家を見た。彼は顔色を変えず、相変わらず背すじを立てている。

「ほかにありませんか」

晃はさらに参加者に意見を求めた。

若草色のスカーフをした女性が顔を上げた。朗読ボランティアをしている女性だ。

「畑のチンゲン菜がヒヨにつつかれて茎だけになって、ホウレン草は食べられて、さんざんです。でも、森先生のお話を聞いて、朝から晩まで目先のことばかり考えてたのかなあって、傲慢《ごうまん》な人間になってたのかなあって、そんな気がしてきました」

女性は若草色のスカーフの端に片手で触れたあと、急に笑顔になってつけ加えた。

「今朝、イカルのさえずりを聴いたんです」

彼女が嬉しそうに言うと、濃いあごひげの男性がうなずいた。

「あの声はいいですな。どんな一日になるだろうと期待しますなあ」

　あごひげの男性があいづちを打った。都会で会社勤めをしていて、退職後に古民家を買い取って夫婦で移住してきた人だ。

「穂水町に引っ越してこられて、まだ間がないですね。どうですか」

　晃があごひげの男性に問いかけた。

「穂水町では鳥がよく鳴きますね。これまで考えたこともなかったんですが、鳥には人間がどんなふうに見えてるんでしょうか。恐ろしい姿に見えてるんじゃないかと思うことがあります」

　彼はそう言って、あごひげをしごいた。

　晃が森宗一郎を見た。

「森先生、いかがですか」

「生きている限り、生き物のつながりという視点は欠かせません。その視点を失うと、世界は破滅に向かうのではないでしょうか」

　画家はそくざに答えた。

「教えていただきたいことがあります。何故、先生は花鳥画を描かれるんですか」

　晃が森宗一郎に問いかけた。


「それは人間と自然との関係です。文化や宗教とも関わっています。動物や、虫や、木や、草や、石ころなどに敬意を向けてきた長い歴史の集積ですね。この文化と精神性が花鳥画を醸成してきたといえます。自然界の万物の命に格別のまなざしを向けて、私は花鳥画を描いてきました。自然に敬意を払わない国や民族に、花鳥画は育たないのです」

　画家は説明した。

「森先生は絵をどこで描かれるんですか」

　朗読ボランティアの女性が尋ねた。

「高い壁や、天井に描くこともあれば、不安定なやぐらの上で描くこともあります。アトリエでも描きます。アトリエではたいてい正座しています」

　画家はそう言ってポロシャツの袖をたくし上げた。すると、盛り上がった逞しい腕が見えた。いずみは絵筆を握っている森宗一郎の姿を想像した。何かが始まるという予感が胸に差しこんできた。

　それまで黙っていた林業組合の代表が、胸の前で組んでいた腕をほどいて咳ばらいをした。何人かの参加者が居ずまいをただした。彼は穂水町の長老格でいちもく置かれている。

「難しい話やな」

彼は渋い声で言った。

「長い間、忘れていたことを、先ほど思い出しましたで。昔、メジロを飼ってましてな。さつま芋を煮て、青菜と一緒にすり鉢で潰して食べさせて、あのころは鳥に夢中でしたな。昔は暮らしの中に鳥がいましたなあ」

いずみは長老の声に聴き入った。

「野鳥は、もう飼えないようになりましたな。いまの子はスマホに熱中して、ろくに人間の顔を見ませんな。森先生のお申し出は、ありがたい話だと思いますな。世界が破滅に向かわんように、ものごとを大きく見ろ。そんなことですかな」

長老はそう言って口をつぐんだ。言いたいことはこれだけだという顔に見えた。

「この辺でまとめたいと思います。この話は、NPO法人〈里山チーム〉で、前向きに進めたいと思います。できるだけ、みなさんのご意見や森先生のお志に沿うように慎重に検討したいと思います。いかがでしょうか」

晃が言うと、拍手が起きた。

町長があいさつをし、晃が閉会を告げた。

そのとき、画家が人差し指をこめかみにピンと立て、すっと外した。すると、入り口に近い席にすわっていたダークスーツの男性が椅子を立った。彼は壁の方へ歩いて膝をついた。立てかけてある細長い箱の紐を解いて、白い布の中から絵を取り出した。その絵を机の上に立てて両手で支えた。

突然、商工会の副会長の村木が立ち上がった。

「〈花鳥図〉だ」

村木は上ずった声で言い、くい入るような目をして絵に近づいていった。

ほかの人たちも席を立ち、いずみも絵に近づいた。その瞬間、息を呑んだ。鳥のさえずりが聴こえ、木や、草や、花が匂ってくるようだった。絵は光を集めて輝いていた。

午後、晃が分厚い冊子を居間のテーブルの上に置いた。

「やっと森先生を招いて総会を開くところまで漕ぎつけた。最速でやり遂げた。みんな、ほんとうによくがんばった」

両手を頭上に伸ばして、満足そうな顔をした。

「いずみ、総会のとき受付で参加者の名前を確認してくれないか。で、議案書を渡して」

「分かった」

総会が開かれる日、いずみは晃と早目に会場の穂水ホールへ行った。

ロビーの壁に森宗一郎から贈られた〈花鳥図〉がかけてある。いずみは足をとめて、絵に見入った。迷いのない線で描かれていて、鳥はいまにも動き出しそうな気がした。

いずみは村木早智《さち》と受付をした。早智は四十代後半、商工会の副会長の妻だ。黒目がちの大きな目が印象的だ。

「大原先生、若いころ、主人は画家志望だったんですよ。〈花鳥図〉を見ていると、いつまでも見ていたい気がするって言うんですよ」

「そうだったの」

そのとき、ふいに早智が不安そうな目をした。

「商工会の会長さんが脳梗塞《のうこうそく》で療養中なんですよ。それで、副会長の主人が商工会の中心になってますけど、だいじょうぶかなあ」

「村木さん、何を心配してるの」

「世間は儲け中心に動いてるでしょう。〈里山チーム〉はそこから外れてるんじゃないかと思って」

「確かにそうかもね」

いずみはそう言いながら、〈里山チーム〉の年間計画表を見た。

「ロックフェスティバルが四回、ツツジ花見の会、里山祭り、笹ゆり鑑賞会が二回、ホタル見学会、樹木観察会、炭焼き体験会、バードウォッチングが二回、修景作業が数回あるわ」

いずみが拾い読みをすると、村木早智も年間計画表を広げた。

「大原さん、修景作業って何ですか」

「晃が言ってたけど、全体を見て、バランスよく風景を整えていく作業のことらしいわ」

「そうなんですか」

「村木さん、楽しそうやで。儲け中心から外れる時間があってもいいと思うけど」

「そうでしょうか」

早智は考えこむような顔をした。

晃が開会を告げたあと、参加者を紹介した。

森宗一郎の息子や山林大学の教授が参加していることが分かった。

話し合いは順調に進んだ。

森宗一郎が理事長に選ばれた。穂水川漁協の代表や、林業組合の代表や、商工会の村木は理事になった。晃が事務局長を引き受けた。

意見交換の時間になった。

洋品店の清水嘉夫《よしお》が手を上げた。

「いま、穂水町では、メガソーラーの計画が進んでいます。大がかりな開発が、自然破壊や災害を誘発するのではないかと心配です。というわけで、〈里山チーム〉の取り組みに大いに期待しています」

嘉夫が言うと、会場の空気がざわめいたようだった。メガソーラーについて意見を異にする人たちが集まっているのだろうと思われた。

日曜日、朝食の途中で晃が言った。

「森先生に寄贈してもらった山林を里山らしくするためにみんながんばってるよ。木を伐って、道を造って、広場を造って、トイレを設置して」

彼が言ったので、里山から帰宅した晃の、泥のついた服や靴をいずみは思い出した。

「人が集まると、次々にアイディアが出てくるで。実現可能なことと、不可能なことを分けて、進め方を念入りに話し合うので、時間がかかる」

いずみは気になっていたことを尋ねた。

「修景作業が多いなあ。作業は大変でしょう。それに、手弁当やろ。人が集まるの」

「作業は人気やで。森先生も参加されたで」

「きつい作業なのに、どうして人が集まるんやろ」

「さあな。里山再生の理念かな。それが共感を呼んでるのかもな」

「それだけで人が集まるかなあ」

「そうやな。会社型社会からの脱出を目指している人もいるかなあ」

会社型社会とは何だろう。儲け本位ということだろうか。有無を言わせない人間関係だろうか。

「それに基本的にみんな自由なんや。自由な方がもっと仕事をしたいという気になる」

晃はきっぱりと言った。

「もうすぐ、里山祭りだ。その日のために、尾根に広場を作った。あずまやも造る計画やで」

森林地がどんな里山に変わったのだろう。いずみは見たことのない光景を思い浮かべようとしたが、想像するのは難しかった。

「地域のことや、憲法の取り組みもあって大変ね」

いずみにはできそうもない。

「いろんなことに取り組めば広がるし、深まるし、どの活動にもプラスになるで」

晃はいつものように楽観的だった。

「いずみ、村木早智さんと里山祭りの受付をして」

「分かった。で、森先生は参加されるの」

「いや、東京行きで不参加や。何しろスケジュールがびっしり詰まってる」

彼は残念そうな顔をした。

「〈里山チーム〉のメンバーが、いつものようにネットで呼びかけてくれて、新聞の行事案内欄で里山祭りを取り上げてくれたんで、大助かりや」

晃が言ったとき、玄関の戸を開ける音がした。

軽い足音を立てて、真由がキッチンに入ってきた。彼女はボブの髪を揺らして椅子にすわった。

続いて壮太が入ってきて、横にすわった。

「里山祭りに行くでしょう」

いずみはふたりの孫の顔を見た。

「私は部活」

真由が言った。

「僕は行く」

「お父さんとお母さんは行かないかなあ」

「その日、お母さんは仕事で、お父さんは消防の操法の練習やで」

壮太は軽く返し、前髪を片手でかき上げた。

晃が椅子から立ち上がった。

「これから、最終の打ち合わせをしてくるよ」

晃はそう言って出かけた。

「おばあちゃん、明日の夕飯は何」

壮太が聞いた。

「久し振りにカレーライスにしようか」

「ヤッタア。甘口と中辛の間やで」

壮太が椅子を立ち、居間の方へ行ったので真由とふたりきりになった。少しためらったが、聞いた。

「最近、お父さんとお母さんはよく話をするの」

「分からない」

真由は答えて、居間の方へ行った。

里山祭りの日の朝、晃は朝早く出かけた。その二時間ほどあとに、いずみは壮太と里山へ向かった。

いつもは滅多にとおる人のいない町道を人がたくさん歩いている。顔見知りの人もいれば、知らない人もいる。軽トラックや、乗用車や、大型のワゴン車などが空き地にとめてあった。テレビ局の大型車もあった。

狭い山道を登って広場に着くと、緑色の法被《はっぴ》を着たスタッフが動き回っていた。

大きなテントの前に、水出し茶の無料サービス、有機栽培緑茶という若草色の幟が立っている。テントの中の長机の上に、おにぎり、ちらし寿司、焼きトウモロコシ、スコーンなどが並んでいる。

広場には樹々が葉を茂らせ、木陰を作っていた。ところどころに新しいきり株が見える。ミツバツツジが群生し、山桜の木があちこちに見える。風が渡ってきて頬をなでていく。下の方に池が見える。

少し離れたところに、雨水を利用して造った水洗トイレがあった。その前を過ぎて、いずみはカシの木の傍に立った。遠くに穂水川が光っている。

いずみは早智と受付をして、参加者に里山マップとチラシを次つぎに手渡していった。

「おはようございます」

威勢のいい声がして、黒田隆記者が受付の前に立った。ココア色のハンチングをかぶり、腕章をつけている。彼は受付をすませると、メモ帳に書きこんだり写真を撮ったりした。

「大原先生、若い人がいますね」

早智が白い帽子の下の、黒目がちの目を見開くようにして言った。

「ほんとうやわ。若者が多いなあ」

「〈山村プロジェクト〉の大学生たちと、南部高校の〈自然クラブ〉の高校生がいますね。いまどきの若者はと否定的に言う人がいるでしょう。その人たちに見てほしいわ」

水の入った大鍋を運んでいる若者を目で追いながら、早智は言った。

「ほんとに若いエネルギーは力強いなあ。けど、若者だけじゃないなあ。老いた人も頼りになるわ」

いずみは〈憲法を知る会〉の山下満会長を見て言った。彼は大きなきり株の前に笑顔で立っていた。きり株の上にはマガジンラックの見本と竹の箸が載せてあった。

晃と村木が造りかけのあずまやの前に立った。ふたりとも緊張した顔をしている。テレビ局の記者がマイクを向けて、インタビューを始めた。間もなく、インタビューが終わったので、いずみはほっとして肩の力をゆるめた。

村木がTシャツの袖でひたいや首筋の汗を拭いている。早智が村木に近づいていってタオルを手渡した。いずみはほほ笑ましい気持ちで村木夫妻を眺めた。

受付の前にふたり連れの男女が立った。女性は男性の肩の辺りまでしかなかった。

「どこからですか」

いずみは聞いた。

「名古屋からです」

「遠くから、ありがとうございます」

ふたりとも四十歳ぐらいに見えた。

「ネットで見たんですよ。この町を自分の目で見たかったんです」

女性は人懐っこそうな笑顔をしている。

「あのう、穂水町に住んでらっしゃるんですか」

彼女はいずみに聞いた。

「そうです」

「私たちね、田舎に住みたいと思ってるんです。それで、家を探してるんですが、この町に手ごろな空き家はないでしょうか」

「ありますよ。調べてみましょうか」

「ほんとうですか」

女性は嬉しそうに言って、連れの顔を見上げた。男はうなずいた。いずみは若いふたり連れに親しみを感じながら、携帯電話の番号を交換した。

晃が本部前のマイクの前に立った。

「みなさん、こんにちは。ようこそ里山祭りにおいでくださいました。さて、会場には、おいしいものがたくさんあります。きょうは、竹で箸を作ったり、マガジンラックを作ったりもします。お配りした里山マップに、見どころや、特徴などを紹介してます。あちこちに立札が立っています。自由に散策を楽しんでください」

大勢の人が晃の説明を聞いている。

「里山祭りは自然との触れ合いがテーマです。木の名札つけも計画しています。ぜひご一緒に参加してください。先生、よろしくお願いします」

晃はそう言って、山林大学の教授を紹介した。教授は軽く頭を下げた。

そのあと、林業組合の長老があいさつに立った。彼はゆっくりと参加者を見回した。

「どなたさんもご苦労さんですな。森画伯はこの場所を里山として再生させたい。生き物に優しい空間を造りたい。子どもや、若者や、お年寄りの声が満ちる里山を造りたいと言われました。みなさん、きょうは里山祭りを大いに楽しんでくださいや。祭りができる時代はいいですなあ。今後とも、続いてほしいもんですなあ」

彼は渋い声でゆっくりと語りかけた。

早智と朗読ボランティアの女性が広場の中央で山菜の天ぷらを揚げ始めた。タラや、コシアブラや、コゴミや、ユキノシタなど、揚げたての天ぷらが竹ざるの上にどんどん盛り上げられていく。タケノコや、野甘草《のかんぞう》のゴマ和《あ》えが青竹の器に入れて出される。たくさんの人が手作りの箸を片手に次つぎに手を伸ばす。天ぷらや和え物を口に入れ、うまいと叫ぶ人がいる。目を細める人がいる。

いずみはサービスの水出し茶を飲んだ。かすかな甘みとほどよい苦みがのどに沁みとおった。

商工会の副会長がマイクを持った。片手に段ボール製の箱を持っている。箱には赤い太マジックで大きく災害カンパと書いてある。

「みなさんにお願いがあります。集中豪雨で被害を受けられた方々にカンパをお願いします。本部席にこの箱を置いていますので、ご協力ください」

村木はそう言って頭を下げた。

壮太は友だちとマガジンラック造りに熱中し、山下満会長の手ほどきで完成させた。

壮太がいずみの方に近づいてきた。彼は思いがけないことを言った。

「おばあちゃんに上げる」

壮太は造ったマガジンラックを手渡した。

「ありがとう」

いずみはマガジンラックを顔に近づけて木の匂いを吸った。

その日の夕方、いずみは晃と居間でくつろいだ。

「名古屋市内から来てた夫婦ね、彼女の方が積極的で彼はついていく感じやったわ。うちと逆やなあ」

「まさか、うちと同じやろ」

「穂水町で家を探してるんやて」

「街道すじの家はどうやろ」

晃が言ったので、売り物件という立札を思い出した。独り暮らしの老女が亡くなったあと、売りに出ている家で、何故か買い手がつかないままだ。

「見てくるわ」

いずみは外へ出て夕暮れの道を街道すじの家の前まで歩いた。カナメの生垣の前に立札が立てられ、不動産業者の連絡先が書いてある。いずみは携帯電話で写メールを送った。間もなく返事があった。

―大原さん、ご連絡をありがとうございます。私は創作ハンドバッグを造っていて、彼はコンピュータ―の会社に勤めています。いまの勤めに未練はなく、田舎に移住したいと望んでいます。不動産屋さんに連絡しました。あさっての午後、伺います。大原さんたちはいらっしゃいますか。杉田奈々―

いずみはメールの文章を読み直した。多分、杉田夫婦はロストジェネレーションの世代だ。バブルがはじけ、就職氷河期、非正規、派遣、不況の嵐が吹き荒れた時代だ。

午後、チャイムが鳴ったので、いずみは晃と玄関へ急いだ。杉田夫妻が玄関先で頭を下げた。

「家の中を見せてもらって、説明を聞いたんですよ。で、不動産屋さんはもう帰られました」

杉田奈々は説明した。

もう一度、庭を見たいと杉田夫妻が言ったので、四人でカナメの生垣の間を歩いていった。

玄関の前で、奈々がとんでもないことを言った。

「この家ね、ビー玉を床に置くと、ころころと転がるんですよ。で、傾いている家を重機で直さなければいけないそうです」

彼女は笑いながら言った。驚いている晃といずみを残して、杉田夫妻は庭の隅へ歩いていった。

ふたりは高い柚子《ゆず》の木の下で、周りの景色を見たり、何か話をしたりしている様子に見えた。

「傾いてたとはなあ。これまで買い手がつかなかったわけだ。この話はなかったことになるかな」

晃が言ったので、いずみはがっかりした。

話が終わったらしく、杉田夫妻が近づいてきた。

杉田奈々は意外なことを言った。

「ここに決めます。家も柚子の木も気に入りました。周囲の雑木林の明るい感じも好きです」

「ほんとうに、ここでいいんですか」

晃が聞いた。

「はい、決めました」

「若い人に来てもらうと、元気が出るわ」

決断の早さに驚きながら、いずみは言った。

「五年計画のつもりで住めるようにします。薪ストーブを使えるといいなあ」

奈々が言うと、夫の大介がうなずいた。

郵便局や、役場や、新聞の販売店などについて晃が説明をした。


杉田家の、傾いている家を直すために大型の車両がひっきりなしに出入りする日が続いた。

いずみが居間で新聞を読んでいると、玄関の方で子どもの声がした。

まだ一羽残ってるなあという真由の声。

やせっぽちやなと答える壮太の声。

孫たちはツバメの巣を見上げているらしい。


最近、ふたりはよくケンカをする。そのたびに、親の不仲が影を落としているのかも知れないといずみは気をもんだ。ところが、いま玄関先から聞こえてくる声はいかにも親しげだ。子ツバメが孫たちのとがった気持ちをやわらげるのだろうか。

いずみが玄関の戸を開けたとき、すでに孫たちの姿はなかった。

目の端を黒い影がかすめたと思ったら、親鳥が来ていた。子ツバメは不ぞろいの羽をばたつかせて鳴いた。親鳥はくわえていた虫を口移しに食べさせ、巣の周りを飛んで見せた。四羽はとっくに巣立ったのに、この子ツバメだけは飛ぼうとしない。くちばしを頼りなさげに動かして、細い声で鳴いている。

間もなく、親鳥は隣家の屋根を越えて飛んでいってしまった。

玄関の戸が開いて、晃が黒い革のかばんを提げて出てきた。

「出かけるの」

いずみは聞いた。

彼は返事をしないで、いきなりかばんを敷石の上に放り出した。納屋の方へ駆け出していく彼の姿をいずみは見送った。彼は鍬《くわ》を手にすぐに戻ってきて玄関先の壁をにらんだ。

そのときになって、いずみはやっと気づいた。ヘビが柱の途中まで這い上って鍬に巻きついている。

思わず悲鳴を上げ、玄関の中に駆けこんでぴしゃりと戸を閉めた。いずみが荒くなった息を整えていると、晃が戸を開けた。

「ツバメは恐ろしかったやろな。大きな青大将やった。畑に埋めといたよ」

彼の息は少しも乱れていなかった。いずみは玄関の外へ出て、ツバメの巣を見上げた。子ツバメは濡れそぼったような頭をかしげ、すぐもとに戻した。

この春、晃の退職を待ちかねていたかのように、ツバメが巣を作った。

「晃、ツバメって勘がいいなあ」

「そうやなあ、勘がいい。生きることを一心に考えてるんやろな」

いずみが子ツバメを見上げながら言うと、晃はうなずいて答えた。

工事が終わって杉田夫妻が引っ越してきた。

その日の朝、玄関の軒先を見上げると、まだ子ツバメは巣に残っていた。

何だかいつもと周りの空気が違う。見ると、家の周囲を数えきれないほどのツバメが飛び交い、空気を震わせている。どうしたのだろう。ツバメの祭りでもあるのだろうか。そう思いながら、いずみはカナメの生垣の間を歩いていった。

杉田家に近づくと、木を打ちつけているかのような音が聞こえてきた。玄関のチャイムを押したが、手ごたえがなかった。どうやら壊れているらしい。

「杉田さん」

奥へ向かって呼ぶと、奈々が姿を現した。

首にタオルをかけている。青いTシャツにジーンズ、手に金槌《かなづち》を持ち、顔は汗で濡れている。彼女は手の甲でひたいの汗を拭った。

「床や壁を張り替えてるんです」

彼女は楽しげに言った。大介が釘を打っているらしい音が奥の方で響いている。

「杉田さん、郷里はどこなの」

「四国です。私たちはこんなふうで、親に心配をかけています」

「こんなふうって」

「私たちね、勝ち組とか負け組とか、もういいんです。彼はコンビニのアルバイトや、農繁期のお茶刈りの臨時雇い。私は隣の市のケーキ屋さんで週に四日間、一日に五時間のアルバイトをします」

彼女はさっぱりした口調で言った。

家に帰ると、玄関先に真由が立っていた。

「とうとう巣立ったで。ほら、あそこにいる」

真由が空を指差した。

見上げると、あの子ツバメがたくさんの仲間と一緒に並んで電線にとまっていた。巣に一羽だけ残っていたときの心細そうな様子はなく、のんびりとくつろいでいるように見えた。

五　古琵琶湖層

今年も、いずみは夏風邪を引いた。熱が下がってからも、体のだるさが続いている。

朝食のあと、晃が郷里から届いた葉書を取り出した。母親の年忌を知らせてきたのだ。彼の郷里は日本海側の港町で、車で片道五時間ほどかかる。

「いずみはいいよ。早く風邪を治せよ」

いつものように、晃はいたわった。何かにつけて大事にされてきたせいか、いずみの心臓の発作は二十年ほど前に起きたきりだ。

母親の法事のために帰省した晃は生家で一泊して帰宅した。干し和布《わかめ》や、干しガレイや、和菓子などを彼はキッチンのテーブルに並べた。

「いずみ、車に珍しいものが入ってるで」

「珍しいものって」

「誰も要らないって言うので、僕がもらってきた」

「何をもらってきたの」

「見れば分かる」

そう言って嬉しそうな顔をしている晃のあとについて、いずみは車庫へ行った。彼が車のトランクを開けると、薄茶色の木箱がふたつ載っていた。どちらの箱も古びている。

彼が手前の箱のふたを開けると、漁網が入っていて柿渋の臭気が鼻をついた。漁網は二種類あり、臭いは古い方の漁網から出ている。

晃は中から漁網を取り出して納屋の軒下の竿にかけた。どちらも縦が腰丈ほどあり、長さが三十メートルほどあった。ひだを寄せて竿にかけながら、晃は古い方の漁網を指差した。

「こっちの漁網は昔の物で、柿渋を塗って補強してある。渋柿をもらいに、よく近所の家へ行ったで。柿はひどく重かった。あれは柿の重さというよりも立場の重さやったんかなあ」

「立場の重さって」

「無料で柿を持っていくんだから、畑の草をぬいたらどうだと言われたことがあった。貧しいってこういうことかと思ったで」

晃はそう言いながら、漁網のひだを均《なら》した。黒光りした細長い錘《おもり》がぶつかり合って鈍い音を立てた。

「家の外にまで柿渋の臭気が立ちこめて、鼻をつまんでとおる人がいて、あれには参ったなあ」

「いまも、柿渋を使ってるの」

「いや、漁網の材料が変わってからは使わなくなった。けど、僕の家では新しいのを買うお金がなかったので、遅くまで柿渋を塗っていた。そのうちに、漁業は立ちゆかなくなったので、父親は漁業をやめて出稼ぎにいくようになった」

晃はもうひとつの箱を両手で抱え、濡れ縁に置いた。ふたを開けると、ブリキのカンテラや鉄の棒などが入っていた。

「一式もらってきた。よく手入れをしてたんやな。まだ使える」

彼は満足そうに口もとをほころばせた。

「まだ使えるって、どこで使うのよ」

「穂水川に決まってるやろ」

晃は自信ありげな口調で言った。鮎漁の腕前を試してみたいという顔つきに見える。

「昔の腕前が穂水町で通用するかなあ」

「まあ、見てろ」

結婚して間もないころ、彼の郷里を訪れたことがあった。そのとき、夜《よ》ぶり漁に連れていってもらった。晃とふたりで川舟に乗って鮎を追った。数えきれないほどの鮎が舟底で月の光をあびて光っていた。若いころに見た光景が鮮やかに甦ってきた。


玄関の方でもの音がしたので行ってみると、郵便が届いていた。エッセイ誌〈竹林〉の編集部からだ。いずみは〈戦争の空〉を投稿している。掲載か、不掲載かを知らせてきたのに違いない。いい知らせでありますように。祈る思いで開いたが、届いたのは不掲載の通知だった。

気落ちしていずみは庭へ出た。

晃が畑の野菜に如雨露で水やりをしていた。

「私のエッセイね、〈竹林〉に載らないわ」

「そうか、〈戦争の空〉は載らないのか」

彼は水やりの手を休めなかった。

「次があるやろ」

彼はそう言って家の中に入った。

いずみは周りを見回した。畑の雑草が目につきだした。数本だと思っていたが、ぬき始めると意外にたくさん生えている。

草ぬきをやめていずみがキッチンに入ると、椅子にすわって新聞を読んでいた晃が腹をさすった。

「腹具合がどうもな。向こうで食べ過ぎたかな」

「晃がそんなことを言うなんて、珍しいなあ」

いずみが返すと、晃は椅子から立ち上がった。

「憲法講演会の感想文特集のビラを作ってもらうことになったんや。これから感想文を届けてくるよ」

「往復の運転で疲れたのかも。きょうはゆっくり休んで、頼みにいくのは、明日にすればいいのに」

「いや、早い方がいい。早く沼尻紘一さんに届けたい。沼尻さんだけじゃない。一日も早く、できるだけ多くの人に読んでほしいんや」

彼の声には勢いがあった。

「沼尻さんの講演はよかったなあ」

「そうやったなあ。参加者の感想文もいい。時代の真実をついてるなあ」

時代の真実という言葉が、いずみの記憶を刺激した。普通の人の言葉のなかに真実があると書いた人がいた。外国の女性の作家だったが、誰だっただろう。名前を思い出そうとしていると、晃が言った。

「全戸にビラを配布すると山下会長は言ってるで」

山下満会長もやる気のようだ。けれども、全戸に配るのは大変だ。ふと疑問がわいた。

「ねえ、晃はほんとうに自由なの。〈憲法を知る会〉や〈里山チーム〉の活動に追われて不自由なんじゃないの」

「逆やな。自由に近づいている。その手ごたえは十分あるで」

晃はきっぱりと答えた。

晃が出かけて間もなく、電話が鳴った。

「未央」

言いかけて、いずみは咳きこんだ。

「お母さん、だいじょうぶなの」

「毎年、恒例の夏風邪を引いてね。咳が残ってるだけで、もう元気やで」

「きょうは報告したいことがあるわ。前に帰省したとき、お父さんに言われたことだけど」

「お父さんが何か言ったの」

「言った。真剣な顔をして言った。仕事のほかに、何か楽しみを見つけたらいいいって」

父と子でそんな会話を交わしていたらしい。

「で、見つかったの」

返ってきた未央の言葉は思いがけなかった。

「俳句」

「未央が俳句をねえ。そういえば、未央は小学生のときに、学級通信に俳句を載せてもらったことがあったなあ。確か、六年生のときやったわ」

未央はその俳句を覚えていた。

「〈トンボ釣り父のまねして棒を振る〉〈子ツバメが小さい虫を探してる〉でしょう」

「そんな俳句やったなあ」

「句会に通い初めて半年がたったわ」

「半年も秘密にしてたの」

「三日坊主が心配だったので、黙ってたんやわ」

慎重な未央らしい言葉が返ってきた。

「いまは、どんな俳句を作ってるの」

「そのうちに送るわ」

未央はどんな俳句を作っているのだろうか。いずみには見当がつかなかった。

「お父さんはいるの」

「憲法講演会のビラ作りを頼みにいってるわ」

「相変わらずがんばってるなあ」

「そうやな」

　電話をきったあと、どんな俳句が送られてくるのだろうと期待がわいた。


　朝、いずみはキッチンのテーブルの上に大学ノートを広げてエッセイを書いた。祭り提灯や、幟のはためく田舎の祭りの光景と、木の棒で池をたたきつけていた老人のことを書くことにして、〈鎮守の杜《もり》のある町で〉と題をつけた。

　けれども、筆はなかなか進まなかった。前の不掲載がこたえているのかも知れない。

　晃が部屋に入ってきた。

「新しいエッセイやな、どうや」

「停滞中」

「エッセイは停滞中、国の政治は暴走中」

　いずみはむっとした。

「どうして、そんなことと比べるの」

「エールを送ったつもりやけど」

「書くということは、とてもデリケートなことなの。傍《はた》でそんなことを言われたら、モチベが落ちるということを分かってよね」

「はい、はい」

　彼は笑った。

「晃、おなかの具合はどうなの」

「まあまあやな」

「診てもらったら」

「そのうちに治るやろ」

　晃は話題を変えた。

「これから川を見にいくけど、一緒にどうや」

　気持ちが少し動いた。

「千種《ちくさ》の沈み橋やで」

「行くわ」


　晃は沈み橋の手前の空き地に車をとめた。

　いずみは車から下りて辺りを見回した。すぐ横を国道が走り、対岸の向こうに千種の集落が数軒散らばっている。

　晃と並んでゆっくりと橋を歩いていった。

「石切り職人さんたちが花崗岩《かこうがん》をきり出して橋を造ったんや。もちろん重機がない時代や」

　晃の言葉に、いずみは注意深く橋を見た。橋は角柱を組み合わせて造られている。角柱は四方が三十センチぐらいで、長さが四メートルほどあった。

これまで欄干のない目立たない石橋だと思っていた。けれども、よく見ると荒削りだが、重厚でなかなか魅力的だ。優れた技と力がこもっている。川へ下りる石段はいっそう堅固に見える。仲間どうし、息を合わせて造ったのだろう。

「昔の石切り職人は誇り高かったんやろな。いまはどうだ。あちこちで手抜きが起きている」

急な石段を踏みながら、晃は言った。そういえば、マンションや、橋や、トンネルの不正工事のニュースを聞いた。天井が落ちたとか、ブロック塀が倒れたとかいうニュースもあった。

川の流れは中州《なかす》によって二分されている。片方はゆるやかな淵になっていて、もう一方は浅瀬で水が走るように流れている。

膝丈ほどのオナモミの茂みを晃は無造作に踏みしだいて水辺の方へ歩いた。

「石が丸みを帯びてるやろ。珪藻《けいそう》がかじられている。鮎がこすり取って食べたんや」

川をじっと見ていた晃がそう言いながら、いずみを振り返った。

「鮎を獲るで」

「うまくいくかなあ。穂水川と故郷の川とは違うでしょう。ほんとうに獲れるの」

「いずみは、獲らぬ狸《たぬき》の皮算用って顔やな」

晃が言ったとき、車の音が聞こえた。橋の上に軽トラックがとまっている。ドアが開いて、長身の男が車から下り立った。逆光になっているので、顔がはっきり見えない。男は石段を下りて近づいてきた。やっと杉田大介だと分かった。

「杉田さん、こんにちは」

いずみは声をかけた。大介は足を速めながら、川音に対抗するかのように声を張り上げた。

「こんにちは。もしかしたら、鮎ですか」

晃がうなずくと、大介は水辺に近づき中腰になって川をのぞいた。

いずみも目をこらした。けれども、黒っぽい石がごろごろしているだけで鮎は見えない。

「川石の縁《ふち》の辺り」

「いますね」

大介が叫んだ。いずみにもようやく鮎が見えた。

大介は背すじを立てて、川をじっと見た。

「解禁日には川の景色が一変しますよね。何人もの釣り師が無言で川を見つめている。その姿は求道者のようで、心が静まります」

大介はよく響く声で言った。いつもとは別人のように見えたので、いずみは驚いた。

「杉田さん、禅寺で修行でもしたことがあるの」

いずみが尋ねると、大介は照れた顔をした。

「修行なんて、まさか。前にテレビでそんなナレーションを聞いたんですよ。一度言ってみたかったんです。ちょっと恰好《かっこう》をつけてみたんですよ」

大介は軽く答えた。いずみは大介のことを無口だと思っていたが、そうでもないようだ。

「杉田君は、これですか」

晃が両手で釣り竿を持つ格好をすると、大介はうなずいた。

「以前は海釣りばかりでしたが、せっかく穂水町に住むことになったので、川釣りもいいなと思って」

大介はそう言って、川に目を向けた。

「杉田君、これから、どこへ行くんや」

「お茶刈りのバイトです」


大介は張りきった顔をして答えた。

「ぜひ、鮎獲りを一緒にどうや」

「今度、誘ってください。お願いします。この辺の解禁はいつですか」

「釣りの解禁は六月初め、網漁の解禁は八月十五日。産卵場所の辺りはもっと遅いで」

晃の説明を、大介はうなずきながら聞いている。


〈憲法を知る会〉の感想文特集のビラができた。いつものように、ビラを手分けして配ることになった。いずみは晃とふたりで鹿寄高原を配った。

ビラを配った翌日の午後、晃はクーラーボックスを納屋の棚から下ろした。十リットル入りだ。青い色はあせ、白っぽくくすんでいる。無理もない。買ったのは二十年あまり前のことだ。

「行ってくる」

「杉田さんと一緒なの」

「独りだ。大介君はコンビニでバイトらしい」

晃がそそくさと出かけたあと、いずみは〈鎮守の杜のある町で〉の続きを書いた。

玄関の戸を開ける音がした。

いずみは壁の円い時計を見上げた。いつの間にか、彼が出かけてから二時間あまりが過ぎていた。

玄関へ行ってみると、クーラーボックスがたたきに置いてあった。晃がふたを開けたので、いずみは中をのぞいた。たくさんの鮎が盛り上がって入っている。

「獲らぬ狸の皮算用じゃないかって、誰かさんはそんな顔をしてたなあ」

「お見それしました」

「見直したか」

「見直したわ」

いずみは鮎をじっと見た。青緑色の背、銀色の腹、黄色の背びれや胸びれが、光を放っている。

「えらのうしろに斑紋《はんもん》があるでしょう。私ね、この黄色いふたつの斑紋が好きやわ。いい色やわ」

「川の恵みの色だな」

晃はそう言うと、クーラーボックスを片手に掲げてキッチンのドアを開けてテーブルの上に運んだ。

「帰りに買ってきたで」

彼は大きなビニールの買い物袋を出した。中に箱型のフードパックが入っていた。大、中、小のパックが十個ずつ重なっている。

「こっちは任せた。僕は網の手入れだ」

いずみはたくさんの鮎を眺めた。ひとりではとても手に負えない気がした。

「網の手入れはあとにしてこっちを手伝ってよ」

「いや、網の手入れが優先や。漁師は必ずそうするものなんや」

彼はさっさと出ていった。

きょうは日曜日だ。誰かが家にいるかも知れないと思って電話をかけると、壮太が出た。

「お母さんは」

「仕事」

日曜日なのに、由衣子は仕事に出かけたという。

「お父さんは」

「消防」

「おじいちゃんが鮎を獲ってきたわ。パックに詰めるのを手伝って」

「エーッ」

「頼むわ、お願い」

「お姉ちゃんと行く」

壮太は仕方なさそうに答えた。

間もなく、ふたりの孫がキッチンに入ってきてクーラーボックスの中をのぞいた。

「スッゲエ」

真由が目を見張った。

壮太は棚からものさしを取ってきた。一番大きい鮎に当てた。

「二十八センチもある。すごい」

「小鮎、中鮎、大鮎に分けて、パックに詰めてね」

いずみはふたりに頼んだ。ゴム手袋をしてフードパックに次つぎに詰めていった。

「七十一匹」

詰め終わると、壮太が言った。

「川の恵みやな」

真由が晃と同じことを言った。

鮎の入ったフードパックを三人でせっせとチャックつきの保存袋に入れた。いずみは二パックを真由に渡した。残りを冷蔵室と冷凍室に分けて入れると、冷凍室の隙間はなくなった。

ふたりの孫が帰っていったあと、いずみはキッチンの椅子に腰を下ろした。ひと仕事終えた満足感があった。


ふと晃の母に聞いた言葉を思い出した。

三十年ほど前の十一月初めの連休に、晃の生家に帰ったことがあった。いずみがシンクで洗い物をしていると、晃の母親が傍に来た。

「〈鮎獲りの女房《にょうぼ》は走る松林〉のころやな」

晃の母は皿を拭きながらつぶやいた。その言葉を聞いたとき、いずみは浮世絵ふうの絵を想像した。豊漁に喜んで、単衣《ひとえ》を着た女房が髪をうしろに結わえて松林を大股で駆けていく絵だ。

「お母さん、〈鮎獲りの女房は走る松林〉って、風流ですね」

いずみは言った。

「何が風流なもんかね」

晃の母親はいずみの顔をじっと見た。

「違うんですか」

「松は痩せた土地でも、岩の間でも、育つやろ」

「はい」

「痩せた田んぼで米を作っても、知れてる。日照りも、台風もあるっちゃ。だしけに、鮎漁に望みをつないで、女房はじっとしておれずに走るっちゃ。けどなあ、冬が近づくと鮎漁はおしまいや。いくら走っても、漁師や百姓は、米も鮎も滅多《めった》に食べられんかった」

母親は答えた。のんきに想像した自分をいずみは恥じた。

晃の母親は働き者だった。出産のあと、幾日もたたないうちに田植えをしたという。そのせいか、ふくらはぎには、血管が紫色のいくつもの小さいこぶになって残っていた。

貧しい暮らしは女たちをじっとさせておかない。

幼なじみの清水智子に鮎を届けることにして、いずみは清水洋品店へ行った。戸を開けると、客はひとりもいなかった。

「ごめんください」

奥へ向かって声をかけると、智子が出てきた。

「久し振りにお客さんかと思ったわ」

田舎の店はさびれる一方だ。

「鮎を持ってきたわ」

いずみがパックを差し出すと、智子はふっくらした頰をほころばせた。

「私ね、鮎が大好物やけど、うちの人はしないんやわ。〈鮎獲りの嫁は逃げる〉って、言い訳をしてね」

「〈鮎獲りの嫁は逃げる〉って、それ、何よ」

「鮎獲りにはまると、夢中になる。で、嫁が愛想をつかして逃げるって。だから、俺は鮎獲りに行かないって、そう言うんやわ」

智子の話を聞いて、いずみは笑った。

「智ちゃん、のろけてるの」

「まさか」

智子はふっくらした頰を両手でこすった。

「晃の田舎では違う言い方をするで。〈鮎獲りの女房は走る松林〉ってね」

「初めて聞いたわ。そんな言い方があるんや」

彼女は感心したような顔をした。

「〈鮎獲りの女房は走る松林〉ね。いつの世も、漁師や百姓は大変や」

智子はいずみと違って、すぐに真意をつかんだ。

「さあ、腕によりをかけるわ。ぴんと尾を立てて金串を打って、ひれに化粧塩、きみ酢が定番やろ。でも、うちは違うの」

胸を張った智子の顔が自信ありげに見えた。

「清水智子流の料理法があるんやな。教えて」

「塩を振って、金網で焼くだけやで」

「何や、私と一緒で、簡単料理ってことや」

「手ぬき料理じゃないで。手早い料理やで。時代に合ってるんや」

智子は強調したあと、袖をまくり上げた。太い腕が頼もしく見えた。

「ところで、憲法講演会の沼尻さんの話はインパクトがあったなあ。感想文のビラも、いいのができたなあ。署名をがんばる気になったわ」

いつものことだが、智子は前向きだ。


清水智子の家から帰宅して、部屋に入ったとたんに、電話の呼び出し音が鳴った。

エッセイの季刊誌〈竹林〉の編集長からだった。

「秋の創作教室のことだけど」

「はい、今年も、楽しみにしています」

「五分科会ということで、五人の報告者が必要なのよね。それで、今回は大原さんも引き受けてね」

「そんな、できません」

そくざに断った。

「大原さんの結節点になると思うわ」

結節点という言葉が、胸の真ん中に飛びこんできたような気がした。

「ぜひね、大原さん」

矢加部《やかべ》文《あや》は熱心に言った。

「いい勉強になるわよ」

彼女の言葉が誘うように胸に響いた。その声音に呼び寄せられるようにいずみは引き受けた。

受話器を置いたとたんに不安になった。のんびりとしてはいられない気がしてきて、書きかけの〈鎮守の杜のある町で〉を広げた。書いているうちに調子が出てきた。いつもより、集中して書いた。

玄関の戸を開ける音がした。

「何か、あったか」

部屋に入ってくるなり、晃は聞いた。

「どうして」

いずみは晃を振り返った。

「背中に気合が入ってる。いずみは一心に書いているとき、いい感じやで」

彼は真面目な顔をして言った。

「毎年〈竹林〉の創作教室で分科会をするんだけど、その報告を頼まれたの。自信はないけど」

「自信は取り組みながらできていくもんやろ」

晃はそう言うと、片手で下腹をさすった。

「まだ、調子が戻らないの」

「たいしたことはない。そのうちに治るやろ」

「診てもらったらどうなの」

「そのうちにな」

晃はあいまいに答えて、話題を変えた。

「いずみ、知り合いの人に、鮎を配ったり送ったりして、食べてもらったら、どうや」

「そうするわ」

いずみは答えて、ふと思い出した。

「晃、川舟を漕ぐ竿でお父さんに背中をたたかれたことがあるって、言ってたなあ」

「鮎漁のときは絶対に口答えできなかったで。たたかれても、とにかくこらえた。声を出せば二回目の竿が飛んでくるからな。痛みを紛《まぎ》らわせようと一生けんめい、ほかのことを考えたよ」

いずみは彼の少年時代を想像した。ずい分強情だったに違いない。

「そのころ、晃は生意気だったんでしょう」

「そんなことはない」

晃は真顔で否定した。

「竿でたたかれたとき、お父さんを恨んだの」

「当時は恨んだ。だけど、いまは分かる気がする。父は、僕を一人前にしようとして必死だったんや。それに、父が竿でたたくのは、鮎漁で失敗したときだけだった」

晃の父が出稼ぎにいったという話をいずみは思い出した。酒造会社で杜氏《とうじ》として働き、狭い部屋で雑《ざ》魚寝《こね》をしたという。

「お父さんの苦労を知ってたので、晃はたたかれても、ぐれなかったのかなあ」

いずみが言うと、晃は遠くを見る目をした。

「それだけじゃない。母の存在が大きかった。父に殴られた日は、言わなくても、母には分かるらしくて、スイカや、きな粉飴《あめ》をそっとくれた。荒れてざらざらした手を思い出すなあ」

「自暴自棄になったことはなかったの」

「あったで。だけど、母のことを思うとなあ」

晃にとって母なるものの存在は大きく、心の拠りどころだったのだろう。

「父親の竿で、いつ、たたかれるか分からない。暴力の前で、僕は無力だった。自由になりたかった。その方法がひとつだけあった」

「それは何だったの」

「漁の腕を上げることだった」

父の暴力について、晃の中で整理はついているようだ。彼は父親の体罰を乗り越えたのだ。いまも、晃はがむしゃらに前に進む。小さいときから、その先に自由を見ていたのだろう。

いずみは雨宮藍のことを思った。藍は幼いときに生母と別れたあと、父と弟に暴力を受けていた。成長してからも、その記憶に苦しんでいる。

「雨宮さんは、いまも、傷ついたままやな」

声に出して言うと、いっそうせつなくなった。

憲法講演会のあと、藍とは連絡がつかなくなっている。いま、藍はどこで何をしているのだろう。自分の無力さを思い知らされて、いずみは唇をきつくかんだ。

「雨宮さんに会いたいわ」

いずみが言うと、晃は眉間《みけん》に深い縦じわを寄せた。

彼は中学時代に雨宮藍の担任をしていた。けれども、父と弟の藍への虐待に気づかなかったことを悔やんでいるのだった。

「お願い、雨宮さんの家に一緒に行ってよ。放っておけないわ」

「会いにいって、いいのかなあ」

「雨宮さんとじかに話をする方がいいと思う。私は車の運転が下手で、遠くまで運転できないやろ。だから、晃に頼むしかないの」

「僕も気になってるけど、行くのがいいのかどうか。下手に動いて、かえってまずいことにならないかなあ」

「でも、このままでは後悔すると思うわ。お願い。明日、一緒に行って」

話しているうちに、じっとしていられない気持ちがしだいにつのった。

「行ってみるかな」

しまいに彼が折れた。

会えない場合も考えられる。そのときのために、いずみは藍宛ての手紙を持っていくことにした。

雨宮家は高い塀に囲まれていた。塀の内側に手入れのいき届いた庭木が見える。駐車場は車を何台も置けるほど広かった。車を降りて家の前に立つと、ステンレス製の門は閉じられていた。インターホンを押すと、応答があった。父親の声のようだ。

「突然、お伺いして申し訳ありません。大原晃と言います。藍さんが中学生のときの、担任をしていた大原です」

「以前、学習塾で藍さんを教えていた大原いずみです。藍さんとお会いしたいと思って伺いました」

門がするすると左右に開いた。家の中で操作すると自動的に開閉するらしかった。

広い庭の敷石を踏んでいるとき、晃が目で庭の隅を示した。その視線の先に小さな石地蔵が見えた。庭にすみれの花の種をまく。そう言っていた藍の言葉が思い出された。藍は石地蔵の前にすみれの花を咲かせたかったのではないかと思った。

玄関の前に立つと、どうぞと内側から男の声がした。扉を開けると、広いたたきの向こうに藍の父親が立っていた。天井が高いだけに、小柄な雨宮がいっそう小さく見えた。

いずみは晃と中に入って、頭を下げた。

「これはまた、急なことで。娘はいませんよ」

父親は言った。部屋にとおさないことの言い訳のようにも聞こえた。

「藍さんにぜひともお会いしたいんです」

いずみが言うと、父親はひたいにしわを寄せて不審そうな目をした。

「娘は神戸の叔母のところに行ってますよ」

彼は素っ気ない声で言った。

いずみは藍宛ての手紙をバッグから取り出して、父親に渡した。

「藍さんがお帰りになったら、渡してください」

雨宮は黙って受け取って封筒の裏側を見たあと、ふいに話題を変えた。

「穂水町の太陽光発電所も、いよいよですな」

これ以上藍の話を続けたくないという父親の意思を示したのかも知れない。

「業者が耳吉川辺りの土地を借地にしたり、買い足したりしてるようですな。いまどき、山は使い物にならない。有効に利用してもらうしか使い道はないでしょうな」

雨宮の声が活気をおびてきた。

「ですが、耳吉川の下流は洪水が起きた場所で、そのときに何人も死者が出てるんですよ」

晃は牽制した。

「そのことは知ってますよ。けど、もう六十年以上も前のことですやろ」

雨宮は切り捨てるように言った。

「いいえ、最近も台風のときに耳吉川は氾濫して、地崩れして、一か月以上も、通行止めになったんですよ。百ヘクタールもの森林を伐採したら、どんな影響が出るか」

晃の言葉を、雨宮はさえぎった。

「だいじょうぶですよ。昔とは違いますよ。工法も進んでますんでね」

「そうでしょうか、それにしては、全国のあちこちで水害が起きていますね」

晃が言うと、雨宮は一瞬黙った。けれども、すぐに口を開いた。

「大原先生は脱原発派でしょう。太陽光発電に賛成なのではありませんか」

雨宮は、どうだというような顔をした。

「おっしゃるとおり、私は原発を推進することには反対です。再生できる安全なエネルギーが望ましいと思っています。ですが、災害と、自然破壊は困ります」

晃は答えた。そのとき、奥の方で猫の、甘えたような鳴き声がした。

雨宮は振り返ったあと、顔を戻した。

「家内が息子の家に行ってましてね。もうかれこれ一年になります」

雨宮は急に気弱な声になり、首を横に振った。

「どなたか、ご病気ですか」

いずみは驚いて尋ねた。

「いやいや、息子の嫁が家を出てしまったんでね。息子には大きな家を建ててやったのに、何の不足がありますのかなあ。最近の若いもんは何を考えてますのかなあ。そんなこんなで、家内が息子と孫の世話をしに行ってますのや」

「それは大変ですね」

いずみは口をはさんだ。華道家だという雨宮の妻は息子の家に行き、藍は神戸へ行っている。雨宮はこの立派な邸宅で猫と暮らしているのだろうか。

「なあに、なるようになりますよ。いつか、孫も大きくなる。息子も再婚するかも知れませんでな」

雨宮は投げやりな口調で言った。何故、雨宮は家族の内情を打ち明けたのだろう。話している間に打ち解けてきたのか、案外気さくな質《たち》なのか、あるいは弱気になっていてつい漏らしてしまったのかよく分からなかった。

「お邪魔して、申し訳ありませんでした」

晃が言って頭を下げたので、いずみもならった。

晃と門の方へ歩きながら、いずみは小さな石地蔵を見た。目が細く、口もとに笑みを浮かべている。藍は辛いとき、この小さい地蔵に慰められたのだろうか。

車を走らせながら、晃は黙って何か考えている様子に見えた。

国道に入るために信号を待ちながら、彼は思い出したように口を開いた。

「中学時代に、雨宮さんは神戸の叔母さんのところに家出をしたことがあった。神戸の叔母さんは彼女の実の母親の妹さんでね。雨宮さんは、多分母親の消息を知ろうとしたんだろうな。けど、お母さんと会えなかったらしい」

「今回は会えたのかなあ」

会えなかったとしたら、藍の生母への思慕は宙づりのままだ。

穂水川沿いに車は進んだ。

「さっきの雨宮さんの話では、太陽光発電の話が進んでるようやな。行ってみようか」

晃は言い、国道をそれて町道へ入った。しばらくして、山の麓に広がる丘陵地に着いた。

いずみは車を降りて、雑木林を眺めた。この一帯が太陽光発電のパネルで埋まるのだろうか。その光景を想像すると、急に圧迫感におそわれた。春リンドウやハッチョウトンボをそっとしておいてほしい。これは単なる郷愁だろうか。

雑木林の間の道を、乗用車が近づいてきた。白い軽自動車と、えんじ色のワゴン車が速度をゆるめてとまった。ドアを開けて、次つぎに人が車を下りてきた。全部で七人いる。知っている顔がある。穂水町の議員の清水智子と、ココア色のハンチングをかぶった黒田隆記者だ。

「太陽光発電所の現地調査がだいたい終わったわ」

清水智子が言った。

お互いに名刺を交換した。女性の国会議員、その秘書、府会議員、弁護士、大学の名誉教授だった。

ひとしきり質問や、意見が交わされ、誰からともなく雑談が始まった。

「業者は儲け優先の開発を進めようとしていますが、自然を守るのは、そこに住む人たちの権利だと言えるでしょうね」

黒田隆記者が言った。

「住む人たちの権利ね、確かにね。それに一度壊したものをもとに戻すのは難しいですね」

女性の国会議員がつぶやいた。彼女は原発事故の起きた福島県の出身だった。

ふたりの会話を聞いて、いずみは石川啄木の〈田園の思慕〉を思い出した。田園の思慕は〈感情〉に於いてでなく〈権利〉に於いてである。田園の思慕を棄てずに、ますます深くしたい。確か、啄木はそんな意味のことを書いている。

大学の名誉教授だという白髪の男性は、みんなから少し離れていずみの横に立っている。彼が独りごとのようにつぶやいた。

「この辺一帯はコビワコソウですね」

コビワコソウ、何という不思議な語感だろう。

「コビワコソウって何ですか」

いずみは尋ねた。

「大昔、琵琶湖は隣の三重県にあって、この辺りは琵琶湖の一部だったんですよ」

「この辺りが琵琶湖だったとは」

晃が叫んだ。

いずみは辺りを見回した。けれども、琵琶湖の片鱗も見当たらなかった。湖が空を飛んでいく場面を想像して、まさかと首を横に振った。

「では、どうして、琵琶湖は滋賀県にあって、ここにないんですか」

いずみは問いを重ねた。

「地殻が隆起して、滋賀県に移ったんです。で、この一帯は古琵琶湖層なんです」

やっとコビワコソウと古琵琶湖層が結びついた。

「いつごろのことですか」

晃が興味深そうな顔をして教授に聞いた。

「三百万年前です」

教授の言葉に、いずみは周囲を見回した。大昔、ここは湖だったのだ。地球の遠大さが身に迫ってくるようだった。

「大昔、地球が大きな胴震いをして、琵琶湖が移動した。そういうことでしょうかな」

教授の名刺には地球物理学博士と書いてあった。宇宙の歴史ははかり知れない。自分が道端の砂粒のように小さい存在に感じられる。そう思う一方で、心が広がっていく気がした。

六　耳地蔵

あずきの煮える穏やかな匂いがキッチンに漂い始めた。懐かしい気持ちに包まれていずみは深く息を吸い、味見をした。あずきを食べると胃腸が喜ぶという祖母の言葉が思い出された。

晃がキッチンの仕切りからひょいと顔をのぞかせて言った。

「これから千種に行ってくるで」

「鮎漁ね、誰と行くの」

「独りで」

晃が鮎獲りに出かけたあと、いずみは書きかけのエッセイを広げた。前回のエッセイは〈竹林〉に載らなかった。今回も載らないのではないかと、ふと気弱になった。けれども、精いっぱい書こうと心に決めて机に向かった。

書き始めたとたんに、電話の着信音が鳴った。受話器を取ると、清水洋品店の嘉夫だった。

「この前は、鮎をごっつぉうさん。おかげさんで、酒がうまかったで」

　清水嘉夫は勢いのある声で言った。晃といずみは酒をたしなまないが、清水夫妻は愛飲家だ。

「これから、カミさんと軽トラックでそっちへ向かう。冷凍庫を運んでいくで」

「冷凍庫ですか」

　いずみは驚いて聞き返した。

「そうやで、大原さんとは打ち合わせずみや」

　晃と嘉夫との間で話はついているらしい。

「この調子だと鮎は増える一方やろ。じきに冷凍室は満杯になるで」

　嘉夫に言われるまでもなく、すでに冷凍室はきちきちだ。冷凍庫を運んできてくれれば助かる。けれども、値段はどのぐらいなのだろうか。

　しばらくして、自動車の音がしたので、いずみは庭へ出た。納屋の前に軽トラックがとまっていて、清水夫妻がふたりで冷凍庫を下ろそうとしていた。

「これで、いくら豊漁でも安心じゃ」

　冷凍庫を納屋の隅に置いて、嘉夫は満足そうな顔をした。いずみは冷凍庫をじっと見た。業務用の冷凍庫はどっしりとしていて高価そうに見える。

「あのう、おいくらですか」

　恐るおそる尋ねた。智子がふっくらした頬にやわらかい笑みを浮かべた。

「何や、晃さんに聞いてないの。無料やで。大阪で蕎麦屋をやってた伯母が店をたたんだの。で、冷凍庫とか、椅子とか、テーブルとかをうちで引き取って、そのうちの一台を運んできたんやで」

　智子の説明を聞いて、いずみはほっとした。

「じきに晃が帰ってくるわ。お茶を飲んでって」

　いずみは誘った。

「そうも、しておれんのや」

　嘉夫が顔の前で片手を振り、智子がうなずいた。

「これから憲法署名に歩くんやわ」

「智ちゃん、署名をどのぐらい集めたの」

「四百四筆」

「がんばってるなあ」

「いずみちゃんは」

　聞かれて、思わずうつむいた。

「まだ少し」

　小声で返した。

清水夫婦の軽トラックが出発したあと、しばらくして晃が帰ってきた。彼はクーラーボックスをキッチンのシンクに運び入れた。

「智ちゃんたちが冷凍庫を運んできてくれたわ」

「助かるなあ。いずみ、パック詰めを頼むで」

晃はそう言って、さっさとキッチンを出ていった。いつも彼は漁網の手入れを優先させる。

いずみはふたりの孫に電話をかけて、応援を頼むことにした。

鮎を大きさごとにパックに詰めたあと、真由と壮太が鮎を数えた。八十四匹だった。

由衣子は家にいるのだろうか。最近、休日でもよく出勤をする。憲をひとりだけ残して母と子の三人で実家へ帰ることも多い。

これまで、息子の家族の外出はあまり気にならなかった。けれども、近ごろ由衣子が家にいないとき、いずみの気持ちは落ち着かない。

「お母さんは家にいるの」

いずみは聞いた。

「いるで。いま、ミシンをかけてる。私の提げかばんを縫ってるで」

真由が答えたので、いずみはほっと息をついた。

翌日、朝食のあと、晃は居間のテレビをつけて穂水川の水位を確かめた。

「きょうは杉田君と行くことにした。で、彼が軽トラックを出してくれることになったで」

いつの間に、杉田大介と連絡を取ったのだろう。

「大介君に鮎漁ができるの」

「初めは、誰でも初心者や」

晃はクーラーボックスに氷を入れながら言った。

「謙虚で真面目な人は、上達する」

晃はそう言うと、留め金の硬い音を響かせて、クーラーボックスのふたをしめた。

「けど、それだけでは足りない。やわらかい頭が必要や。自然の前で、人間は小さいで」

彼がそう言ったとき、玄関のチャイムが鳴った。

玄関の戸を開けると、大介が立っていた。

「杉田さん、時間厳守ですね」

「弟子の身分ですので」

大介が古い言葉を使ったので、いずみは違和感を覚えた。派遣やブラックという言葉が横行する時代を生きてきた大介には、弟子や身分という言葉がぴたっとくるのだろうか。

漁具やクーラーボックスなどを大介の軽トラックに積んで、ふたりは出発した。

いずみはエッセイの続きにかかった。〈鎮守の杜のある町で〉というタイトルだ。いつもタイトルには悩まされる。途中で変えることも珍しくない。

昼前に、軽トラックが戻ってきた。晃と大介は出かける前に比べて、頬と鼻の赤みが増している。

先日、晃はひとりで八十四匹獲ってきた。きょうはふたりで行ったので、百匹を超えているかも知れないと思った。

「どうでしたか」

いずみが聞くと、晃が首を横に振った。

「すみません、ヘマばかりして」

大介がバツの悪そうな顔をして言った。

どうしたのだろう。いずみはクーラーボックスのふたを開けた。鮎は一匹も入っていなかった。

「獲れたんですよ、三十五匹。でも、大原さんが川で会った人に全部上げたんです。気前よく全部、初めて会った人に。師匠は人がよすぎるんです」

「師匠だなんて大げさね」

いずみが言うと、晃が口をはさんだ。

「鮎のDNAも調べるって言ってたな」

「そう言ってましたね、けど、大原さん、全部あげたりして、あの人を信じていいんですかね」

大介は疑わしそうな目で晃を見た。

「いかにも研究者らしい風貌の人やったで」

晃はたんたんと答えた。

晃と大介は漁網を手に納屋の方へ行き、物干し竿にかけて、落葉や枯れ枝などを外し始めた。ふたりはどんな小さなゴミも見逃さないというような鋭い目つきをしている。

「大原さん、すみません。お願いします。釣り糸と釣り針が網にからまって、お手上げです」

大介が恐縮したような声を出した。晃は大介と替わって、唇をきっちりと結んで漁網を見た。すぐに指先を細かく動かして、釣り糸と釣り針を器用に外した。

「川でもこの調子なんです」

大介は肩をすくめた。漁網の手入れが終わると、大介は帰り支度を始めた。

結局大介は鮎を一匹も持ち帰れない。その上、網の手入れにひどく手こずった。こりたに違いない。もう、連れていってくれとは言わないだろう。そう思って、いずみは彼の日に焼けた顔を見た。

「では、また、よろしくお願いします」

いずみの予想に反して大介は言った。

「また行くんですか」

いずみはあきれて聞いた。

「何百匹、何千匹の鮎がいました」

大介は心もち顔を上げて言った。

「鮎は水の中で自由自在でした」

大介はつぶやいて目を細めた。鮎に魅入られたような顔をしたまま、彼は帰っていった。

杉田大介を見送ったあと、晃とキッチンでお茶を飲んだ。

「明日の午後、来客があるで。川で会った人や」

お茶をすすったあと、晃が言った。

「きょう、気前よく鮎を上げた人かな」

いずみが聞くと、彼はうなずいた。

晃が新聞を広げて読み始めたので、いずみはエッセイの続きに取りかかった。

「いずみ、とんでもない記事が載ってるで」

読んでいた新聞を手渡しながら彼は言った。

〈穂水町メガソーラー計画―開発業者に逮捕歴　反社会的な名簿にリストアップ〉という大きな見出しが目に飛びこんできた。黒田隆記者の署名記事だ。

「スクープかな」

いずみが言ったとき、電話の呼び出し音が鳴り、晃が受話器を取った。清水嘉夫からのようだ。ひとしきり話したあと、晃は受話器を置いた。

「あしたの午後、もう一度、黒田記者がメガソーラーの現地を取材するって。智ちゃんが穂水町の議員なので、説明役として嘉夫さんも行くそうやで」

「晃も、行くの」

「行きたいが、あしたの二時に片上先生がうちに来られるので、時間的に無理やな」

彼は残念そうな顔をした。

「片上先生って、鮎をあげた研究者の名前ね」

「そうや、京滋大学の教授」

晃は名刺を取り出して見せた。片上正志という名前で、住所は京都市内になっていた。

約束の二時きっかりにチャイムが鳴ったので、いずみは玄関へ急いだ。

玄関先に、初老の男性が立っていた。白いポロシャツにジーンズ、黒い革のかばんを提げている。

居間のソファーにすわると、片上正志はかばんの中から大型の本を取り出した。

「昨日はたくさんの鮎を頂戴しまして、ありがとうございました。お礼代わりに持参しました」

片上は本をテーブルに置いた。『渓流と鮎』という本、表紙の写真は渓流をさかのぼる鮎、帯に〈人と自然との共生を探る〉と書いてある。

手に取って本を眺めていた晃が尋ねた。

「先生はずっと京滋大学ですか」

「初めは京都で勤めて、そのあと四国の大学に行って、また京都に戻ってきました。小さいころから川遊びが好きでしてね。僕の原点は田舎の清流です」

「京都と四国ですか。片上先生、僕は半農半漁の家に育って、小さいときから鮎漁を経験してきました。鮎は清流にしか棲《す》めません。何としても、鮎の棲む川を護りたいと思っています」

「大原さんは穂水漁協の組合員さんですか」

「はい、二十年前から穂水漁協に入っています」

もっと話を聞きたかったが、いずみはお茶をいれるために椅子から立ち上がった。

キッチンでかきもちを焼いて、緑茶をいれてお盆に載せて居間へ運んでいくと、ふたりはまだ川の話をしていた。

「このままでは、清流は失われてしまいます。いったん壊されたら、もとには戻りませんのでね」

教授が緑茶をすすったあと、言った。

「片上先生、そうなんです。河川事業が進められて、みるみる湿地が減っています。それに、ありがたくないものが、どんどん川に流れてきています」

晃が言ったので、いずみはプラスチックゴミやビニール袋の浮かんでいる川を思い浮かべた。

片上教授は静かに二度うなずいた。それから、茶碗をテーブルに戻して、晃の顔を見た。

「大原さん、現在、どんな人が穂水川に関わっていますか」

「穂水川漁協、穂水川を守る会、バードウォッチングのグループ、関西カヌークラブ、河川レンジャー、京都南部エコクラブ、河川環境課、河川関係の事業者、〈里山チーム〉、ドシャブカイなどです」

いずみは晃の言うドシャブカイという言葉に聞き覚えがあったが、とっさに思い出せなかった。

「そんなに多いんですか。その中で、僕が参加しているのはドシャブカイだけですよ。河川環境課に委託されて、委員を引き受けています」

「じゃあ、次のドシャブカイで会えますね」

ふたりのやり取りを聞いているうちに、ドシャブカイが土砂部会だったと思い出した。退職と同時に依頼されて、晃は委員を引き受けたのだった。

「ほかに、〈憲法を知る会〉も関わっています」

「憲法と川はどんなふうに関わっていますか」

「毎年、初夏に蛍見学会を企画しています」

「それはユニークですね」

「先生、川と人との共生にとって、肝《きも》は何ですか」

晃の問いに教授はどう答えるのだろう。そう思っていずみは片上の口もとを見つめた。

「そうですね。人が川とどう向き合うかということでしょうか。もっと言うと、多様な生き物が生息できる川たりうるかということです。そのために、速さや深さの異なる川の流れが必要なんです」

川と人との共生にとっての肝がそこにあるとすれば、魚社会と人間社会には共通性があるようだ。

「大原さん、次の鮎漁はいつですか。ぜひとも、お手並みを拝見したいですね」

教授が尋ねたので、晃は手帳を開いた。ふたりは日程をすり合わせて、一週間あとに、千種の沈み橋近くで鮎漁をすることに決めた。

鮎漁の話がまとまると、晃が改まった顔をした。

「片上先生、すぐ近くの丘陵地で大型の太陽光発電所を造る計画が進んでるんです」

「穂水町にメガソーラーですか。以前からその件については心配なことがあるんですよ。何しろ広大な土地ですのでね。そこの木や草がどんどん大きくなります。さて、それをどう処理するかです」

片上教授は何を心配しているのだろうと思いながらいずみは次の言葉を待った。

「業者が除草剤を大量に使う可能性がありますね」

「言われるとおりです。除草剤を使うことになっています」

ふたりのやり取りを聞いて、いずみは除草剤の行方を想像した。耳吉川や、水田や、地下水や、川に、除草剤は沁みこんでいくだろう。

「大原さん、いま、世界じゅうで大手を振って歩いている言葉があります。安全な除草剤という言葉なんです」

「不気味ですね」

　いずみが思わず口をはさむと、教授は眉間に縦じわを寄せてうなずいた。

「京都府や、奈良県や、大阪府の多くの市町村をとおって穂水川は流れています。最後に大阪湾にそそぎこみますが、それまでに、穂水川の水を水道水として使っている市町村がたくさんあります」

　片上の言葉がことの重大性を示唆していた。

「片上先生、メガソーラーの予定地をご覧になりませんか。これから現地を案内しましょうか」

　晃が誘うと、片上教授は腕時計を見た。

「見ておきたいが、時間がないな」

　片上は残念そうな顔をした。

　帰っていく教授を玄関先で見送った。

「嘉夫さんたち、メガソーラーの建設予定地にまだいるかなあ。いずみ、行ってみようか」

　晃に誘われて、いずみは車の助手席に乗った。


　耳吉川の近くまで行くと、白い軽自動車がとまっていて、三人が立ち話をしていた。

　晃といずみは車から下りてあいさつを交わした。三人とも地図や説明書のコピーなどを持ち、記者は大きなカメラを首にかけている。

「メガソーラー計画の説明を終わったところやわ」

　智子が晃といずみの方を見て言った。

「やっぱり自然林は明るくて、いいなあ。ここに来ると、いつも、せいせいするんや。よりによって、ここを太陽光パネルで埋めるとはなあ」

　嘉夫が感情のこもった口調で言った。

　目の前の自然林は初秋の陽光にまばゆく輝き、傍らを耳吉川の澄んだ水が音もなく流れている。

「普段、この川はおとなしいんです。ところが、いったん暴れ出すと、手がつけられません。一九五三年の集中豪雨のときの被害については、前にも話しましたね。岩ががんがん転がり落ちてきて、家や道や田畑が、濁流に呑みこまれてしまいました。人も呑みこまれてしまいました。で、穂水町だけで、五十人以上もの死者が出てしまったんです」

　災害については何度でも言う、絶対に引かないというような顔つきで智子は説明した。

「この辺一帯は花崗岩です。とても崩れやすいんですよ。で、砂防指定地になっています」

智子はさらに強い口調でつけ加えた。

耳吉川を見ている記者に、晃が声をかけた。

「黒田さん、きのうの新聞を読みましたよ」

ココア色のハンチングをかぶった黒田隆記者が振り返った。彼は笑顔になって軽く頭を下げた。

「読んでもらいましたか。業者はアメリカの開発業者で、いわゆる外資系ですね。で、会社の資本金はたったの一円ですよ。信じられますか」

「一円なら僕でも出せますよ」

晃と記者がふたりで話を始めた。

「カラクリがありましてね。外資系の会社のバックには、日本の大手の銀行がついています」

「黒田さん、会社の関係者に逮捕歴があるそうですね。スクープですね」

晃が言うと、うなずいた黒田の目が光った。

「あの記事を書いたあと、知人から電話がかかってきましてね。よく書いてくれたという激励かと思ったんですよ。ところが、違ったんです」

晃と黒田隆記者のやり取りを聞いていた清水嘉夫が口をはさんだ。

「どんな電話だったのか、想像がつきますよ」

嘉夫は確信ありげな顔をして言ったが、いずみにはまったく見当がつかなかった。

「身辺に気をつけろ、という警告ですか」

「清水さん、当たりです。電車のホームの端に立つな。防刃《ぼうじん》チョッキを着ろ。子どもから目を離すな。そんな忠告でした。その話を聞いて、妻がビビりましてね。子どもと私の身を心配しています」

いずみは声が出なかった。子どもと夫の身を案じている黒田記者の妻のことを思った。

「卑怯だな。二十一世紀になったのになあ」

晃が言った。

「ペンは剣よりも強い。そう信じて書きますよ。これからも書きますよ」

黒田はそう言って、遠くの山なみに目を向けた。山肌は暗緑色の、単調な色合いの人工林におおわれている。山なみを見つめる黒田の目が澄んでいる。

ものを書くとは大きいものを背負うことだと、いずみは思わず背すじを立てた。

「伝説のありそうな丘陵地ですね」

　暗い色彩の遠い山なみから、近くの谷あいに目を戻して、黒田が言った。

「ありますよ」

　いずみは答えた。

「聴かせてください」

　黒田が片足を踏み出した。

　いずみは祖母の加江に聴いた話を始めた。


　昔、この辺りに小高い半鐘山《はんしょうやま》があった。名もない丘を名もない小川が巡って流れていた。

　半鐘山の近くに母と子がふたりで住んでいた。ところが、ひとり息子の耳吉が眼病を患ってしまった。けれども、医者に見せる金がない。そのうちに、耳吉の目はまったく見えなくなってしまった。

　ある蒸し暑い雨の夜、母親が目を覚ますと、寝ているはずの耳吉がいない。そのとき、半鐘がけたたましく鳴り響いたので、母親は板戸を開けて外へ出た。見上げると、耳吉がやぐらに登っている。

「耳吉、危ない、下りろ」

　母親は叫んだ。けれども、耳吉は鐘をたたき続けている。

　母親が見回すと、村人たちの群れが丘を駆け上ってくる。年寄りも、赤ん坊も、村人がひとり残らず丘の上に避難したあと、濁流が集落を押し流した。

　いつか、名もない川は耳吉川と呼ばれるようになった。やがて、お堂が造られ、耳地蔵が祭られた。


　いずみが語り終えると、静寂が流れた。しばらくして、組んでいた太い腕をほどいて智子が言った。

「耳地蔵さんは、すぐ近くですよ」

　智子を先頭に、そぞろに歩いた。クヌギの木の傍をとおって道端のお堂の前に立った。

　粗末なお堂の中で、大人の膝丈ほどの石地蔵は笑みを浮かべていた。目はなかった。耳だけが不釣り合いに大きくて、口は薄れて消えかけていた。

　数本の彼岸花が赤いつぼみを茎の先端につけ、お堂に寄り添っている。


　いずみは〈鎮守の杜のある町で〉を書き上げた。原稿の入ったレターパックをポストに入れると、かすかな音がした。そのとき、今度こそ〈竹林〉の秋号に載せてほしいという強い願いを意識した。

街道筋の道を家に向かって歩いていると、ふいに黒田記者の言葉が頭に浮かんできた。ペンは剣よりも強い。そう信じて書く。彼はそう言っていた。あのときの記者の目は澄んでいた。何のために、自分はエッセイを書いているのだろうと、いずみは自問した。身の内に言葉にならない疼《うず》きがあった。

八峰神社の鳥居の前まで歩いたとき、杉田大介が街道を下ってきた。

「こんにちは。この間の鮎漁はどうでしたか」

「三人で四十四匹ですよ。教授はまだまだですね」

大介は先輩風を吹かせ、顔の前で片手を振った。そのあと、ふいに我に返ったかのような顔をした。

「けど、僕もまだまだです。この間も、師匠に注意されてしまって」

そう言ったあと、彼は神社の方へ目を向けていたが、しばらくしてつぶやいた。

「師匠は鮎のような人ですね」

「鮎のような人って、どんな人ですか」

いずみは聞いた。大介は黙って鳥居の先端をじっと眺めていたが、しばらくして口を開いた。

「鮎のような人です」

彼は真剣な目をして同じ言葉を繰り返した。

杉田大介と別れて家に帰ると、晃が玄関先の敷石の上に立っていた。

「神社の前で杉田さんに出会ったわ。でね、晃は鮎のような人だと言ってたで」

いずみが言ったとき、ウグイスが鳴いた。

「ホーホケキョ　ホイと鳴いた」

晃が笑いを含んだ声で言った。

「終わりのホイはよけいやわ、ホーホケキョやわ」

「いや、ホーホケキョ　ホイだ。いずみは知らなかったか。僕は前から気づいてたで」

「小学校の唱歌も、鳥の鳴き声のＣＤも、ホーホケキョ　ホイじゃなくて、ホーホケキョやわ」

いずみが声を高くして言うと、彼は唇に人差し指を当てて、黙ってというしぐさをした。

ウグイスが鳴いた。いずみは自分の耳を疑った。

ホーホケキョ　ホイと鳴いている。

信じられない思いで、もう一度聞いた。

「晃の言うとおりやわ」

「ホーホケキョと鳴くこともある。早春のころの鳴き始めと、日がたってから比べると、違って聴こえるで」

晃の言葉に、いずみは返す言葉がなかった。

「そのほかにも、ウグイスの鳴き声はいろいろあるで。人間と一緒で多様なんや」

晃は当然だという口調で言った。いずみは夫をつくづく眺めた。落ち着いた顔つきでいい感じに見えた。ふと創作教室で学んだことを思い出した。

「晃には文章の才があるかもな」

「どうして」

「初めて見るかのように見る。初めて聴くかのように聴く。初めて感じるかのように感じる。虚心にものごとに向き合う、それが書くときの基本らしいの。晃には素質があるかも。エッセイを書いたらどうかなあ」

「僕にはエッセイ以外にやりたいことがある。〈憲法を知る会〉もある。畑の野菜たちも呼んでいる」

晃は即答した。

夕飯のあと、いずみは居間で新聞を広げた。

「いずみ、ちょっと来て」

晃が呼んだ。慌てたような声音をいぶかりながら、いずみは椅子から立ち上がった。

彼はトイレの前に立っていた。首をかしげている様子が、途方に暮れた子どものように見えた。

彼の背中越しにのぞいて、いずみは目を見張った。便器の水中に鮮血が混じっている。

「由衣子に聞くわ」

息子の妻は公立病院で事務職をしていて、仕事がら病気について詳しい。医師や、看護師や、薬剤師や、保健師や、理学療法士や、介護士などにも知り合いがある。

いずみは居間に戻って、電話をかけた。すぐに由衣子とつながった。いずみは事情を説明した。

「どんな色でしたか」

「鮮やかな色をしてたわ」

しばらくの間、由衣子は黙った。

「お父さんは大腸がんの検査をしましたか」

「してないわ」

五月に短期人間ドックを受けた。けれども、大腸がんの検査は含まれていなかった。

晃が傍に来たので、いずみは電話を替わった。

しばらく由衣子と話したあと、彼は電話をきっていずみに返した。

　このところ、腹具合がおかしいと晃は話していた。そのとき、受診すればよかった。がんだろうか。まさか、そんなことはないだろう。いずみは不安を打ち消そうとして、首を強く横に振った。

　いずみは晃と家庭医学事典を開いた。ページを繰っていると、いっそう不安が濃くなった。次いで、ネットで調べた。情報が多くて読みきれなかった。


　十月の初旬、晃は隣の市の松田医院で受診した。その三日あとに、大腸の内視鏡検査を受けた。

　内視鏡検査のあと、診察室で男性の医師と向かい合った。ひと言も聞き逃すまいと、いずみは中年の医師の口もとを見つめた。

「大腸がんの疑いがあります。進行性の可能性がありますね。近くの臓器に広がっている可能性が高いと思われます」

　医師はていねいな口調で説明した。

「詳しい検査が必要です。大腸がんが転移していないか、どうかを調べてもらってください。できるだけ早い方がいいと思います。病院が決まったら、紹介状を書きますよ」

「分かりました。できるだけ早く病院を決めます。検査までに、何かできることがありますか」

「水をたくさん飲んでください。歩いてください」

「分かりました」

　晃の顔は落ち着いていて声も冷静に聞こえた。診察室を出て待合室の椅子に並んですわった。

　いずみは体の弱い自分のことを思った。肝心なときに力を出せずに何度も悔しい思いをした。心臓の発作のために、心ならずも早期の退職もした。

　虚弱ないずみに比べて、晃は病気知らずで、病院へは人間ドックとお見舞いにしか行ったことがない。水泳や野球が好きで、暴飲暴食を避け、健康に気をつけてきた。六十歳になるまで、ずっと病気知らずだった。彼が病気だとは信じられなかった。

「いずみ、どこの病院がいいだろう」

「晃、支払いをしておいて。その間に、私が由衣子に電話して、どの病院がいいのかを聞くわ」

　いずみは待合室を出て、駐車場で由衣子に携帯電話をかけた。一回目は操作を誤ってしまい、二回目にやっとかけることができた。

「検査が終わって、いま説明をしてもらったところなんやわ。進行性の大腸がんの疑いがあるって言われて、再検査が必要だと言われたわ。どの病院へ行けばいいのか、教えて」

「大腸がんですか。お母さんは、いい病院か、近い方か、どちらにウェイトを置かれますか」

由衣子に尋ねられて、いずみは考えこんだ。

そのとき、友人の話を思い出した。

友人は医師や看護師をののしった。話しているうちに、悔しさや怒りがこみ上げてきたのか、妻の死を思い出したのか、激高した。病院の壁を蹴って帰ってきた、あの病院へは二度と行かないと語った。彼のこぶしが激しく震えていたことを覚えている。

「いい病院の方。遠くても」

「調べてみます」

由衣子の声が頼もしく聞こえた。

息子の憲は携帯電話に出なかったので、メールで知らせた。そのあと、東京に住んでいる娘の未央にもメールを送った。

駐車場の前の道路を青年が走ってとおり過ぎた。青いランニングに紺色のショートパンツから出ている腕と足がいかにも健康そうに見える。いずみは青年から目をそらして、次の病院で否定してくれるかも知れないと思った。気持ちがふわふわと浮いている感じで心もとなかった。

医院のドアが開いて、晃が出てきた。

「近くじゃなくても、いい病院を探してって由衣子に頼んだわ」

「それは、そうやな」

「憲と未央にはメールで知らせておいたわ」

松田医院を出たあと、穂水町の図書館に寄り、がんについて書いてある本を借りた。

家の玄関を開けてキッチンの椅子に晃と向かい合ってすわった。そのとき、携帯電話の着信音が鳴った。娘からだった。

「できるだけ、早く帰省するわ」

いくつかの問いを重ねたあと、未央は言った。

娘と電話で話しているうちに、いつの間にか、涙声になっていた。電話のあと、いずみは洗面所で顔を洗い、タオルで念入りに拭いた。泣いている場合ではないと声に出して言ったあと、急いでキッチンに戻った。

「そんなはずがないと思う一方で、やはりそうかとも思う。がんの多い家系だからな」

晃がつぶやいた。相反する気持ちが彼の頭の中で交錯しているようだった。

遅い昼食のあと、再び大腸がんについて本で調べた。本をめくっていた晃が椅子を立った。

「松田医院の先生は、水をたくさん飲むこと、歩くことって言ってたな。これから散歩をしてくるよ」

そう言って、晃は出かけた。

しばらくして、晃が散歩から帰ってきた。

「歩いていると、いろんなことに気づくし、いろんなことを考えられるなあ」

彼はそう言いながら部屋に入ってきた。そのとき、着信音が鳴って、未央からメールがとどいた。

—お父さんはどうしていますか。さっき、電話で話したとき、お母さんは泣いていましたね。

俳句を作りました。

思い出と未来のはざまの涙声—

いずみは未央から届いたメールを晃に見せた。

「いずみはよく泣いたなあ。そのたびに、僕がしっかりしなければと思ったなあ」

晃はそう言って、自分の手をじっと見た。過去を振り返っているのだろうか。それとも、いまの自分に言い聞かせているのだろうか。

いつものように真由と壮太と一緒に夕飯をすませた。しばらくして孫たちは家に帰り、晃は〈里山チーム〉の打ち合わせに出かけた。

由衣子から電話がかかってきた。

「少し遠いけど、常磐木《ときわぎ》病院はどうでしょうか」

それは隣の県にある病院だった。

「信頼できる腹腔外科の医師が揃っているそうですよ。それから、病室はゆったりとしていて設備が整っていて、つき添いの人が自由に宿泊できるらしいですよ」

「それはいいなあ」

「去年、いとこが常磐木病院で胃がんの手術をしたんですよ。全摘してもらって、いまは職場に完全復帰しています」

由衣子は励ます口調で言った。

「最近、びっくりするような高額の、法外ながんの特効薬が話題になっていますね。だけど、常磐木病院では保険のきかない医療はしていないそうです」

　由衣子は詳しく調べてくれたようだ。

「それから、常磐木病院では、大勢のボランティアの人が協力しているそうです」

「ボランティアの人は、どんなことをするの」

「掃除や、調理や、草ぬきを手伝ったり、退職した病院関係者が患者さんの相談に乗ったりしているようです。ピアノや、バイオリンや、室内楽のコンサートなんかも、しょっちゅう院内でしているそうですよ。それから、患者と家族の会があって、活発に活動しているようです」

　由衣子はほんとうに頼りになる。

「由衣子、ありがとう。ほんとうに助かったわ」

「常磐木病院には、寄付をする人がとても多いようですよ」

「そうなの」

「車だと家から片道五十分ほどで行けますね。穂水駅からだと、まずディーゼルカーに乗って、電車を二回乗り換えて、バスに乗り継いで、二時間半ほどかかりますが、お母さん、だいじょうぶですか」

「だいじょうぶやわ」


　電話のあと、いずみは図書館で借りてきた本を開いた。日本人男性の半数ががんで、早期発見が決め手だという言葉が随所にある。これまで、それらの言葉は単なる知識に過ぎなかった。けれども、いまは違う。早期発見という言葉がじかに迫ってくる。

　もう一度ネットを開いた。おびただしい情報があって、読んでいくうちに、判断がつかなくなった。知らない世界に迷いこんだかのようで心細かった。

〈里山チーム〉の打ち合わせに出かけていた晃が帰ってきたので、いずみは由衣子の話を伝えた。


　翌朝、いずみが起きてキッチンへ行くと、いつものように、晃は野菜ジュースを作っていた。

「いま、できることは、水を飲むこと。散歩すること。ストレッチをすること。野菜ジュースを作ること。健康茶を作って飲むこと。あずきを食べること。畑仕事をすること、本を読むこと、病気の記録をつけること。〈憲法を知る会〉、〈里山チーム〉、自治会や神社の行事など、たくさんあるなあ」

　晃は自分に言い聞かせるように言った。

　朝食の片づけをしたあと、晃は冊子や書類をテーブルの上に広げた。

「僕たちは、ふたりとも入院保険に入ってる。入院すると、一日に三万円が支給されるで」

いずみは夫の顔をまじまじと見た。入院保険に入っていたとは知らなかった。

晃は松田医院に紹介状をもらいにいった。

ひとりで家にいると、胸の中に鉛を抱えているように感じられた。時間がたつにつれて、その重さが増していく気がして、しだいに耐えがたくなった。

ふと何年か前に〈竹林〉に載っていたエッセイを思い出した。書いたのは矢加部編集長で、肺がんを切除して放射線治療をしたことが書かれていた。

いずみは晃のがんのことを、矢加部文にメールで知らせた。間もなく、メールの着信音が鳴った。

―あなたたちご夫婦のことを思っています。

閉ざさないでね―

閉ざさないでとはどういう意味だろう。分かるようで分からない。けれども、おっくうな気分に支配され、問い返す気になれなかった。

早朝、常磐木病院へ向かった。近くの第一駐車場は満車だったので、外来棟から離れた第二駐車場に車をとめた。

「熊本や、石川や、徳島ナンバーの車もあるわ。よっぽど評判のいい病院なのかなあ」

いずみの言葉に、晃は答えなかった。黙って車から下りた。緊張しているのかも知れない。

外来棟は五階建てだった。

入るとすぐにインフォメーションがあった。机の前に看護師が笑顔で立っている。七十代の後半ぐらいに見える。ボランティアの人だろうか。分からないことは相談してください。紹介状のある方はお出しください。机の前面にそんな貼り紙がしてある。紹介状やデータの入った角封筒などを渡し、教えてもらったとおりに手続きをすませた。

受付前には何百という緑色の椅子が並び、ほとんどが埋まっている。空いている椅子を見つけてすわった。

いつだったか、常磐木病院に知人を見舞ったことがあった。あのときは、診察を待っている人たちをほとんど見ないで、通り過ぎた。けれども、いま、ひとりひとりがよく見える。Tシャツにジャンパーを引っかけている痩せた青年がいる。背中の曲がった老婦人がいる。母親らしい若い女性が幼い子を車椅子に乗せて押している。

事務員の若い女性が晃の番号を呼んだ。彼女はバインダーを片手に近づいてきて、膝をついて晃を見上げた。彼女の説明を聞き、指示どおりに四階へ行った。

四階の看護師も晃の前で膝をついて説明した。

いずみは新聞をかばんから取り出して、片方を彼に渡した。途中で交換して二種類の新聞を読み終えた。それでも、名前を呼ばれなかった。

「ここで働いている人たちの昼食時間や休憩時間は、どうなってるんだろう」

晃が言ったので、いずみは壁にかかっている円い時計を見上げた。時計の針は一時半を過ぎていた。

やっと名前を呼ばれ、診察室前の細長い中待合に入った。間もなく、診察室に入って医師の前にすわった。

医師は腹腔外科部長という肩書きで、五十代半ばに見えた。胸のプレートに宮本英俊とある。肩幅が広く、厚い胸板をしている。

がんがかなり進行していることを、画像で示しながら医師は説明した。CT、ペット、MRIなどの検査が必要だという医師の声が胸に重苦しく沈んでいく。そのとき、ふいに若い女性の声が静かな診察室に響いた。

「大原さん、お住まいが遠くて大変ですね」

医師の後方に立っている看護師の声だった。

「一日でも通院の日を少なくするために、きょう、これから、ひとつだけでも検査を受けられたらどうですか。検査室に問い合わせてみましょうか」

看護師はそう言うと、手早く検査室に連絡をしてくれた。その声音にこもっている温かさがいずみの胸にじんわりと沁みた。

七　走り出したら地が割れて

　十日ほどの間に、晃は常磐木病院でＣＴ、ペットＭＲＩなど大腸がんのいくつかの検査を受けた。独りでだいじょうぶだと晃は言ったが、毎回いずみはついていった。十月半ばに検査が終わった。

　検査が終わった日、待合室で診察を待っていると、晃がかばんから小さな冊子を取り出した。やわらかい色彩の森とはらっぱを駆ける子どもの表紙の写真に見覚えがある。幼なじみの清水智子から手渡された日本共産党のマニフェストだ。智子に入党を勧められたのは、春のころだった。

　一心に読んでいる晃を横目で見てから、いずみは新聞を広げた。

　隣にすわっていた女性がふいに上体をひねっていずみの方を向いた。眼鏡にはめこまれた銀色の石がきらりと光った。七十歳ぐらいに見えた。

「きのうも、ロビーで演奏会がありましたのよ。ピアノとフルートの演奏でしたよ。病院で憩うなんて、誰が思いついたんでしょうね。もうすぐ、みんな死ぬのにね」

　婦人の口調はとげとげしかった。もうすぐみんな死ぬという言葉を聞いた瞬間、いずみはいきなり真空の中に放り出されたような気がした。

　そのとき、晃の名前が呼ばれたので、女性に黙礼をして椅子から立ち上がった。

　診察室に入ると、体格のいい腹腔外科部長の宮本英俊医師が待っていた。椅子にすわって宮本医師のいかつい肩を目の前にしたとき、いずみは何故かほっとして小さく息をついた。

「検査は全部終わりました。これから検査結果を検討して、治療方針を立てることになります。それでですね、詳しい説明は来週の木曜日になります」

　宮本医師は穏やかな口調で言った。

　晃の運転する車は病院の駐車場を出てスズカケの並木の間をぬけ、高速道路に入った。

「さっき、待合室で演奏会の話をしてたなあ。僕が検査を受けてる間に、いずみもピアノやフルートの演奏会を聴きにいけばいいいで」

「でも」

いずみは言葉を濁した。

「もうすぐみんな死ぬって、あの人は月並みなことを言ってたな」

晃が思い出したように言った。いずみは黙って小さく首を横に振った。彼女のことは忘れたかった。

「裕福そうだったけど、つっかかるような言い方で、何かを憎んでるような口振りだったな」

晃が言ったとき、もやもやした感情がいずみの胸中にくすぶり始めた。それは晃の体内にある大腸がんへの怒りだった。

「がんが憎い」

思わずいずみは言った。

晃は黙って首を小刻みに横に振った。

「がんを含めて僕だからな」

彼の言葉に、いずみはうなだれた。

間もなく、怒りは自責に変わった。どうして、もっと早く晃に受診を勧めなかったのだろう。

「私がもっと気をつけていれば」

力なくいずみはつぶやいた。

「気をつけていても、なるときはなる。何しろふたりにひとりは、がんになる時代や」

晃は言ったが、いずみの自責の念はしつこく居すわって消えなかった。

「早期に切除すればがんは治る病気だと本には書いてあったな」

切除すれば治るという晃の言葉を反芻《すう》し、いずみはいくらか元気を取り戻した。

車窓に目を移すと、雑木林の間を高速道路がゆるくカーブして続いている。

「最近、病気や医療関係の記事をよく読むようになった。これまでは医療に関する記事がこんなにたくさん新聞に載ってることに気づかなかったよ。きのうは保険証のない人のことが書いてあったで」

ハンドルをゆっくりと回しながら晃が言った。

「ああ、あの記事ね、保険料を払えなかった人の記事でしょう。辛いわねえ」

「日本の医療や福祉が、フィンランドみたいにゆき届くといいんだがなあ」

晃の言葉に、いずみは隣り町に住んでいた知人のことを思い出した。彼女は難病で、長期の入院をしていた。仕事に行けず、家事や育児ができないことを苦にしていた。結局、生活にゆき詰まり、家族四人で実家のある四国へ引っ越していった。

「晃、さっきマニフェストを読んでたなあ。医療や福祉についてはどんなふうに書いてあるの」

「社会保障制度の確立と充実と書いてある」

「社会保障制度の確立と充実ねえ」

いずみは返したあと、バッグから携帯電話を取り出した。まず息子の憲に、次いで由衣子と東京にいる娘の未央にメールで治療方針の説明の日を知らせた。

着信音が鳴って、娘の未央から返事が届いた。

—木曜日の夕方、帰省します—

いずみは未央が帰省することを晃に伝えた。

「せっかく未央が帰省するというのに、僕の病気のために帰省することになったなあ」

そう答えた晃の横顔が陰っている。

しばらくして、また着信音が鳴った。由衣子からだった。

—憲とも話し合ったんですが、説明のとき、私が同席しましょうか—

「由衣子が説明のときに同席しようかって」

いずみは思わず声をはずませた。

「それは心強いな」

晃のその声を聞いたとたんに、体の芯のしつこいこわばりがほぐれていく気がした。


土曜日の午後、晃はキッチンの椅子にすわり、手帳を開いてボールペンを走らせていた。向かいの席でいずみは携帯電話を手に取り、由衣子にメールを送った。

—木曜日、未央が帰ってくるので、いつものようにみんなで食事をしようと思うんだけど—

—憲と私は食事をすませてから、行きます—

画面の文字が素っ気なく見えた。未央が東京から帰ってきたときはいつも、一緒に食事をしてきた。由衣子は一緒に食事をしたくないのだろうか。これは、夫婦の不和を暗示しているのだろうか。

落ち着かない気持ちで、いずみはテーブルの上に新聞を広げて読み始めた。

ドアが開き、壮太が片方の手のひらを丸めて入ってきた。彼はそっと手を開いた。縞《しま》模様のついたカタツムリが載っている。小学五年生になったが、壮太の幼いころからの生き物好きは続いている。

「おじいちゃん、カタツムリが山茶花《さざんか》の幹にいっぱいとまってるで。二十匹以上は見たで」

降りしきる雨の中で一心にカタツムリを数えている壮太の姿を目に浮かべ、いずみはほほ笑んだ。

「壮太、近ごろ、カエルとヘビが減って、ムカデとカタツムリが増えてるようやなあ」

「アリとトンボも増えてるで」

晃と壮太が話していると、真由が居間に入ってきた。雨の中を走ってきたのか、ボブの髪が濡れて光っている。いずみはタオルを取ってきて真由の髪を拭こうとした。いずみの手からタオルを取り上げて自分で拭き始めた。真由はすっと上に向けて拭いている顔が、もう中学生だと主張しているかのように見えた。

「おじいちゃんとおばあちゃんは、近ごろ、よく出かけるなあ。いないことが多いで」

真由は不満そうな口調で言った。

「病院へ行ってるんやろ」

壮太は僕には分かっていると言いたげな顔をした。

晃と壮太は居間へ行った。すぐに、野球中継の賑やかなテレビの音が聞こえてきた。

椅子にすわってこめかみに指を当てていた真由が、いずみの顔を見た。

「私が見てるテレビドラマでは、由衣子さんというふうにお嫁さんを呼んでるけど、どうしておばあちゃんたちはお母さんを由衣子って呼ぶの」

「お父さんとお母さんが結婚したときに娘がひとり増えた気がして、それで、未央と同じように呼ぼうっておじいちゃんと話し合ったんやわ。お母さんもお父さんも賛成してくれてね」

「そうなんや」

真由は納得した顔でうなずいた。


木曜日の朝、いずみは晃と病院の待合室の椅子にすわって由衣子を待った。

由衣子が水色の制服のままで駆けつけてきた。間もなく名前を呼ばれたので、診察室に入ると、宮本英俊医師がどっしりとした感じですわっていた。

「息子の妻です」

いずみは由衣子を紹介した。大柄な医師は軽く由衣子に会釈をした。

「進行性の大腸がんです。直径三センチほどの大きさです。ほかにも数個のがんが大腸に散らばっています。それから、リンパ節の肥大が認められます」

腹腔外科部長は長く太い指でパソコンの画面を指したり、手もとの紙に図を描いたりして説明した。

医師の言葉がいずみの頭の中でぐるぐる回った。

晃を見ると、うなずきながら聞いている。

「ステージはどうでしょうか」

晃が聞くと、医師は一瞬の間を置いた。

「ステージですか。ステージ4ですね」

聞き違いではないかと思った。

「ステージ4ですか」

晃が繰り返した。

「肝臓や、肺や、膵臓などへの転移はありませんか」

「遠隔転移はないのですね」

宮本医師の言葉を由衣子が確認した。

「ありません」

医師は答えた。救われた気がした。いずみはその言葉にしがみついた。手術をすれば、きっと回復へ向かうに違いない。がんは治る時代なのだ。


「がんを切除するんですよね」

いずみは意気ごんで尋ねた。

医師は首を横に振った。

「完全に切除はできません」

そんなはずはない。聞き違えたのだろうか。

「どういうことでしょうか」

晃が尋ねた。

「完全に切除することはできないのです。先ほども説明しましたように、数個のがんが大腸に散らばっていて、リンパ節が腫《は》れているんです」

医師の言葉に、いずみの息は詰まった。

「もとのがんと、大腸に散らばっている数個のがんの処置をすることになります。しかしながら、大腸の近くの大動脈ですね、そのリンパ節も腫れていますので、完全に取り除くことはできないのです」

晃は見放されたのだろうか。頭の中にもやがかかったようになり、混乱した。

「大腸のがんをできるだけ取り除いたあと、人工肛門を作る手術をしましょう」

医師は手もとの紙に図を描いて説明した。

「胸部にポートを形成しますので、そのための手術も必要になります」

「ポートというのは、どんなものですか」

晃が尋ねた。

医師は再び図を描いて説明した。

「抗がん剤を入れるたびに注射針を刺すと、近くの皮膚や血管が弱ります。それを避けるために胸にポートを形成します。ポートを作ると、点滴のたびに注射針を刺す必要がありません。それに、胸部は血液の流れが盛んで、抗がん剤を入れるのに好都合なのです」

医師の言葉が頭の上をとおり過ぎていく。話の流れに追いつけない。

考えこんでいるふうだった晃が医師を正視した。

「肛門を復元できますか」

晃の問いかけがいずみの胸にじわりときた。

「治ったら、できます」

医師は慎重な口ぶりで答えた。

「五日あとに入院してもらって、四日目に手術の予定です。そのあと、抗がん剤治療を始めましょう」

治療という言葉が胸に温かく流れこんできた。見放されたわけではない。これから治療が始まるのだと、いずみは自分に言い聞かせた。

由衣子に促されて、いずみは椅子から立ち上がった。大事なことを聞き忘れている気がしたが、それが何なのか分からなかった。そのまま、診察室を出て、待合室の椅子に腰を落とした。

由衣子が入院手続きの用紙をもらいにいった。

「さっき、診察室で看護師さんが痛ましそうな顔で僕たちを見てて、入院棟は建ってまだ間がなくて新しくて気持ちがいいですよって言ってたなあ」

晃が言った。誰がどんな顔をしていたのかも、看護師が慰めた言葉も、いずみの記憶にはなかった。

ふいに涙があふれた。抑えようとしたが、とまらなかった。

由衣子が入院手続きの用紙をもらってきて手渡した。いずみは涙を拭いて晃と手分けして書いた。

晃が途中でボールペンをとめた。

「見舞い客を受けるか、断るか」

彼はそう言って、思案している様子だった。

「見舞う方は大変だ。それにこっちも治療に専念できない」

晃はそう言って断るという文字に印をつけた。

「病状をありのままに本人には知らせない。病状を家族に知らせる。病状をありのままに本人に知らせる、という三つの選択肢があるで」

晃は読み上げたあと、病状をありのままに本人に知らせるというところに印をつけた。

入院手続きが終わったあと、晃はトイレに立った。ふたりきりになると、由衣子が声をひそめた。

「余命について触れられませんでしたね」

いずみははっとした。余命という言葉が胸につき刺さり、そのまま胸に貼りついた。泣いている場合ではない。いずみはハンカチで涙を拭いた。

「先生も黙ってるし、お父さんも尋ねないので、本人を差し置いて聞くわけにいかなくて」

由衣子は低い声で言った。

何故、医師は余命について触れなかったのだろう。誰も尋ねなかったからだろうか。分からないのだろうか。それとも、本人には内密に、あとで家族に連絡があるのだろうか。いずみが思いを巡らしていると、晃がトイレから戻ってきた。

職場へ戻る由衣子と駐車場で別れた。

車はスズカケの街路樹の間を走った。

晃のがんは取り除けないのだ。いったい、いつ、そのがんはできたのだろうか。

いずみは昨年のことを思い出した。晃たちは八峰神社で、正月の準備をした。そのあと、ひと晩じゅう焚火を燃やして参拝客を迎え、青竹で作ったカップに注いだ酒を振る舞った。晃が帰宅したのは元日の昼前だった。

「初詣のあと、珍しくおなかの調子が悪いって言ってたなあ。あのとき、がんができたのかなあ」

いずみは運転席の晃に話しかけた。

「そうかも知れない。そうではないかも知れない。僕はがんの遺伝子をかなり受け継いでいるからな。あるいは、ストレスとか、そのほかの原因かも知れないなあ。どっちにしても、過去へは戻れない。だから、いずみ、これからのことを考えような」

晃は言ったが、いずみは過去に縛られたまま、あれこれ考え続けた。


夕方、未央が東京から帰省した。いずみは晃と玄関先で出迎えた。靴を脱ぎながら、未央が尋ねた。

「お父さん、どうなの」

「うん、さし当たって、どうってことはない。特に困っているのは、背中がかゆいことぐらいや」

晃は軽く答えた。

娘と孫たちと五人で夕飯の食卓を囲んだ。

食べ終わると、待ち構えていたかのように壮太が勢いよく立ち上がった。

「未央ちゃん、ゲームをしよう」

小学校の高学年とは思えないような甘えた声だ。ほら、きたという顔をして未央は壮太に手を引っ張られて椅子を立った。

居間の方へ歩きかけながら、未央が真由を見た。

「真由ちゃんも一緒にしよう」

未央に誘われて真由はうなずいた。

間もなく、ゲームに興じているらしい三人の賑やかな声が居間から聞こえてきた。

夕食の片づけをすませたあと、晃は入院の説明書をキッチンのテーブルの上に広げた。

玄関の方で戸を開ける音がして、息子夫婦がキッチンに入ってきた。由衣子は椅子にすわると、しばらく黙っていたが、思いきった様子で口を開いた。

「壮太と真由が落ち着かないんです。さっき、憲と話し合ったんですが、お父さんの病気のことを、子どもたちにきちんと話した方がいいと思うんです」

いちずな感じが語調にこもっていて由衣子の母親らしい思いが伝わってくる。

晃がうなずいたので、いずみは未央と孫たちを呼びに居間へいった。ゲームのカードを持つ手をとめて、三人とも何だろうという顔をした。

七人がキッチンに揃うと、憲が口火をきった。

「最近、大人たちが忙しそうに見えたか」

真由と壮太がうなずく。

「実は、おじいちゃんは検査をしてて、大腸がんだと分かったんや。で、入院して手術をすることになった」

憲が言うと、壮太はしっかりうなずいた。分かっているという顔に見える。

「大腸がん」

真由がのどに引っかかるような声を出した。

「この辺や」

晃が下腹部に両手を当てた。

「そんなん、分かってる」

真由ははね返すように言った。

「ステージは」

真由が聞いた。

「ステージ4だ」

晃が答えた。

「ステージ4」

真由が上ずった声で叫んだ。

「がんを取り除いて、人工肛門をつけてもらう。そのあと、抗がん剤治療を始める」

晃が言うと、重い空気が室内を満たした。

ふいに奇妙な音が聞こえてきたので、いずみは周りを見回した。音はテーブルの下の方から聞こえてくる。指の関節を鳴らす音だ。

「真由、やめなさい」

憲が言った。けれども、音は続いた。

「真由ちゃんは、おじいちゃん子だからなあ」

未央が真由を見て言った。

入院して四日目に手術することと、そのあと抗がん剤治療が始まることを、晃が説明した。

真由が指の関節を鳴らし続ける中で、話はひととおり終わった。

いずみは〈竹林〉の創作教室の話をきり出した。

「東京で創作教室があってね、報告を引き受けてるんだけど、手術の三日あとになるので断るわ」

「約束したんやろ。責任を果たせよ」

晃の言葉に、いずみは黙って首を横に振った。とうていその気にはなれない。

「僕の病気に過剰に反応するなよ」

晃は言ったが、やはりいずみは首を横に振った。

「それぞれに持ち場があるやろ」

晃の言葉に、未央が納得したという顔で二度うなずいた。

「お母さん、お父さんの言うとおりだと思うわ」

未央が言い、憲と由衣子もうなずいている。

やはり行く気になれなかったが、妥協しないという晃の目に気おされてうつむいた。

「責任を果たしにいくわ」

重い気持ちに抗って押し出した声がかすれた。

「いずみ、がんばれよ」

晃が言った。その言葉が胸にずんと響いた。

「必要なときはちゃんと頼むから」

若いときから晃は人にものを頼まれるのが好きで、頼むのは苦手だ。必要なときは頼むという晃の言葉に、部屋の中がしんとなった。

翌日、未央は東京へ帰った。

夕飯のあと、晃と孫たちと一緒に入院の準備をした。タオルや、洗面器や、スリッパや、歯磨きチューブなどに、真由と壮太が名前を書いてくれた。

「私と壮太から、おじいちゃんにプレゼント」

真由がそう言って、青い表紙のノートを手渡した。〈常磐木病院日記　大原晃〉とカラフルな絵文字で書いてあった。

電話が鳴るたびにいずみは病院からではないかと、電話機の傍に走り寄った。もしかしたら、晃の余命を知らせてきたのではないかと思ったが、病院からの電話はかかってこなかった。


入院棟は外来棟から道路ひとつ隔てていた。

晃と憲といずみはそれぞれに大きなかばんと紙袋を提げ、入院棟の前に立った。

いずみは八階建てのベージュ色の新しい建物を見上げた。珍しく屋外にらせん階段がついている。

「晃、あのらせん階段は非常階段かなあ」

「違うで。入院棟の図を見たら、非常階段はほかの場所についていたで。あのらせん階段はおまけやな」

「おまけってぜいたくやな」

「そうやな、そういえば、奈良に行ったときに部屋の中にあるのを見たことがあるけど、壁や、床や、天井にきっちりとはめこまれてて、建物の一部のように見えたなあ。だけど、外にあるらせん階段は室内にあるのとは感じが違うなあ」

晃と話しながら、いずみはらせん階段から目が離せなかった。階段はベージュ色、柵《さく》と手すりは純白。空へ向かって優美な曲線を描いている。

「いずみ、行くで」

晃が呼んだ。見ると、ふたりはすでに数メートル先を歩いていたので、いずみは小走りにあとを追った。

「らせん階段はひと回りしたらもとの位置に戻るけど、高さは違う。そういえば、ものごとはらせん的に発展するとエンゲルスが書いてたな」

追いついて肩を並べたいずみに、晃が言った。

七階の個室に入った。晃の病室は角部屋で、大きな窓が東側と南側にあった。ガラス戸の内側に二枚の障子、さらに深緑色のカーテンがついている。

いずみは着替えを木製のロッカーにしまい、洗面道具や、筆記用具や、本や置き時計などを決まった場所に置いた。

片づけが終わると、晃はソファーに腰を下ろし、いずみは背もたれのある椅子にすわった。

憲はソファーを横や後ろからしきりに見ている。

「うまくできている。こうすればベッドになる」

憲がソファーの背中の部分を倒し、足もとの部分を引き出して見せた。

ノックの音がして、看護師が入ってきた。

「相談室で、主治医の先生の説明があります」

彼女のあとについて廊下を歩いた。相談室に入ると、ふたりの若い女性が椅子にすわっていた。

「主治医の今村章子《あきこ》です」

小柄な女性が言い、きれ長の目を向けた。三十歳ぐらいだろうか。半袖から出ている腕がみずみずしかった。

背の高い女性の方は研修医で、さらに若かった。

「人工肛門と胸部のポートを作る手術は、四日あとになります」

今村医師が説明を始めた。落ち着いた口調で、よどみがなかった。ときおり、彼女は机の上の紙に図を描いた。いずみはできる限りメモをした。

研修医は黙って、緊張した顔で聞いている。

「ステージ4ですね」

憲が確認すると、今村医師はうなずいた。

「そうです。ステージ4です」

その言葉が改めて胸にくいこんでくる。

「余命はどのぐらいですか」

ふいに晃が尋ねた。

いずみははっとして、今村医師を見た。

「分かりません。これからの治療しだいです」

分からないとは、どういうことだろう。いずみは医師を見た。

「私は何度か、奇跡を見てきました」

今村医師は言った。いずみは濃いもやの立ちこめる空間にいるような気がした。

「僕は何をすればいいのですか」

「そうですね。さし当たって、そうですねえ、リラックスしてください」

奇跡、リラックスという言葉は、空中の風をつかむかのようにとらえどころがなかった。あまりの心もとなさに、いずみは手を固く握った。

「分かりました。よろしくお願いします」

晃は頭を下げた。

晃の命は今村医師に託されたのだと思いながら病室へ戻った。晃と憲はソファーに腰を下ろし、いずみは窓辺に立った。

道路を隔てて高校が見える。三階建ての校舎、広いグラウンド、大きな屋根の体育館。

高校の大きな門の向こうに、赤い屋根の平屋の小さい家が見える。家の前に大きな看板がかかっている。〈松の実会　患者と家族の会〉と読める。

遠くに目を移すと、街並みの外れで赤い信号が点滅していた。いずみは光の明滅に反感を覚えた。生物の命はこんなに単純で機械的な動きではないと反発しながら、いずみは〈患者と家族の会〉の看板に目を戻した。

「いずみ、憲、もういいで」

「うん」

憲は生返事をしていずみの顔を見た。お母さん、どうすると聞いている顔だ。

「エレベーターまで送るで」

晃に促され、いずみは帰り支度をした。

憲が先に立ち、エレベーターの前まで歩いた。

「すまなかったな」

晃は憲に言ったあと、いずみに顔を向けた。

「いずみ、気をつけてな」

「どっちが病人なんだか」

憲が笑った。

「いずみも、憲も、手術の日まで来なくていいで。とも倒れにならないようにしないとな」

「分かった」

いずみが答えたとき、エレベーターの扉が開いた。中に入って振り向くと、晃は笑顔になっている。いずみは胸の前で小さく手を振った。

エレベーターのドアが閉まり、下降し始めた。

「憲、余命はほんとうに分からないのかなあ」

「分からないのかもな」

憲に言われてそうかも知れないと思った。

病院の駐車場を出て車がスズカケの並木の間を走り始めたとき、憲が口を開いた。

「医師はたいてい最悪の場合を言うんじゃないかな

あ。訴訟が起きたとき、不利にならないように。ということは余命はやっぱり分からないのかもな」

「そうかもね」

「奇跡って頼りない言葉やなあ。けど、頼れる言葉にも思えるなあ」

憲はそう言って、ふっと小さな息をはいた。かすかに煙草の臭いがした。

夜、いずみは居間の窓辺に立った。濃い暗闇をじっと見つめていると、裏山で鹿が鳴いた。

早期発見できなかった、取り返しのつかない手ぬかりをしたという思いが胸をしめつける。奇跡とつぶやいてみた。奇跡とは何だろう。希望につながっているのだろうか、それとも、絶望につながっているのだろうか。

洗面所へ行って、冷水で何回も顔を洗った。明日も病院へ行く、とも倒れになんかならない。濡れた顔のままで、いずみは声に出して言ってみた。

いずみはよく独りごとを言うという晃の言葉を思い出しながら、タオルで乱暴に顔を拭いた。

晃のいない家で夜が更けていく。布団の中で目をつぶると、また鹿が鳴いた。夜の闇に逆らうかのように、その鳴き声はけたたましかった。

ディーゼルカーと、電車と、バスを乗り継いで病院へ行った。

エレベーターを出て、デイルームに出ると、広々とした部屋に十人あまりの人がいた。家族でお菓子を食べている人、眉根を寄せて話しこんでいる若い男女、参考書を広げている中学生、赤ん坊をあやしている祖母らしい人などがいる。

「四日前に胃を全摘してもらって、命拾いしたで。手術の前に比べて、体重が十キロも減ったんやで。かねがね減らしたいと思ってたが、減り過ぎや。階段を上り下りして、体力をつけてるんやで」

水色の患者服を着た男性の高い声が聞こえてきた。晃も全摘できたらいいのにと、思いながらスタッフステーションの前まで歩いていくと、中に数人の看護師がいた。今村章子医師の顔も見える。パソコンに向かっていた彼女がつと顔を上げた。目が合ったので、黙って会釈を交わした。

「これは、病院中につながっていて」

医師は言い、目の前のパソコンを指差した。そのあと、横に置かれたもう一台のパソコンの方を見た。

「こっちのパソコンは世界中につながっていて、最新の情報を知ることができるんですよ」

「世界中、そうなんですか」

いずみは二台のパソコンを交互に見た。今村医師は世界の医療の最先端にいる。きっと晃を治してくれるに違いないという気がした。

ふいに今村医師が椅子から立ち上がり、廊下に出てきて前に立った。笑みを浮かべた彼女を見た瞬間、いずみの胸は波立った。

「先生、ステージ４になるまで気づかなかったんです。うかつでした。傍にいたのに」

言葉がほとばしり出た。

「大腸がんは自覚症状がないんですよ」

「でも、私が気づいていたら、もっと早く見つけてたら、完全に取り除いてもらえたんですよね」

「奥さんは自分を責めないでいいんですよ。本人でさえ気づかないんですから。大原さんは驚くほど気力があって、自ら病気を治そうとしていますよね。奥さん、ご主人を支えてください」


医師の落ち着いた声音に、いずみは我に返った。言っても仕方のないことを口走って、忙しい医師の仕事の邪魔をしてしまったのだ。

「私の愚痴を受けとめてくださったんですね」

いずみは感謝の気持ちをこめて言った。うん、うんとでもいうように今村医師はうなずいた。

このところ自分はまったく普通じゃない、どうかしている。そう思いながら、医師と別れた。

病室に入ると窓辺のソファーで本を読んでいた晃がいずみを見て本をテーブルに置いた。

いずみは家から持ってきた新聞をテーブルの上に置き、トマトやサラダを冷蔵庫に入れた。

「眠れたの」

洗濯してきた衣類などをかばんに詰めながら、持ち帰るものをロッカーの中に入れ、持ち帰るものをかばんに詰めながら聞いた。

「よく寝たで。午前中に外科部長の回診があった。そっちは、どうだったんや」

晃の顔に疲れの色は見えなかった。

「こっちも、まあまあね」

「もうすぐ〈憲法を知る会〉の集いなのに、事務局長が入院してしまったなあ」

〈憲法を知る会〉は発足して十三年になる。毎年、記念集会を企画してきたことを思い返しながら、いずみは晃の向かい側のソファーに腰を下ろした。

「あと十年は生きたいな。やりたいことがまだ、残っている」

晃はそう言って、読みかけていた文庫本を手に取った。薄茶色に変色した『方丈記』だった。

「僕の気持ちに、ぴったりの言葉があったよ」

無常観を表した有名な文章だろう。これまでにも、晃はその文章を好んで口にしてきた。

「ゆく河のながれはたえずして、でしょう」

「そこじゃなくて、家の内にいたら、ひしげそうで、走り出したら地が割れて裂けるという文章がある。今回は、その文章が印象的だったで」

意表をつかれた。晃はがんの診断を受けたあと、ずっと弱みを見せなかった。けれども、内心ではそんなふうに感じていたのだろうか。

「初めて入院して、分かったことがあるで」

「何が分かったの」

「文学の言葉が体に響くということ」

晃の言葉に、『方丈記』が八百年も読み継がれてきた理由が分かった気がした。

晃は新聞を読み、いずみはソファーにすわって『方丈記』を読んだ。静かに時間が過ぎていく。

小柄な看護師が部屋に入ってきた。四十歳ぐらいだろう。担当看護師の北浦侑紀ですと名乗った。

「お世話になっています。よろしくお願いします」

いずみは頭を下げた。

「何でも相談してくださいね」

北浦看護師は言った。そのあと、体温や血圧などを調べ、手早く表に書き入れた。

「足もとに気をつけてくださいね」

彼女は声をかけて病室を出ていった。

「高校生の下校時間にかぶると、電車が混むで。帰った方がいい。手術の日まで来なくてもいいで」

晃に急かされ、いずみはかばんを手に病室を出た。

「エレベーターまで送るよ」

晃が言った。廊下へ出ると、隣の病室のドアが開いていた。大勢の人が病室にいて、ふたりの医師と三人の看護師がいる。室内に特別の空気が張り詰めている。

中にいた人たちが廊下へ出てきた。黄色いワンピースを着た小学校の低学年ぐらいの女の子がいる。祖母らしい初老の女性が赤ん坊を抱いている。

足音をひそめて、病室の前をとおり過ぎた。

「よくないらしい。まだ若い女性だ」

エレベーターの前で、晃はいずみの耳もとに顔を寄せて低い声で言った。


朝、雨が降っていた。手術の日まで来なくてもいいと晃は言った。けれども、家にいても落ち着かなかったので、雨の中を穂水駅へ向かった。

病室のドアを開けると、彼は窓際に立って外を眺めていた。いずみは横に並んで立った。遠くの低い山なみは濃い霧に包まれて見えなかった。高校のグラウンドに人影はなかった。

「雨もいいわね、スズカケの葉が濡れていて」

いずみが言いかけると、晃が途中でさえぎった。

「隣の若い女性が急死された」

黄色いワンピースの女の子と赤ん坊の姿を思い出し、のどが詰まって息苦しかった。

背の高い看護師がステンレス製のワゴンを押して病室に入ってきた。初めて見る看護師だ。

「人工肛門を専門に指導しています」

きりっとした顔立ちで、口調がはきはきとしている。彼女は交換の仕方を自信のある口調で説明し、実際にして見せた。彼女の長い指は素早く動いた。

「大原さん、やってみてください」

看護師に言われて、いずみはストーマパウチを手に取って試みた。けれども、うまくいかない。汗が出てきた。彼女は黙って見ている。

「練習をしておいてくださいね」

彼女はかぶせるように言い、病室を出た。

「ストーマ外来の看護師さんはきびきびしてるなあ。これからは、人工肛門が命の綱《つな》や。まったく人工肛門さまと呼びたくなるで」

晃の声に切実さがにじんでいる。

担当看護師の北浦侑紀が入ってきた。

「初回は入院中になりますが、二回目からは通院して三時間ほど抗がん剤を点滴して、そのあと、別の抗がん剤を入れて帰宅してもらって三日あとに、奥さんに抗がん剤の注射針を胸のポートからぬいてもらいますよ」

彼女は説明しながら、模型の注射針をポートからぬいて見せた。

いずみがマスターしたら、晃は入院しなくてもいい。二週間に一回の通院ですむ。イラスト入りの説明書を見ながら試みたが、まごついた。

「そのうちにきっとできるようになりますすよ」

「はい、練習します」

いずみは素直な気持ちで言った。

「足もとに気をつけてくださいね」

彼女は声をかけて病室を出ていった。

「足もとに気をつけてって、彼女の口癖やな」

晃が笑いを含んだ声で言った。そういえば、きのうも北浦看護師はそう言った。

「もう、帰った方がいい。早く帰って、真由と壮太の夕飯を作ってやらないとな。乗り換えの待ち時間は大変やろ」

「晃と違って、待つことは苦にならないわ」

子育てをしていたころは一分一秒が惜しかった。けれども、いまは気にならない。本を読んだり、メールを送ったり、考えごとをしたりして待ち時間を過ごす。

晃に急かされ、帰り支度をして病室を出た。廊下を歩きながら、片腕を近づけて時計を見ると、バスの時刻までには、まだゆとりがあった。

廊下の端の扉を開けてらせん階段に出ると、雨は上がっていた。入院した日は、下から見上げたのだった。いま、上方で見るらせん階段は、そのときよりもいっそうくっきりと見えた。らせん階段を踏みしめながら数歩上って、立ちどまった。そのとき、矛盾と葛藤という言葉を思い出した。エンゲルスが説いたように、ものごとがらせん的に発展するとしたら、この現実はやがていい方向に向かうのだろうか。ふと遺伝子が二重のらせん状をしていることを思い出した。晃の命が生きることに続く道を探り当てますように、奇跡が起きますように。一心に願いながら空を仰ぐと、雨上がりの雲が優しい光をおびている。

いずみは純白の手すりを握りしめた。

八　憲法の種

がんは怖くない時代になった。早期に発見すれば治る。この言葉が晃には通用しなかった。発見が遅かったために、がんを完全に切除することができなかった。その事実をつきつけられるたびに、いずみは自分を見失いそうになった。

晃は人工肛門とポートを造る手術を受けるため、すでに四日前に入院している。

手術の日を迎えた。いずみは息子の憲の運転する車で常磐木病院へ向かった。

八階建てのベージュ色の入院棟が見えてきたとき、交差点の信号が赤に変わり、憲が車をとめた。彼はハンドルに上体を近づけて、斜め前の方に目をこらしている。その視線の先に楽器店がある。ショーウインドーにギターが二本並んでいる。

この道を何回もとおっているのに、ここに楽器店があることに気づかなかった。現実にあるものが見えていなかった。ほかにも何か見過ごしてきたものがあるのではないだろうか。そう思うと、不安になって、いずみは奥歯をかんだ。

無言のまま憲と入院棟の七階の病室まで行った。

ノックをしてドアを開けると、晃は机の上に病室日記を広げて書きものをしていた。

「早かったな」

彼はボールペンを置きながら言った。

「お父さん、真由が残念がってたで。文化祭に来てもらえなかったって」

憲はポケットからスマホを取り出し、ステージで歌っている画像を見せた。病室に合唱曲が流れた。

「憲、最近、新しい曲ができたか」

「なかなかやな」

憲は首をかしげて目をしばたたいた。父親似の長いまつげが彼の顔立ちに陰影をつくっている。

看護師が車椅子を押して入ってきた。

「車椅子は初めてやな」

晃はぎこちない口調で言った。健康体の見本のようだった彼に、車椅子は不似合いに見えた。

長い廊下を歩いて、手術室の前に着いた。車椅子に乗った晃が扉の向こうに吸いこまれるようにして入ると、扉が音もなく閉まった。そのとたんに、またしても不安におそわれた。

　気を取り直して憲と廊下を引き返した。看護師の指示どおりにデイルームで待つことにして入っていくと、広い室内には誰もいなかった。

　憲は病室からカメラを持ってきて、窓外の景色にカメラを向けて撮り始めた。

　いずみは病室から本を取ってきて開いた。けれども、文字は何かの記号のようにしか見えなかったので、本を読むのをあきらめて窓辺に立った。

　憲は写真を撮るのをやめ、じっと西の方角に目を向けている。その視線の先に、急勾配の緑色の屋根があり、横長の看板に白地に黒い文字でジュピター楽器店と書いてある。信号待ちをしているとき、ショーウインドーにギターが二本並んでいたあの楽器店だ。

「憲、行きたいんじゃないの。手術が終わるまでには時間があるわ。楽器店へ行ってくれば」

「行ってもいいいか。すぐに帰ってくるな」

　憲はそう言って、エレベーターの方へ歩いていった。いずみはもとの椅子に戻ってすわった。夫婦らしい年配のふたり連れが近づいてきて椅子に腰を下ろした。女性の方がいずみに顔を向けた。七十代半ばに見えた。

「ご家族がご病気ですか」

「はい、いま、夫が手術中です」

「うちの娘は大腸がんで、いくつもの病院を回りましたよ。けど、難しいと言われましてなあ」

　女性は当時のことを思い出したらしく、目をぎゅっとつぶった。それは辛かっただろうといずみが思っていると、彼女は目を開いた。

「娘はこの病院で人工肛門とポートを造ってもらいましてな。そのあと、ずっと抗がん剤治療を受けまして、おかげさまで命拾いしたんですよ」

　女性はそう言って、両手で拝むしぐさをした。その手に無数のしわが走っている。

「私の夫も大腸がんで、いま人工肛門とポートの手術のさいちゅうなんですよ」

「そうなんですか。もうすぐ、うちの娘は腸をつなぐ手術をしてもらいますんやわ」

　女性は晴れやかな笑顔になった。

「よかったですね」

　いずみは返した。そのとき、ふいに女性が笑みを消して顔をこわばらせた。晴れやかな笑顔は跡形もなく消え、不安そうに目を宙にさ迷わせている。

「だいじょうぶですか」

　心配になっていずみは尋ねた。

　彼女は答えずに眉間にしわを寄せた。しばらくして大きなため息を漏らしたあと、口を開いた。

「最近になって、発疹が出始めたので、治療のために入院してますんや。娘はまだ若いんです。きっと治る、ストーマを外す日がくると信じてますのや」

　娘はまだ若いという言葉からせつない思いがひしひしと伝わってくる。母親は腸をつなぐ手術に望みをかけているのだろう。けれども、そこにいたるまでの道は平坦ではなさそうだった。

「ちょっと行ってくる」

　男性が言って席を立った。彼の背中は曲がり、ひたいにも、頬にも、あごにも深いしわが刻まれていて妻よりもずっと年上に見えた。歩き始めによろめいたが、姿勢を立て直してゆっくりと歩き始めた。

「ウォーキングね」

　女性がうしろ姿に向かって言うと、男性は振り返らずにうなずき、階段を下りていった。

「これまで主人は呑気な人だったんですよ。ところが、急に体をきたえるって言い出しましてな。暇を見つけてはウォーキングしてますのや」

「私も、最近、つくづくそう思います。患者の家族は体をきたえなければいけませんよね」

　いずみが言うと、ふいに女性は立ち上がって丸まった背中を見せて病室の方へ去った。

　憲が帰ってきた。彼は長い足を窮屈そうに曲げて椅子にすわり、目を閉じている。職場では重い食品を運ぶことが多いので、疲れているのだろう。

　時間がじりじりと過ぎていく。いずみは何回も廊下の方を見た。

　どのぐらい時間がたっただろう。

　やっと今村医師の姿が廊下の向こうに現れた。いずみははじかれたように立って彼女に近づいた。

「無事に終わりましたよ」

　若い主治医は片方の耳にマスクをかけたままで言った。若い頬が紅潮している。

晃が手術した翌日の朝、自宅の電話の呼び出し音が鳴った。受話器を取ると、高校の同級生が同窓会の日程を知らせてきたのだった。家人が入院しているので参加できないといずみは説明した。病状を聞かれたが、言葉を濁して受話器を置いた。

いままでとは違うのだ。これからは晃の大腸がんとともに暮らす。そう自分に言い聞かせながら、病院へ行く支度を整えた。

ディーゼルカーと、電車と、バスを乗り継いで病院に着いた。家から病院まで二時間半かかった。

病室に入ると、晃はソファーにすわっていた。

「起きてていいの」

「起きてた方がいいんやて。できるだけ体を動かすようにって。で、午前中に廊下を歩いたで」

予定表を開くと、手術前と手術後の生活がイラスト入りで書いてある。術後一日目は重湯《おもゆ》だが、日がたつにつれて食事はしっかりしたものになっていく。一週間目には入浴もできる。

「創作教室の準備は進んでるか」

「うん、まあね」

いずみは窓辺に立った。〈エッセイを書き続けてきて〉という報告のあらましはすでにまとめてあり、資料も揃えてある。けれども、気が進まない。東京に行きたくない。創作教室の報告を断ったら、どんなにか気がせいせいするだろう。

「断ろうかな」

「社会的な責任を果たせよ。創作教室の日に、僕がいずみにしてほしいことは、何もない」

彼はきっぱりといずみの迷いを断ちきった。

晃が手術して五日目、十一月の初旬の早朝、いずみは穂水駅のプラットホームで空を見上げた。雲ひとつない空を仰いだ瞬間、賭けをしようと思った。富士山が見えたら、晃の病気がよくなるという賭けだ。

新幹線の中で、車窓の向こうに一心に目をこらしていた。完敗だった。穂水町を出発するときは快晴だったのに、富士山は雲の中だった。

創作教室の会場で矢加部文の顔を見たとたんに、いずみは思わず泣いてしまった。彼女の目にもみるみる涙がたまり、頬を滑り落ちた。文は黙っていずみの肩に手を添えた。

分科会の会場に向かいながら、いずみは涙を拭いた。いよいよ、報告するときがきたのだ。

報告の途中で著名な作家の名前を思い出せなかったことがあった。質問を受けたとき、答えられなくて口ごもったこともあった。

いずみの報告が終わると、エッセイ誌〈竹林〉に載ったエッセイの合評をした。

創作教室が終わったとき、充足感が湧き、伸びやかな気持ちが胸の中に広がった。見失っていた自分を取り戻せたかのような気がした。

夜、いずみは晃にメールを送った。

―晃、そちらはどうですか。

創作教室が無事終了。いま、ビジネスホテル。焦ったり、冷や汗をかいたりした場面もあって、正直に言って頼りない報告だった。でも、参加してたくさん学べた。収穫あり。視界が広がった気がする―

―よかったな。元気そうやな。こちらは順調だ。気をつけて帰ってきて―

一泊して翌朝、新幹線に乗った。海側の席にすわって、富士山からはずっと目をそむけ続けていた。迷信じみていると自分の弱さを笑い飛ばそうとした。けれども、こだわりからぬけ出すことができず、いずみはかたくなに山の方を見なかった。

帰宅すると、エッセイ誌〈竹林〉の編集部から封書が届いていた。いずみの〈鎮守の杜のある町で〉を次の号に掲載するという通知だった。前回の〈戦争の空〉が不掲載だっただけに嬉しかった。

東京から帰った翌日、病室のドアを開けると、晃の昼食が台の上に置いてあった。おかゆと、味噌汁と、白身の魚と、かぼちゃの炊き合わせと、番茶がトレーの上に載っている。晃が食べ始めたので、いずみも家で作ってきた弁当箱を開いた。

「いずみ、できることを見つけたよ」

「何を見つけたの」

「らせん階段の上り下り」

彼は快活な口調で言った。いずみは階段の上り下りをしている晃の姿を思い浮かべた。

「白血球の数が戻らないので、抗がん剤の治療が始められないそうや。きのう、今村先生に焦るなって言われたんや。焦ったら負けやな」

晃が言った。自分に言い聞かせているような口調だった。それは、待つことが苦手な彼にとって難しいことに違いなかった。

午後、気合を入れて晃のストーマパウチの交換を手伝った。終わると、ほっとした顔をして晃は窓辺のソファーにすわった。いずみも彼の向かいに腰を下ろした。

「晃、今村先生は独身なの」

「うん、恋人がいるらしいよ」

ちょうどそのとき、当の本人が入ってきた。

「今村先生は、いつ、休んでるんですか。彼と会う時間があるのかなあ」

「会ってますよ」

答える彼女の若い頬がうっすらと染まっている。

「お医者さんですか」

いずみは横から尋ねた。

「いいえ、中学校の教員で、幼なじみなんですよ」

恋人が教員だと知って、急に彼女が身近に感じられた。

「大原さんのように立派じゃないんですよ」

「誤解してませんか。僕は立派なんかじゃない。ところで、きのうは家に帰られましたか」

「病院に泊まりました」

今村医師の言葉に、仕事の大変さを知らされた。

「病院に泊まれば通勤時間が浮きます。お風呂もあって病院は快適ですよ。でも、いまは独身なので、こんなことを言えるのかも知れませんね」

今村医師はおおらかな口調でつけ加えた。彼女は若いと改めて思った。

医師が病室を去り、北浦看護師が病室に入ってきた。看護師は携行用の抗がん剤の模型をテーブルの上に置いた。胸のポケットに入る大きさだ。

「模型を置いとくので、練習してください。足もとに気をつけてくださいね」

北浦看護師はいつもの言葉をかけて病室を出た。

いずみは模型を手に取り、注射針をポートからぬく練習をした。小さいころから不器用だったと思いながら、何回も練習を繰り返した。

「そうそう、いい知らせがあるわ。〈鎮守の杜のある町で〉が掲載されるわ」

「よかったな。あのエッセイはよく書けていた。草の根の力をいずみらしい感性で書いてたと思うで」

「今回も、晃がたくさん登場するわ」

「〈竹林〉を早く見たいな。原稿で読むよりも、誌上で読むといい感じがするんやなあ」

彼は言い、テーブルの上に載っている内田百閒《ひやっけん》の『新方丈記』を開いた。

「内田百閒は非戦を貫いた作家で、東京大空襲のあと、二畳ほどのバラックでこれを書いたらしいで」

いずみはそう言いながら、書くことに向かう作家の執念を思った。

「たった二畳のバラックで書いたのか。それにしても、僕は広々とした場所にいるなあ」

彼はそう言って病室を見回した。


手術して十日たっても、晃の白血球の数は元に戻らず、抗がん剤の治療は始まらなかった。

「待つのは辛いわね。いつ治療が始まるんやろ。早く始めてほしいなあ」

「僕は先生を信じてるよ」

つい不満を口走ってしまったいずみに、晃は落ち着いた声を返して窓の方に顔を向け、遠くを見る目になった。

「妹は治療を受けられずに死んでしまったけど僕は恵まれているなあ」

晃が言ったので、彼の妹の死から半世紀以上の年月が過ぎたのだと、改めていずみは思った。

「安本さんのことを思うと、僕は恵まれてるとつくづく思うで。安本さんはアルバイト先でストーマパウチの便が漏れたことがあったらしいで。それに、ストーマの調子が悪いので反対側につけ替える手術を控えているそうや。ほんとうに大変や」

晃はデイルームで親しくなったという安本の話をした。晃の話によると、安本は晃より四歳年上で、妻とは八年前に離別し、年老いた実母とふたりで暮らしている。晃と同じ大腸がんで年金生活をしているが、足りないのでアルバイトをしているという。

ノックの音がして、看護助手の女性が入ってきた。レントゲン検査のために、晃は看護助手の女性と一緒に検査室へ行った。

晃を見送ったあと、いずみは窓辺のソファーにすわって安本のことを思った。日本は医療と福祉の充実にほど遠い。それどころか、保健所や病院のベッド数を減らしている。そんなことを考えて心細くなったとき、電話の着信音が鳴った。晃のショルダーバッグの中で鳴っている。いずみは携帯電話を取り出した。

〈憲法を知る会〉の山下満会長からだった。検査中だと説明して電話をきり、ショルダーバッグに戻しかけた。そのとき、内ポケットに小さい冊子が入っているのが見えた。日本国憲法の豆本だった。手のひらに載るほどのかわいい豆本と一緒に署名用紙が入っている。

晃がレントゲンの検査を終え、病室に戻ってきた。彼はベッドへは行かず、いずみと向き合ってソファーに腰を下ろした。

「さっき、山下会長から電話がかかってきたわ。かけ直すと言っておいたわ」

いずみが伝えると、晃はかばんから携帯電話を取り出してかけ直した。電話が終わると、彼は携帯電話をしまいながら活気のある声で言った。

「山下会長は心底から怒ってる。憲法を踏みつぶされてなるものかと言ってたで。ということで、〈憲法を知る会〉は新聞に意見広告を出すことになった。会長の知り合いのデザイナーが広告デザインをしてくれるそうや。この際、できることをとことんやる、そんな話だった」

晃の声に力がこもっている。

「新聞の広告って高いんでしょう」

「うん、カンパを集めるそうだ」

彼は読みかけの『新方丈記』を手に取ってじっと見ていたが、しばらくしてつぶやいた。

「〈憲法を知る会〉も、〈里山チーム〉も、やりかけたままやな。あと五年は、生きたいなあ」

彼の言葉に、いずみは胸をつかれて返事に詰まった。以前、十年生きたいと晃は言った。それが半分になっている。足もとが揺らいでくる気がしてじっとしていられなくなり、ソファーを立って窓辺に寄った。

「〈憲法を知る会〉の人たちや、〈里山チーム〉の人たちが、晃を待ってるやろな」

やっと言葉を探して返した。

晃のために何かできることはないだろうか。あれこれ考えを巡らしているうちに、外科部長の朝の回診に立ち会うことを思いついた。

その朝、いずみは張りきって夜明け前に起きた。

玄関へ行ってみると、新聞はまだ配達されていなかった。たたきを見回すと、黄土色の土が落ちている。隅の方には灰色の埃《ほこり》がうっすらとたまり、クモの巣が張っている。小箒《こぼうき》とちり取りを使って玄関を掃いた。

朝食のあと、弁当を持って家を出た。

途中で八峰神社へ立ち寄り、晃の白血球数が早く回復しますようにと手を合わせた。

穂水駅に近づくと、ざわめきが聞こえてきた。何だろう。いぶかしく思いながら駅に着くと、たくさんの若者が駅前の広場にたむろしていた。

梅の大木や防火用水の傍や、バス停の周辺などで、それぞれ数人ずつ、あるいは二、三人ずつ固まって談笑している。独りで民家の近くの方へ歩いていく若者もいる。全部で三十人ほどいるようだ。

男性はシャツにジーンズが多い。

女性の服装は多彩だ。白と黒の幾何学模様のワンピース、たらいのような大きな帽子、鮮やかな虹色の長い布を体に巻きつけたような服、様ざまな色彩と形が田舎の駅前の周辺にあふれている。

ひとりだけしかいない駅の窓口で、顔見知りの駅員がいずみに話しかけてきた。

「神戸の美大生が迎えの車を待ってるんですよ。鹿寄高原の画廊でイベントがあるらしいですよ」

駅員の話にいずみは黙ってうなずいた。晃が元気だったら真っ先にイベントに駆けつけていただろう。そう思うと胸の中を風が吹きぬけていくように感じられた。

「病院ですか」

「はい」

駅員は晃が入院していることを知っていた。けれども、それ以上は聞いてこなかったので、ほっとした。最近、人と話すのがおっくうになっている。

駅のホームで顔を伏せて待った。ディーゼルカーが着いたとき、知り合いの中年の夫婦を見た。いずみはきびすを返して違う車両に乗った。誰とも顔を合わせたくなかった。椅子に腰かけて目をつぶっていると、急に車両が揺れた。目を開くと、ディーゼルカーはトンネルに入っていた。車窓に目を向けると、自分の顔が映っている。表情に乏しいやつれた顔をしていた。

常磐木駅で降りてバスを待っていると、初老の女性が話しかけてきて、人身事故のせいでバスが遅れることを教えてくれた。

病院まで三十分もかからないだろうと思って歩き始めた。まぶしい陽光にさらされ、胸の中の暗さがいっそう濃くなっていくように感じられた。焦らない、負けないと自分に言い聞かせながら歩いた。

ベージュ色の常磐木病院が見えてきた。そびえている建物の一室に晃がいる。そう思って病棟の方へ歩きながら、七階の角部屋を見上げると、ガラス窓が陽を反射して光っていた。

病室のドアを開けると、窓辺に立っていた晃が振り向いた。

「ここから、いずみが見えたよ。交差点の横断歩道を渡って玄関を入るまで、ずっと見てたで」

光の加減だったのだろうか。七階の部屋を見上げたとき、いずみには晃が見えなかった。

「私が見上げたときも見てたの」

「もちろんや。目を合わせたやろ」

彼の声のあまりの明るさに、下からは見えなかったといずみは言いそびれた。黙って着替えをロッカーに入れ、果物やサラダを冷蔵庫にしまった。

晃は窓際のソファーにすわり、手帳をめくった。

「予定では退院している日やな」

晃がつぶやいたとき、部長回診の館内放送が入った。間もなく、腹腔外科部長が病室に入ってきた。宮本英俊医師のあとに、今村医師、数人の研修医、総師長の姿も見える。かっぷくのいい宮本医師が晃の傍に立ち、今村医師が晃の病状を説明した。

「大原さん、どうですか」

宮本医師が声をかけた。

「食欲もあり、気分はいいんですが、体重が全然増えないんです」

「食欲があるのはいいですね」

宮本医師は笑顔で言った。

そんなことを聞きたいのではない。この瞬間にも、がんが育っているのではないか。何故、白血球が増えないのかを聞きたかった。

「体を動かしていますか」

宮本医師の問いかけに、いずみは反発を覚えた。

「はい、できるだけ歩くようにしています。非常階段を上り下りしています」

「うがいと手洗いを忘れないでください」

晃と宮本医師のやり取りはいずみを苛立たせた。運動、うがい、手洗いという言葉でごまかされた気がした。いずみは自分の顔のゆがみを意識した。

宮本医師がベッドを離れて歩きかけ、今村医師や、研修医や、看護師たちがあとに続き、いまにも病室を出ようとしていた。そうはさせない。置き去りにされてなるものかと思った。

「宮本先生」

彼の幅の広い背中に向かって声をかけた。

「抗がん剤はまだでしょうか」

か細い声しか出なかった。いずみの声に人びとが足をとめ、病室の雰囲気が硬直した。

宮本医師がゆっくりと向き直った。

「抗がん剤を各種取り揃えて検討していますよ」

宮本医師が生真面目な顔で言った。

背後で晃の声がした。

「各種取り揃えてありますか」

晃は快活な声で言った。瞬時に病室の空気がゆるみ、なごやかな空気が広がった。

手術をしてから二週間が過ぎた。その日も、ディーゼルカーと、電車と、バスを乗り継いで病院へ行った。

いずみが病室へ入るとすぐに、今村医師と北浦看護師が入ってきた。ふたりとも、張り詰めた顔をしている。

「明日、抗がん剤を入れましょうね」

医師の言葉に、晃が顔を上げた。

「白血球の数値が上がったんですね」

いずみは思わず声をはずませた。けれども、今村医師は首を横に振った。どういうことだろう。

今村医師はファイルから血液検査のデータをぬいて、晃に手渡した。説明が終わると、きっとした目を向けた。

「白血球の数値は上がっていませんが、もう待てません。始めましょうね」

彼女は晃の顔から目を離さずに言った。その目に決断の色が浮かんでいる。

「とっくに遺伝子は調べてあるんですよ。各種取り揃えた中から大原さんに合う抗がん剤を選んでありますよ」

若い主治医の目が自信ありげに見えた。

「抗がん剤治療は六か月で一サイクルです」

今村医師が言うと、晃はうなずいた。

「初めの一回は、病院で抗がん剤を入れて、三日あとに外します。二回目からは二週間ごとに通院してもらって、病院で三時間ほど抗がん剤の点滴を受けます。そのあと、携行用の抗がん剤を入れて、三日あとに自宅で外す。そういう手順になります。これから半年間、奥さんと二人三脚ですよ」

今村医師は念入りに説明を繰り返したあと、つやのある頬に笑みを浮かべてつけ加えた。

「大原さん、携行用の抗がん剤を入れている三日間も、普段と変わりなく普通の生活ができますよ」

「普通の生活ができるんですね」

晃の穏やかな声音がいずみの胸に沁みた。

「これからは、胸のポートが活躍しますよ。ポートは港、母なる港ですよ」

その言葉から豊かなものが伝わってきた。いずみは今村医師のやわらかい笑顔に包みこまれるかのような気がした。

小柄な北浦看護師がいずみに顔を向けた。

「奥さん、いよいよ出番ですよ。練習用の模型を使ってがんばりましたものね」

北浦看護師の励ましが心強かった。やっと、この日を迎えたのだと身が引きしまってくる。

医師と看護師が部屋を去った。

晃がいずみを見つめた。

「いずみ、頼むよ」

「何回も練習したわ。まかせておいて」

いずみは答え、息を深く吸いこんだ。改めて医学の進歩を思い、感謝の気持ちが湧いた。

世界じゅうの名もない患者たちがその進歩のためにどれほどの貢献をしたことだろう。

「この治療を受けられなかった人たちもたくさんいるんやなあ」

いずみの声は湿った。

「僕のデータも、将来に生かされると思うで。過去、現在、未来がつながってるんや」

晃はたんたんとした口調で言った。

治療が始まった。化学療法室で抗がん剤の点滴を受けた。そのあと、三日間携行用の小瓶で注入をするのだった。

昼食のあと、晃はかばんから手帳を取り出して眺めた。何か考えている顔に見える。

今村医師が病室に入ってきた。

「順調ですね」

彼女が言うと、晃は彼女を見た。

「先生、携行用の抗がん剤をいれている間も、普通の生活ができると言われましたね」

「はい」

「行きたいところがあるんです」

彼の目に期待の色が浮かんでいる。

「明日、土砂部会へ行きたいんです」

今村医師はけげんな顔をして首をかしげた。

「正確に言うと土砂環境検討部会です。僕はその委員に委嘱されてるんです。もうすぐ、その会合が京都府の出張所で開かれるんです」

やはり、今村医師は呑みこめないという顔をしている。

「大震災、集中豪雨、土砂災害、火山の噴火などの災害が次つぎに起きています。人間の手に負えないような災害も起きています」

晃は背すじを伸ばして、勝気な顔つきをした。

今村医師は意味を理解したらしく、なるほどという顔でうなずいた。けれども、行っていいとは言わずに両腕を胸の前で組んで思案している。

晃は黙っている今村医師を見て言葉を続けた。

「自然の摂理に逆らったり、なすべきことを怠ったりすれば、人災になります。砂利や砂を無計画に採ったり、河川や堤防の管理をおろそかにしたり、山を崩したり、倒木を放っておいたりすると、普通の生活が脅かされます。命さえ奪われます。それから、最近ではメガソーラーの乱開発が問題になっています。災害の原因は増えていく一方です。ハザードマップはあっても、有効に機能していない。そんな市町村がたくさんあります。現実を直視して対策を立てなければなりません。安全と命がかかってるんです。がんばりどきなんです」

晃は一気に言った。病気になる前と同じように雄弁だった。

「病院から会場までは車で五十分ほどで行けます。会合は二時間ほどで終わるはずです」

晃はつけ加えた。今村医師はなおも考えている様子で唇をきゅっと結んでいる。

いずみはふたりの顔を交互に見た。行ってはいけないと言ってほしい。違う。行っていいと言ってほしい。正反対の考えの間で気持ちが揺れた。

「いいと思います」

今村医師が意を決したように言った。

医師が病室を去ったあと、ほんとうにだいじょうぶだろうかといずみは不安を拭えなかった。

「送り迎えを憲に頼むわ」

不安を払いのけて言った。

「憲がだめなら、電車で行くよ」

晃はどうしても行く気だ。憲にメールを送ると、送迎するという返信があった。

「久し振りに片上教授と会える」

鮎を研究している片上正志教授も河川の土砂部会に参加するのだろう。

「家から革のかばんを持ってきて」

晃は張りのある声で言った。

その日、帰宅するとすぐにかばんの用意をした。かばんには日本国憲法の豆本と署名用紙が入っていた。いずみは晃のかばんを次つぎに見た。かばんや、ナップサックや、ウェストバッグなどの全てに、憲法の豆本と署名用紙が入っていた。

土砂部会の開かれる日の朝、いずみは憲の運転する車で病院へ向かった。

「お父さんのかばん全部に、日本国憲法の豆本と署名用紙が入ってたわ」

「お父さんらしいな。お父さんは憲法の前文をすらすら言えて、条文を全部覚えてるもんな」

いずみは運転席の憲の横顔を見た。憲たち夫婦の仲はどうなのだろう。聞こうか、どうしようかと迷いながらほかの話をしているうちに、入院棟の玄関前に着いた。

正面の大きなガラスの扉が開いて、晃が出てきた。ブレザーを着て、革のかばんを提げている。病室で待ちきれなかったのに違いない。

いずみは病棟の玄関でふたりを見送った。

病室へ戻って、誰もいない部屋を見回した。本がテーブルの上に載っている。共産党のマニフェストとエンゲルスの『空想から科学へ』だ。

いずみは机に向かって、マニフェストを広げた。初めのページの余白に見覚えのある晃の筆跡で文字が書きこんであった。もっと調べる、人間の叡知《えいち》という文字だった。パラパラとめくると、そのあとの余白にも、いろいろな文字が書きこんであった。

マニフェストを読み終わり、『空想から科学へ』を手に晃のベッドに上った。電動ベッドのボタンで上部を斜めに起こし、背中を預けて読み始めた。『空想から科学へ』の余白にも文字が書きこまれていた。そのうちに、エンゲルスの文章と、余白に書きこまれた晃の言葉と、対話しながら読んでいる気がしてきた。

晃が土砂部会から帰ってきた。職場へ戻ると言って憲は入院棟の玄関で引き返したのだという。

ブレザーを着た晃は病人には見えなかった。身のこなしも溌剌《はつらつ》としている。手洗いとうがいをすませ、パジャマに着替えてソファーにすわった。

「片上教授も喜んでくれた」

彼は胸の前で両腕を組んで満足そうな顔をした。

「けどなあ、階段を上るとき、ふくらはぎがだるかった。思ってた以上に足が弱ってたよ」

言葉とは逆に、彼の目は生気をおびている。

「かばんに、憲法の豆本が入ってたわ。かばん全部に入れてるって知らなかったわ」

「うん、考えてみると、憲法は世界中にたくさんの種をまいてきたんやなあ。ひと粒ずつ大切に育てたいな」

がんになって命の果てを見つめているはずの彼が、憲法は世界中にたくさんの種をまいてきた、ひと粒ずつ大切に育てたいと言った。いずみはその言葉を抱きとる思いで反芻した。

「土砂部会で、四人にしてもらったで」

晃はかばんから大事そうに書類を取り出した。〈憲法を知る会〉の署名用紙だった。

「それから、憲にいいものをもらった」

晃はかばんからファイルを取り出して手渡した。歌の楽譜だった。憲が歌を作ったのだ。

樹林の間をくねる細道
風　土　水
森の生きもの
森の伝説

ぼくが少年だったころ

森はうたった
あのころのように
再び　森はうたいはじめるだろうか

若者たちは
種の芽生えを見つめる
こどもらは
木の実を探している

晃が退院して二日目の午後、チャイムが鳴ったので、いずみは玄関へ急いだ。玄関先に、両手で竹かごを抱えた清水智子が立っていた。中にホウレン草のかっちりした青い葉と茎が見えている。彼女はふっくらした手で竹かごを手渡した。

「退院、おめでとう」

「ありがとう、おいしそうや。胡麻《ごま》和《あ》えにするわ」

そのとき、晃が玄関に出てきて声をかけた。

「智ちゃん、考えを整理しているので、入党はもう少し待ってて」

「私も勉強中なので、待って」

いずみも傍から言った。

智子はうなずき、手提げかばんから二枚のＣＤを取り出していずみに手渡した。

「ＣＤをふたりに贈るわ。大阪に住んでるシンガーソングライターの佐藤圭子さんの曲なんや。踏みつけられても、抑えつけられても、自分の考えを貫いた人たちがいたんやなあ。その人たちへのレクイエムが、この二枚のＣＤにこめられてるわ」

いずみはＣＤのジャケットを見た。伊藤千代子、小林多喜二、三木清などの文字が見える。

近くの人たちが見舞いに来てくれた。商工会の村木副会長も来てくれた。東京や、横浜や、神戸からも、親戚や知人が見舞いにきてくれた。

退院して三日目、明石の姉夫婦が訪れた。晃の姉は手作りの煮物や、ギョウザや、おひたしなどを次々にキッチンのテーブルに並べた。ゆっくりしていってと晃が勧めた。ゆっくりしてたら、晃君といずみさんを疲れさせるからな。義兄はそう言って首を横に振り、間もなく帰っていった。

姉の持ってきてくれたおかずがたっぷりある。きょうは夕飯の準備をしなくていい。いずみはゆったりとした気分で晃と居間でくつろいだ。

「穂水町の人口はこの十年で六百人あまりが減って、ついに三千人をきったんや。心細いなあ」

いずみが言うと、晃が顔を上げた。

「だけど、役場の町づくり課もがんばってるで。結果的に、この十年間で五十軒ほどが増えてるんや。特に増えてるのは、鹿寄高原やな。星に、コブシに、笹ゆりに、天狗滝に、陶器づくりの魅力もあるで。蛍や、フクロウや、オオタカや、鹿や、キツネも見られるで」

晃は鹿寄高原を自分のことのように自慢した。

その日の夜、ストーマパウチの交換をした。いずみの手はためらうことなく動いた。

「パウチの交換が、日常のひとこまに組みこまれていく気がするわ」

いずみは言った。

晃がとがった視線をいずみに向けた。

「ストーマに、慣れられるもんじゃない」

険しい声だった。晃の不自由さと苦しさを分かっていなかったのだ。うまくやることに気を取られ、不自由さを我がこととして感じられなくなっていた。いずみは彼の顔をまともに見ることができなかった。

電話が鳴ったので、いずみは受話器を取った。〈竹林〉の編集長の矢加部文からだった。

「お連れ合いの様子はどうなの」

文に聞かれて、いずみは簡単に説明した。

「ところで、大原さんにお願いがあってね。前回の創作教室の報告がよかったので、もう一度、今度は文学研究会の講演をお願いしたいの」

「無理です。これから夫の抗がん剤の治療が続きますので、とても講演なんてできません」

いずみは反射的に早口で返した。

「お連れ合いが病気になられて、たくさんの矛盾にぶつかったんでしょう。考えることが多かったんじゃないの。大原さん、こんなときだからこそ、閉じこもらないで前向きにね。新しいステップを上がってほしいのよ」

彼女は説得した。文の言うとおり、晃の病気は多くのことを考えこませ、疑問をつきつけてくる。

「じっくり考えて。お連れ合いとも相談してね」

受話器を置いて振り向くと、晃が見ていた。

「引き受けろよ」

話のあらましの察しはついているようだ。

「過度な献身はいらない。自分の生活を大切にな」

優しい声音だった。

「僕はがんになった。だからこそ、いずみは自分らしく生きないとな」

長いまつげの下の、真っすぐな目の光が晃の強い意思を表していた。

九　もっと知りたい

夜中に隣のベッドで寝返りを打つ気配がしたので、いずみは枕もとの時計を見た。時計の針はちょうど二時を指している。朝まではまだたっぷり時間がある。そう思ったとき、晃のつぶやく声が聞こえた。

「時間が足りない気がする。焦るなあ」

晃は熟睡する方だったが、抗がん剤治療を始めて以来、眠りが浅くなったようだ。

これまでの彼は焦るという言葉とは無縁だった。人工肛門と胸のポートを造る手術をしたあと、なかなか抗がん剤治療が始まらなかったときも、焦らない、負けないと話していた。

「どうしたの。いったい何を焦ってるの」

「憲法署名をもっと増やさないと、世の中の動きに追いつけない気がしてきて」

晃は鹿寄高原に住んでいる知り合いの話をした。

その知人は新興宗教に属していて署名をしなかった。けれども、叔父が南方で戦死したことを話し、憲法９条を変えてはいけないと言っていたという。

「一回目は断られたが、もう一回行って署名を頼もうと思ってる」

「そんなことばかり、考えてるの」

「いや、ほかのことも考える」

「ほかのことって」

「いつ、畑の草をぬこうかとか、最近、森のしいたけ広場に行ってないので様子を見にいきたいなあとか、『家族、私有財産および国家の起源』を早く読み終わりたいなあとか」

「いずみのことも考えるで」

「えっ、私のことって、どんなことなの」

頭の中にしたいことが渦巻いているらしい。

「いずみのことをもっと知りたい気がする」

いずみは驚いて体を横に向けた。常夜灯の淡い橙色の光が晃の笑顔を照らし出している。

「さっき、焦るなあって言ったけど、違うんじゃないの。生活に濃淡をつけて大切なことをすくい取ろうとしてるんじゃないかなあ」

「なるほどな。そうかも知れない」

そのことについてもっと話したい気がした。話しかけようとしたいずみは、気持ちよさそうな晃の軽いいびきの音を聞いた。


娘の未央が帰省した。晃が大腸がんになって以来、二回目の帰省になる。

「会社の方はいいのか」

晃は未央の顔を見るなり、東京で派遣社員をしている娘のことを案じた。

「だいじょうぶ」

未央は細面《ほそおもて》の顔を向けて答え、かばんから手のひらに載るぐらいの小箱を取り出して手渡した。

「お父さん、背中がかゆいと言ってたから」

「覚えていてくれたのか。ありがとうな」

晃は嬉しそうな顔をして受け取り、スキンバームの小箱をキッチンのテーブルの上に置いた。

いずみは小箱を開け、説明書を取り出して読んだ。豚脂、ミネラルオイル、米ぬか油などが原料だ。ふたをくるりと回して開けると、透明感のある白い色をしていてかすかに油脂の匂いがする。その匂いを吸いこんだとき、何故か過去を懐かしむ気持ちが胸に湧いてきた。

「確か、未央が六年生のときに学級通信に俳句を載せてもらったことがあったなあ」

いずみが言うと、未央はうなずいてショートボブの耳の辺りを片手でさっとなでてから、諳んじた。

「トンボ釣り父のまねして棒を振る
子ツバメが小さい虫を追いかける」

小学生のころ、小さな手で棒を持ってトンボを追いかけていた未央の姿が目に浮かんでくる。

いまはすらりと背が伸び、親の背丈をとうに追い越してしまった。

「未央、俳句仲間がいるんやろ」

晃がやわらかいまなざしを娘に向けた。

「毎月、第一土曜日に句会があってね。一回も欠かさずに参加してる」

「最近、どんな俳句を作ったの」

いずみは尋ねた。どの句にしようかと未央は思案しているような顔をしたが、すぐにこくんと一回うなずいた。

「とんぼ釣り傘ふってみる都心駅
夏つばめ工事現場の水のにおい」

未央はゆっくりとした口調で言い、はにかんだ。

うんうんという顔で晃はうなずいている。いずみは手帳を取り出して娘の俳句を書きとめた。

「未央、お母さんな、今度〈竹林〉の文学研究会で講演をすることになったんやで」

晃が話題を変えた。

「そうなんや、母の講演デビューかあ」

「加江さんに講演を聞かせたかったなあ」

晃の言葉に、いずみはニンニクの素揚《すあ》げを思い出した。祖母の加江は体の弱いいずみの食事に心を砕いていた。ニンニクの素揚げが体にいいらしいでと聞いてきて、よく作ってくれた。

「いずみちゃん、大きくなったら働くんやで。給料をもらうんやでって加江さんはよく言ってたわ。だけど、私は加江さんの期待を裏ぎってしまった。病気で中途退職をしてしまって」

「お母さん、それは違うんじゃないの。加江さんはお母さんと一緒に暮らして、長生きをして、お母さんに看取ってもらって、幸せだったと思うで」

こんなことを言うようになったのだと思いなが

ら、いずみは父親に似た未央の面長の顔をじっと見つめた。

「未央、裏山へ行こうか」

晃が誘った。

「お父さんと歩くのは久し振りやわ」

未央は軽い身のこなしで椅子を立った。

ふたりが出かけたあと、いずみはパソコンを開き、文学研究会の講演について考えた。まず、〈生きること　書くこと　私の創作体験〉とキーを打った。講演の内容をまとめているうちに熱中し、パソコンのキーを打ち続けた。

壁の時計を見上げ、そろそろふたりが帰ってくるころだと思いながらいずみはパソコンを閉じた。

居間に入ってゆったりした気分でソファーに腰を下ろしたとき、玄関の戸を開ける音がした。

「お母さん、見てっ」

はしゃいだ声で言いながら、未央が居間に入ってきた。彼女はいずみの傍に近づいてきて立ったまま、両手で抱えた大きな竹ざるを傾けて見せた。分厚くふくらんでいる小さめのものもあれば、開ききって人の顔ぐらいに成長しているのもある。

「しいたけ広場は豊作やったわ。けど、蜜蜂広場はひっそりしてたわ」

「いまはひっそりしてても、春になったら、蜂たちが元気に飛び回るわ」

「そうやな、春になるまで待たないとね。私ね、小さいころからせっかちだったでしょう。だけど、このごろ、待つ楽しみが分かってきた気がするわ」

いずみは未央の言葉にうなずいた。娘は東京に出て派遣社員の厳しさに苦しんでいた時期があった。いま、何かをつかみ始めているような気がした。

「お母さん、これ、もらっていくね」

未央は竹ざるのしいたけを半分ほど紙袋に入れ、旅行かばんに詰めた。

「未央、お父さんは」

「森から畑に直行したわ」

娘の言葉に、いずみは夜中に晃と交わした会話をふと思い出した。

「お父さんと話したんだけどね。お父さんは時間が足りない気がする、焦るなあって言ったんやわ。それでね、焦ってるんじゃなくて、生活に濃淡をつけて大切なことをすくい取ろうとしてるんじゃないのって言ったんやわ」

「で、お父さんは何て」

「そうかも知れないって」

未央は膝に目を落とし、何かを考えこんでいる様子に見えた。

「その話のあとでね、いずみのことをもっと知りたいってお父さんが言ったので驚いたわ。知り合ってから、三十数年になるのにね」

いずみが言うと、未央は目を上げた。

「私ね、もっと知りたいっていうお父さんの気持ちが分かるわ。いま、つき合っている人がいてね、その人のことを知りたくてたまらないもの」

思いがけない言葉に、いずみは未央の顔をまじまじと見た。潤いをおびた瞳とみずみずしい頬が輝いている。

「未央、よかったなあ。どんな人なの」

「同じ会社に勤めてて、外国語に堪能で、三歳上で、出身は北海道で、きょう、私が帰省するときに東京駅まで見送りにきてくれて、そのとき、俳句を始めた動機を彼に話したんやわ。生活の中に楽しみを見つけたらどうかと父に勧められたって。そうしたら、そんなことを娘に言う人がいるのか、どんな人だろう、会うのが楽しみだなって言ってたわ」

未央はいつもに比べてよくしゃべった。ひと言も聞き逃すまいと、いずみは娘の言葉に耳を傾けた。

「卒業文集を彼に見せる約束なの。探してくるね」

そう言って未央は立ち上がった。すぐに階段を踏む軽やかな足音が聞こえてきた。

いずみはしいたけの入った竹ざるを抱えて立ち上がった。勝手口から庭へ出て天日干しにするために庭石の上に竹ざるを置いた。

畑の方を見ると、晃が雑草をぬいている。いずみは晃の傍に近づいていった。

「未央ね、恋人がいるらしいわ」

「そうかあ、未央がなあ。いつ会えるかなあ。楽しみやなあ」

晃は引きぬいた雑草を手に持ったままつぶやいて畑に視線を移した。その視線の先に、大根や水菜が濃い緑色の葉を広げていた。

翌日の午後、いずみは未央を穂水駅まで送った。未央に恋人がいる。そのことを思い出すたびに、いずみの頬は自然にほころんだ。

プラットホームで待っていると、一両だけのディーゼルカーがとまって扉が音もなく開いた。未央は車内に入り、窓越しに手を振った。すぐにディーゼルカーは動き始め、いずみも手を振り返した。

おもちゃのように見える一両だけの車両が遠ざかっていく。カーブしているところで見えなくなったとき、娘の新しい旅立ちを見送っている気がした。

帰宅すると、晃は居間でエンゲルスの『家族、私有財産および国家の起源』を読んでいた。

「文学研究会の講演を聴きにいくよ」

いずみが居間に入っていくと、唐突に晃が言った。聞き間違えたのだろうかと思った。

「どこへ行くって」

「だから、講演を聴きに東京へ行く」

「急に、どうしたの」

「講演を聴きたい。それに会いたい人ができた」

「だいじょうぶかなあ」

「普通の生活をしなさいと今村先生も言ってたで」

静かな声が、彼の意思の固さを表している。

腹を据えなければならない。いずみはそう思いながら未央にメールを送った。

―お父さんと一緒に文学研究会に行きます。東京の道案内をお願いできませんか。できれば、あなたの恋人と会いたいと思っています―

すぐに返信があった。

―道案内は任せて。彼に日程を調整してもらいます。また、連絡します―

「未央が東京で道案内をしてくれるって。彼に日程の調整をしてもらうって」

いずみは晃に説明した。晃は安心したように目尻を下げた。間もなく、ソファーから立ち上がって居間を出ていった。けれども、すぐに居間とキッチンの仕切りから顔をのぞかせた。

「もう一度、憲法署名を頼みにいってくるよ」

新興宗教に属している鹿寄高原の知人のところへ行くのだろう。バインダーを脇にはさんでいる。

晃が出かけて間もなく、家の前でトラックのとまる音がした。週に一度配達してもらっている生協の宅配のトラックだ。冷凍食品や、冷蔵食品や、シャンプーや、ティッシュペーパーなど、配達してもらったものを、いずみはそれぞれの場所に収めた。

ソファーでひと息ついたあと、パソコンに向かって文学研究会の講演の続きをまとめた。頭が回転し始めたのを意識し、集中して書いた。

車の音がした。晃が帰ってきたようだ。

いずみはパソコンを閉じてキッチンへ行った。

晃は戸を開け、ズック製の袋を提げて入ってきて、シンクの前へ直行した。いずみがカウンター越しに見ると、彼は里芋と人参とこんにゃくを取り出して調理台に載せた。鍋を火にかけ、冷蔵庫から昆布と削りガツオを取り出して出汁《だし》を作り始めた。

「鹿寄高原の署名はどうだったの」

いずみはカウンターに頬杖をついて尋ねた。

「今回も断られた。けど、次の機会に叔父さんが南方で戦死されたときの話を詳しく聞かせてもらうことになったんや。まだチャンスはありそうや」

「三度目の正直になればいいのにね」

「そうやな。で、帰りに直売所へ寄って、里芋と人参とこんにゃくを買ってきたんや」

穂水町の直売所は、黒い瓦屋根の民家ふうの平屋建てで、お茶、野菜、花、手作りこんにゃく、しいたけなどのほかに季節の弁当も売っている。

「いずみ、鶏肉があるか」

「生協さんに配達してもらったところやわ」

いずみは冷蔵庫から鶏のもも肉を取り出して調理台の上に置いた。

「待ってろよ。おいしい煮物ができるぞ」

彼は里芋の皮をむき始めた。

いずみはキッチンの椅子にすわって、新聞を広げて読み始めた。

歌を口ずさむ晃の声が聞こえてくる。

〈ぼくが少年だったころ　森はうたった　あのころのように　森はうたいはじめるだろうか〉という息子の憲が作った新しい曲だ。


夕飯のあと、いずみは居間のソファーにすわってエッセイ誌〈竹林〉を読んだ。

玄関の戸を開ける音がした。役場へ行っていた晃が帰ってきたようだ。晃は居間に入ってくると、ソファーに腰を下ろしながら勢いのある声で言った。

「〈里山チーム〉の会合が終わったあと、清水さんの家に寄ってきた。ふたりとも東京行きに賛成してくれたで。嘉夫さんが穂水駅まで送ってくれるって。で、その日の帰りも、出迎えてくれるって」

「その日は東京で泊まった方が楽だと思うけど」

「日帰りしよう。朝、鳥の鳴き声を聴きたいんや」

晃は生まれて初めて入院を経験して家のよさが身に沁みたのだろうか。それとも、ストーマパウチの交換が他所でうまくできるかどうか、心配しているのだろうか。あるいは、日帰りの方が宿泊の費用を浮かせると思っているのだろうか。

携帯電話のメールの着信音が鳴った。

—その日、彼は出張中。今回は残念だけど、次の機会に必ず会いたいと言っています—

いずみは未央からのメールの内容を晃に伝えた。

「そうか、いつ、会えるかな」

晃は残念そうに言うと、ソファーの背もたれに背中を預けた。


朝早く、清水嘉夫が車で迎えに来て穂水駅まで送ってくれた。

新幹線の中で手作りの弁当を食べた。その日も、富士山は雲に隠れていて見えなかった。

新幹線が東京駅に着くと、プラットホームで未央が待っていた。彼女の頭には最短距離の図面が描かれているらしく、迷うことなくタクシー乗り場へ案内した。未央が助手席に、いずみは晃と後部座席にすわって会場へ向かった。

タクシーが動き始めたとき、助手席の未央が上体をひねって後部座席に細い顔を向けた。

「会ってほしかったなあ。彼も残念がってたわ。そのうちに紹介するね」

「次の機会に会えるのを楽しみにしてるよ」

ときおり未央はタクシーの運転手に声をかけ、会場への道順を説明した。

「未央、これで払ってね」

いずみは一万円札を手渡そうとした。

「私に任せて」

彼女は片手を顔の前で軽く振り、いらないというしぐさをした。

古びた六階建ての白いビルに着き、タクシーを下りて歩きかけたとき、いずみは一瞬足をとめた。ドアの前に〈竹林〉の編集長の矢加部文が立っている。彼女はすらりとした藍染めのスーツ姿でヒールの音をこつこつと響かせて近づいてきた。

矢加部文と晃と未央の三人が紹介し合ったあと、文は慣れた様子でエレベーターの前へ案内した。四階の会場に入ると、会員が思いおもいに談笑したり、机の上に本を広げたりしていた。参加者は100人を超えているようだ。胸の動悸が速くなった。

「ゆっくり話せよ」

晃が小声で言った。いずみはうなずき、矢加部文の示した斜め前の席の方へ歩き、晃と未央は中ほどの空いた席にすわった。

しばらくして、女性の事務局長が右手前方の司会席に立った。襟もとに深紅の椿の造花をつけている。司会者がよくとおる声で文学研究会の開会を告げた。

矢加部文のあいさつが終わった。

「では、これから講演に移ります。講師は大原いずみさんです」

司会者が言ったので、いずみは椅子から腰を浮かせた。低いステージの正面の方へ歩いていくとき、息が浅くなった。ゆっくり話そうと自分に言い聞かせ、腕時計を外して演台に置いた。

「これから、生きること　書くこと　私の創作体験について、話をします。みなさん、このテーマを身近なものに感じられますか。ご自分の課題意識と重なりますか。みなさんは、エッセイについて様ざまな思いを抱いていらっしゃることと思います」

いずみは息をついて続けた。

「私がエッセイを書き始めたのは、心臓を患ったために退職したときでした。退職に追いこまれたとき、私はまだ四十歳の手前でした。気持ちが萎《な》えていて人に会いたくありませんでした。そんなとき、知人が〈竹林〉を紹介してくれました。それ以来、自分のこだわりを、ありのままにエッセイに書いてきました」

斜め前の席にすわっている矢加部文をちらっと見ると、彼女が小さく二度うなずいたので、気持ちが落ち着いた。

観る、調べる、想像する、推敲することについて失敗談を交えて語った。話し終えて演台の上の腕時計を見ると、ちょうど一時間がたっていた。

演壇を下りてもとの席に歩きながら、腰に鈍いだるさを覚えた。緊張したせいに違いない。

休憩のあと、分散会が開かれた。いずみは晃と未央と一緒に第一分散会に参加した。

発言は途ぎれることなく続いた。分散会が終わりに近づいたとき、司会者が言った。

「きょうは、会員以外の方が参加しておられます。講演をしていただいた大原いずみさんのお連れ合いの大原晃さんです。中学校の先生で、確か、この春に定年退職されたんですよね。大原いずみさんのエッセイによく登場されているので、みなさん、おなじみの方です」

司会者が言うと、知っているという顔をして何人かがうなずいた。

「せっかくですので、発言をお願いできませんか」

司会者が言うと、晃はえっという顔をした。

「大原晃と言います。初めて文学研究会に参加しました。私は一度もエッセイを書いたことがありません。ですが、妻の書いているものは真っ先に読みます。読まされているというのが真相でしょうか」

読まされていると言って晃が肩をすくめると、笑い声が起きた。晃は椅子にすわり直して背すじを伸ばし、少し視線を落とした。

「十数年前の教え子のことで私の苦い経験を話します。彼女は中学時代に家に居場所がなくて何度も家出を繰り返しました。ところが、彼女は家で虐待を受けていたんです。最近になってそのことを知りました」

晃は雨宮藍のことを話し始めた。

「ですが、私は担任していたとき、虐待にまったく気づきませんでした。ショックでした。何故、気づくことができなかったのか。いま、そのことを考えています」

彼は息をついたあと、再び話を続けた。

「実は、妻がそのことをエッセイに書いてくれるのではないかとひそかに期待しています。そうすれば、見えなかったことが見えてくるのではないかと思うんです。文学は現実を見とおす、現実を超えて未来につなぐ力があると思います。ということで、みなさんのエッセイに大いに期待しています」

晃は腕を曲げて腕時計にちらっと目を走らせた。

「貴重な時間に、門外漢の私がしゃべり過ぎるといけませんので、これぐらいで」

「きょうはせっかく遠方から来ていただいたので、

もう少し聞かせてくださいませんか」

　司会者が促した。

　では、という感じで晃が視線を上げた。

「いま、私には願いがあります。平和な社会の実現、地域の再生、自由に生きたい。このみっつの願いです。人生の残り時間をはかると、何としても願いを実現したいという思いが日ごとに強まっていきます。ところで、先ほど私はエッセイを書いていないと言いました。ところが、最近になって誰の影響なのか」

　晃は言葉をきり、ちらっといずみを見てから言葉を継いだ。

「誰の影響なのか、エッセイではありませんが、最近になって私もちょっとしたものを書き始めています。遅ればせながら、六十歳にして書くことに目覚めたわけです」

　晃が話し終わると、拍手が起きた。

　文学教室が終わると、未央が小走りに会場の外に出ていった。タクシーを頼みにいったのだろう。

　いずみと晃がエレベーターで一階へ降りると、矢加部文が玄関の前で待っていた。

「大原さん、あなたに手紙を書いたのよ」

　矢加部文はチョコレート色の革のかばんの中から白い封筒を取り出していずみに手渡した。

　彼女は多くの仕事に関わっている。最近は文芸誌に小説を連載している。このところ、文学教室の準備に追われていたことだろう。そんな日々の中で、忙しい時間を縫って手紙を書いてくれたのだ。矢加部文はよく徹夜をするので、親しい人たちの間で徹夜姫と呼ばれている。もしかしたら、昨夜も寝なかったのではないだろうか。そう思いながら、いずみは手紙を両手で胸にちょっと抱いたあと、バッグの中にしまった。

　タクシーを頼みにいっていた未央が戻ってきた。来たときと同じように、未央が助手席に、いずみと晃は後部座席にすわった。

　東京駅の新幹線の改札口の前で、未央が提げていた紙袋を差し出した。

「飲み物と夕食のお弁当ね」

「ありがとう」

　娘の心遣いが嬉しかった。

　しばらく歩いてから振り返ると、改札口の柵の向こう側に未央が小さく見えた。彼女が手を振ったので、いずみも振り返した。声にならない思いが胸にあふれ、歩きながら未央を見つめた。晃も小刻みに足を進めながら、娘の方をじっと見ている。

　新幹線の座席にすわると、早速、気になっていたことを尋ねた。

「書くことに目覚めて書き始めたって言ってたけど、何を書いてるの」

「そのうちに言うよ」

　晃はそう言うと、背もたれを倒して目を閉じてしまった。いずみは矢加部文に手渡された手紙を読み始めた。前置きのない手紙だった。

　矢加部という姓は珍しいとよく言われます。北九州の、ある地域の、ある集落にたくさんある苗字だそうです。私の父はそこの出身です。父方の祖父は福岡県の炭鉱で働いていました。親戚や、知人には三池炭鉱の事故によってけがをした人や死んだ人が何人もいるそうです。

　父は特攻兵でした。三日後に出撃を控えていたそうです。けれども、敗戦になって生き残りました。父が出撃して死んでいたら、私は生まれなかったのです。人はいつ死ぬか分からない。それが父の口癖でした。

　戦後、父は三池化学で働いていましたが、レッドパージに遭って東京へ出ました。祖父も父も炭鉱と密接な関係のある生活を送ったのです。

　私は高校の教員をしていましたが、数年前に定年退職をしました。夫とは十数年前に別れました。独身の息子は長崎県で暮らしています。というわけで、私は独りで暮らしています。

　いま、私は特攻隊員と三池炭鉱の物語を書いています。バブル崩壊や原発事故を起こした現代の視点から、戦争と炭鉱をとらえ直したいのです。

　私は肺がんを患ったあと、しばしば命の終わりについて考えるようになりました。

　書いては呻き、ペンを置いてはため息をつきつつ、でも、どうしても書きたいのです。死ぬこと、生かされている意味を自分に問い続けています。

　いま、明け方の四時です。取り急ぎ、脈絡のない手紙をしたためました。

矢加部文

大原いずみ様

いずみは手紙を読み終わると、便箋をていねいにたたんで封筒に戻した。死ぬこと、生かされている意味。その言葉が胸に焼きついている。

　窓の外に目を移すと、灯火のともった人家や、商店や、工場や、薄墨色をした山や、田んぼや、森が駆け去っていく。

　晃が目を覚ましたので、いずみは矢加部文の手紙を手渡した。

「書くことは覚悟が求められることなんやな」

　彼は読み終わると、手紙を手に持ったまま低い声でつぶやいた。


　東京から帰った翌朝、小鳥の鳴き声で目が覚めた。カーテンの端の方がほのかに明るんでいる。隣りのベッドで目を覚ましていた晃が思いきり両手をつき上げ、気持ちよさそうに伸びをした。

　朝食の片づけをしたあと、パソコンを開くと、娘の未央からメールが届いていた。

─彼を紹介できなかったけど、次の機会を待ちます。母が社会や仲間とつながって学び合いながらエッセイを書き続けていることを知った。

　父の話を聴いて、病気の人が弱いとは限らないと思った。父が母を支えているように見えた─

　急いで書いたらしい文章に、気持ちがこもっている気がした。いずみはメールを読み返したあと、印刷をして晃に手渡した。

「未央は私の前方を歩いている気がするわ」

「相変わらず親ばかやな」

　彼はそう言って笑った。晃の細長い顔にむくみはあるものの、目に力がこもっている。むしろ東京へ行って目の光が強まったように見える。

「晃が書いてるものって、何なの」

「そのうちに見せるよ」

　エッセイではないと言っていたが、晃は何を書いているのかさえ言わない。

「いま、見せてよ。私のエッセイは一番に見るのに、ずるいわ、不公平やわ」

　いずみはむきになって言った。

「まだ、納得がいかない」

「いつも自信たっぷりなのになあ。珍しいことを言うなあ」

「久し振りにいずみの皮肉を聞いたな」

そう言って晃は笑った。


三回目の抗がん剤が終わった日の早朝、副作用がきた。胃がけいれんしている様子で晃は嘔吐《おうと》を繰り返し、額に汗を浮かべて青ざめている。

病院に電話で問い合わせると、受診を指示された。けれども、息子夫婦はすでに外出していて電話をかけたが、つながらなかった。いずみは高速道路の運転をしたことはないが、運転が苦手だと言っている場合ではなかった。


「私が運転する。いざとなったら、できるわ」

「さっきより、ましになってきた。いずみが運転したら、せっかく痛みが収まりかけているのに、またけいれんがぶり返しそうや。僕が運転する」


彼は胃の辺りをさすって言った。けれども、依然として顔色がよくない。やはり彼に運転させるわけにはいかない。

清水夫妻にかけたが、かからなかった。途方に暮れたとき、杉田大介の顔が浮かんだ。電話をかけて事情を話し、病院への運転を頼んだ。


「すぐに、行きます」

大介の声が耳もとで温かく響いた。

大介は常磐木病院の外来棟に車をつけ、いずみと晃は正面玄関の前で車を下りた。

「僕は適当なことをして待ってますので、診察が終わったら電話をください」

大介はそう言って、車を発車させた。

緊急外来室に入ると、宮本英俊外科部長がどっしりとした感じですわっていた。休日だが、外科部長が来てくれたのだ。晃の顔に安堵の色が浮かんだ。

看護師の指示で晃はベッドに横たわり、ベッドの頭部を起こしてもらって背中を預けた。

奥の戸が開いて主治医の今村章子が入ってきた。

「今村先生」

いずみは思わず声を上げた。彼女は笑みを浮かべてうなずき、足早に近づいてきた。

「来てくださったんですね」

いずみが言うと、彼女はうなずいた。

「私は、来ますよ」

私は主治医ですよときれ長の目が語っている。きゃしゃな体つきの今村医師が頼もしかった。

宮本医師の指示で点滴が始まった。胸のポートを使うので、腕に注射針を刺す必要はない。それがせめてもの救いだった。

今村医師が奥の扉を開けて出ていった。

いつの間にか外科部長の姿はなかった。

そのとき、ふいにいずみの胸を無力感が占めた。胃けいれんを目の当たりにして自分の力の無さを思い知った。何が起きるのか分からないという不安が胸を圧迫する。じっとしていられなくなり、いずみは床に膝をついて晃の足をもんだ。

「奥さん、すわってください」

看護師が椅子を持ってきてくれた。いずみは礼を言って椅子にすわり、体を前に傾けて足をもんだ。

点滴が終わるころ、奥の扉が開き、今村医師が入ってきてベッドの傍に立った。

「大原さん、痛みはどうですか」

「おかげでもうほとんど痛みは消えています。たまに思い出したようにシクシクしますが、それも間遠《まどお》になって、だいぶ楽になりました」

「しだいに収まりますよ」

「先生、どんな食事を心がけたらいいでしょうか」

前にもした質問をいずみは繰り返した。

「栄養価の高いものを、小分けにして、よくかんで食べてください。生もの以外は何でも食べていいですよ」

今村医師の答えは前と同じだった。

看護師が晃に近づき、点滴の針を手際よく胸のポートからぬいた。

緊急外来室を出て電話室で連絡をすると、間もなく大介が外来棟の正面玄関に車をつけた。

「喫茶店で漫画や週刊誌を読んでたんですよ」

彼はのんびりした顔をして言った。そんな時間の過ごし方があるとは知らなかった。

昼前に穂水町の自宅に着き、帰っていく大介にいずみは深ぶかと頭を下げた。

居間のソファーにすわると、晃は胃と腸をさすりながら、大まじめな顔で話しかけた。

「お前たちを苦しませてすまなかったな」

晃はそう言っていずみの顔をじっと見た。

「胃けいれんが、こんなに痛いものだとは知らなかったなあ。痛くない時間が、こんなにありがたいものだとはなあ。いままで、いずみはこんなひどい痛みに耐えてたんやな」

　これまでに、いずみは胃と腸のけいれんを四回経験しているのだった。

「出産はもっと大変なんやろ」

　晃は神妙な顔をして言った。

「これからは、いずみのゆっくり食べを見習ってよくかんで食べるよ」

「そうしてね、で、お昼は何を食べたいの」

「ジャガイモ入りのお好み焼きがいいな」

　いずみはジャガイモを短冊切りにしてゆで、山芋と乾しシイタケをおろし金《がね》ですりおろした。しいたけは裏山で採れたのを天日干しにしておいたものだ。牛肉のミンチ、青ネギ、卵を小麦粉と混ぜた。手のひらほどの小さいお好み焼きを次つぎに焼くと、しいたけの匂いが立ち上った。

「晃、できたわ」

　お好み焼きが人肌ぐらいに冷めているのを確かめて声をかけた。晃は抗がん剤の治療を始めて以来、温度に敏感になっているのだった。

「お前たち、みんな、しっかり消化に励んでくれよ。頼むよ」

　晃は胃や腸に話しかけながら、満足そうにお好み焼きを口に運んでいる。

　食事のあと、晃が背中をもぞもぞと動かした。

「未央にもらったのを塗ろうか」

　晃が下着の裾をたくし上げたので、いずみはスキンバームを手に彼の背中に回った。

「いよいよですね。晃に老人性のかゆみが始まったようですね」

　スキンバームを塗りながら言った。

「違う、空気が乾燥しているせいやで。それに、抗がん剤の副作用もあるやろ」

　晃は断定する口調で言った。彼の言葉に、いずみは首を横に振った。副作用はこりごりだ。当分、副作用という言葉を聞きたくない。老化の方がましだ。老化は自然だ。

「空気の乾燥と、老化のせいでしょう」

「やっぱり抗がん剤のせいや」

　彼は副作用よりも老化を敬遠しているようだ。

　四回目の抗がん剤の注入が終わった日の午後、いずみと晃はキッチンで新聞を読んでいた。

いずみは社説を読んでいる途中で、顔を上げて晃を見た。副作用はなさそうだ。今回はうまくいったようだ。

「きょうは小学校の面談日なんやて。由衣子が早く帰宅して真由と壮太の夕飯を作るって言ってたわ」

「そうか、ふたりだけか」

晃はそう言って立ち上がると、キッチンを出ていったが、すぐに戻ってきた。署名用紙をつけたバインダーを脇にはさんでいる。

「鹿寄高原に行って、南方で戦死されたという叔父さんの話を聞かせてもらってくるよ」

晃は戸に手をかけながら言った。

「だいじょうぶかなあ」

「だいじょうぶだ。調子がいい」

「一緒に行こうか」

「いいよ。だいじょうぶだ」

晃が独りで出かけたあと、いずみは床を雑巾で拭き始めた。このところ雨が続いてじめじめしている。本棚やテレビの裏を念入りに拭いた。押し入れの中や障子のさんや冷蔵庫の中も拭いた。がん治療には清潔な暮らしが欠かせない。掃除が終わると、さっぱりした。

夕飯の下ごしらえをしていると、玄関の方で晃の声がした。いずみはタオルで手を拭きながら、玄関へ急いだ。晃は左手首を握り、口惜しそうに顔をしかめている。何が起きたのだろう。よく見ると、薬指の第二関節が曲がっている。三十度ほど横に曲がった指が奇異に見える。気が動転した。

「脱臼《だっきゅう》やな」

晃の言葉に、いずみが声も出せずにつっ立っていると、彼がいきなり薬指をもう一方の手でつかんで引っ張った。彼の口から一瞬呻《うめ》き声が漏れた。彼が握っていた手を開くと、曲がっていた薬指がもとに戻っていた。

まったく大した根性だといずみは息をついた。

「下り坂の砂利道で転んだんや。で、妙な手のつき方をしたんやな」

「第二関節の辺りが腫れてるわ。その指でよく家に帰ってきたなあ」

いずみはやっと声を出した。

「これぐらい、どうってことない」

晃の強気な言葉を聞きながら、いま、するべきことは何だろうと考えて、常磐木病院に電話をかけた。受付の女性が医師と連絡をとってくれた。お薬手帳を持って近くの整形外科で受診するようにと受付の女性は指示した。

隣の市の整形外科までなら、高速道路をとおらなくても行ける。二十分もかからない。へたないずみの運転でもじゅうぶん通用する。

「私が運転するわ」

いずみはそう言ってさっと運転席にすわった。そのとき、張りきっている自分に気づいた。

整形外科で受診した結果、薬指の小骨が少し折れていることが分かり、簡単に固定してもらった。

今夜は孫たちの夕飯を作らなくてもいい。晃とふたりだけの夕飯だ。何にしよう。そうだ、取って置きの物が冷凍庫に入っている。明石の姉に送ってもらったウナギだ。ほうれん草のお浸し、鶏のささ身と豆腐入りの和風サラダ、麩《ふ》と青ネギの赤出汁を添えよう。そう思っていると、晃が言った。

「いずみ、鹿寄高原で憲法署名をしてもらったで」

「よく粘ったなあ」

いずみはしみじみと言った。

夕飯の途中で玄関の戸を開ける音がした。キッチンの戸を開けて、真由が急ぎ足で入ってきた。母親似の色白の顔に笑みを浮かべ、真由はいずみの箸をさっと取り上げた。あっといずみが思ったとき、ウナギのかば焼きはすでに真由の口の中に入っていた。真由は顔を上げて目を細め、口をもぐもぐと動かして満足そうな笑みを浮かべた。

「おばあちゃんはゆっくり食べる、私はハッピー」

真由はラップ調の声を響かせた。その声にいずみの気持ちはなごみ、ふっと目を閉じた。

けれども、そんな気分に浸っているわけにはいかない。いつ何が起きるか分からないのだ。そう思って閉じた目をぎゅっと軽くつぶったあと、目を開いた。その瞬間、晃と目が合った。彼が温和なまなざしをいずみに向けていた。

十　源流

朝食のあと、いずみは食卓の上の、海苔《のり》の入った小さな筒形の缶やぽん酢や醬油さしなどを片づけた。ふとカウンター越しにシンクの前の晃を見ると、彼は洗い物を終えてタオルで手を拭きながら窓の外を見ていた。

「雨が上がったな。いずみ、里山へ行こうか」

晃の明るい声に、いずみはテーブルを布巾で拭いていた手をとめて窓の外を見た。

夜中に降っていた雨が上がり、朝の太陽がまぶしかった。明るい陽光に目を細めながら、晃の薬指のけがとステージ4の大腸がんのことを思った。

「木の葉のしずくが落ちてくると思うなあ」

「風が出てるから、だいじょうぶや」

確かに風はしずくを振り落としてくれるだろう。けれども、やはり気が進まなかった。

「山道はぬかるんでると思うなあ」

「池にカワセミがいるらしいで。魚をくわえてたらしいで」

晃は気を引き立てるように言い、居間の棚から双眼鏡を取ってきて首にかけた。

「さあ、行こう」

「指はだいじょうぶなの」

「もう痛くもかゆくもない。運転もできる。重い物も持てる。たいていのことはできるで。行こう」

彼はいつものように楽観的だった。

ふとエッセイ誌〈竹林〉の編集長の言葉がよぎった。閉じこもらないでという彼女の言葉を口の中でつぶやき、いずみは椅子から立ち上がった。


車は昔の街道筋を進んだ。すぐに人家は途ぎれ、両側に並ぶ樹木が緑のトンネルを作っている山道になった。街道をそれて起伏の多い林道に入ると、車は激しく揺れ、ときどき座席から腰が浮いた。

晃は車を道の端に寄せてとめた。

「道をつける作業のときには二十人ぐらいが来てくれたで。近隣の府県からも参加してくれたで」

彼は話しながら歩いていく。

「〈里山チーム〉の正会員は五十人ほどで、賛助会員が十五人で、サポーターは七十人になった。穂水町の自然が人を引き寄せるんやろな。森画伯の絵の力も大きい。改めて芸術の力を知らされたよ。問題は、いつまで、いまの勢いが続くかやな」

「世代の継承ね」

「そうや、若い人たちへの呼びかけが大切や」

細い木を組んだ階段状の道は、ところどころに木の根や大きな石がむき出しになっている。

「池へ行くのに、三とおりの道をつけたで」

彼は誇らしげに言った。

しだいに木が茂り、辺りがほの暗くなった。道から離れて急な勾配の斜面を上り、見上げるような朴《ほお》の木の傍を過ぎ、なおも歩いた。周りはますます薄暗くなり、静寂に塗りこめられていく。

ふいに晃が足をとめたので、いずみも立ちどまった。枯れ葉の間で光っているものがある。水だ。薄暗い樹林の間に水が湧き出ていた。水は何かを語りかけるかのように、光りながら途ぎれることなくあふれ出ている。

「源流や、いずみは初めてやろ」

声もなくいずみはうなずいた。

水は枯れ葉を濡らし、土を湿らせ、透明に光りながら、ゆるやかに斜面を這って下っていく。

晃が反対側の斜面の下方を指差した。

「池は向こうの方やで」

晃はそう言って斜面を下り始めた。

いずみも歩き出したが、数歩歩いて立ちどまって振り返った。もう一度薄暗がりの中に光っている源流を見つめてから、彼のあとを追った。

地面は湿っていて上ってきたときよりも歩き辛かった。傍らを見ると、アオキの分厚い葉がつややかに光っている。だいじょうぶだろうかと晃を案じ、先を行く彼の背中を目で追ったとたんに、自分の足が取られた。とっさに傍らのアオキの枝をつかんで踏ん張り、転ぶのをまぬがれた。どっと汗が吹き出した。

晃は気づいていない様子なので、いずみは素知らぬ顔で歩き始めた。

しばらく斜面を下っていくと、痩せた藪椿《やぶつばき》の木がたくさん生えているところに出た。どの木の幹も細く、四メートルほどの高さにひょろひょろと伸びている。

「ひしめき合っていたせいで、上へ伸びるしかなかったんや。で、ほどよい数に減らした。これからは、伸びのびと枝を広げられる」

晃が真新しい切り株を見回しながら言った。

「ネジギや椿の木を伐って、木に巻きついていた蔓草や棘を取り除いたら、こんなに風が吹きぬけるようになって、感じのいい椿園になった」

晃の説明を聞いて、いずみは早春の椿園を想像した。赤い花が谷を埋めている光景が目に見えるようだった。

椿園を過ぎ、なおも小道を下りていった。

晃が急に足をとめた。

「ほら」

晃が下の方を指差した。その指の先で楕円形の池の水が光っている。

彼が調節してから手渡した双眼鏡を、いずみは目に当てた。

「ネコヤナギの小枝のところにいる」

晃がささやいた。

カワセミだ。もこもこした羽、コバルト色の頭と背中、鮮やかな朱色の胸と目の周り。よく見ようとしていずみが体をずらした瞬間、チーという鳴き声を残してカワセミは視界から消えた。

カワセミを見た幸運をしみじみと味わいながら、いずみは池に近づいて縁に立った。

池は新しい黄土色の土で堰《せ》きとめてあった。いつだったか、晃が上着もズボンも顔も泥まみれにして帰宅したときのことが思い出された。

「よく、池を造ったなあ」

「もともとあった畳一枚ほどの浅い池を広げたんや。土を掘って堰きとめるのがひと苦労で、作業している人の腰や腕が悲鳴を上げ始めて、それで、機械は入れないつもりだったが、仕方なく小型のショベルカーを入れてもらったんやで」

池にはヒツジグサや黒藻やイグサが浮かんでいた。水草の傍に小魚が群れている。

「僕はメダカと、モロコと、カワニナを入れたで。フナを入れてくれた人もいるで」

晃の言葉に、いずみはしゃがんで池をのぞいた。水底に生きものの気配があった。

斜面を流れる水が絶え間なくそそぎこんでいる。

源流の水は生きものたちの命綱だ。

　帰りは違う道を歩くことにして、急な坂を上って尾根道に出た。少し道幅が広くなったので並んで歩いた。遠くに穂水川がうねって光っている。

　尾根道の向こうに人影が見え、だんだん近づいてきた。男は背が高く、女の方は背が低い。杉田夫妻だ。畑仕事のせいか、大介と奈々の顔はずい分陽焼けしている。

　尾根道で向かい合ってあいさつを交わした。

「池作りのあと、筋肉痛になったか」

晃が聞くと、いつもの人懐っこい笑顔で奈々がうなずいた。

「ひどいものでした。でも、池と椿園ができたので、ヤッタア感がありました。それから、とてもびっくりしたのは、森画伯ののこぎりの使い方です。あれには驚きました。いたについてる感じでした」

　奈々のはずんだ声を聞いて、森宗一郎の、盛り上がった腕の筋肉をいずみは思い出した。

「テレビを見ましたよ」

　奈々が言った。大介は黙って聞いている。

「インタビューを受けてるときの、大原さんの言葉を覚えていますよ。森の中で未来に思いを巡らし、自分の思いを耕しているという言葉です」

　奈々が言うと、晃は家でそのテレビを見たときと同じように口もとをゆるませ、照れた顔をした。

「どこへ行くの」

　いずみは尋ねた。

「カワセミがいるって聞いたので、見にいくんです。カワセミは空飛ぶ宝石というんですよね」

　奈々が言ったので、いずみはうなずいた。空飛ぶ宝石とか、空の宝石とかいわれるが、いずみにはカワセミという呼び名の方が好ましく感じられた。

「私たちも見にきたんやわ。ネコヤナギの木にとまっててね、すぐに飛び去ったわ」

　カワセミが戻ってきていますようにといずみが思っていると、奈々が言った。

「大原さん、〈竹林〉をありがとうございました。いずみさんのエッセイを読みましたよ。穂水町の自然がたっぷり詰まってましたね。エッセイには、旦那さんの存在感がばっちしですね。次は何を書かれるんですか。楽しみにしてますね」

「読んでくれたんや、ありがとう」

いずみは奈々に頭を下げた。

いつものように奈々に話を任せて、大介は遠くに光って見える穂水川を見ている。

「稲作の方は進んでるか」

晃が聞くと、大介は穂水川から目を戻した。

「はい、来年はできそうです。地域でずっと稲を育ててきたお年寄りに教えてもらってるんです。茶農家にバイトに行ったときに知り合った人です。肥料や農業機械がびっくりするほど高くて、人手が足りないそうで、ＴＰＰもあって農家は大変ですね」

大介が答えたとき、頭上で鳥が鳴いた。鋭い鳴き声だ。何かを主張しているかのように高く響いた。

「モズだな。モズの高鳴きだ」

晃がつぶやいたとき、またモズが鳴いた。今度は、切実な鳴き声に聞こえた。

見上げると、雨上がりの澄みきった空に木々の枝と葉が交錯して複雑な模様を描いている。しばらく誰も声を出さず、空を見上げたままで待ったが、モズはもう鳴かなかった。

「じゃあ、また」

晃が声をかけて、歩き始めた。奈々が両手を胸の前で振った。いずみも手を振った。

「ちょっと畑を見てくる」

里山から帰ると、晃はそう言って軽い足どりで畑へ出ていった。

いずみは昼食の準備にかかった。ジャガイモの皮をむいていると、玄関のチャイムが鳴った。いずみはエプロンの裾で手を拭きながら、玄関へ急いだ。

戸を開けると、杉田大介が米の保存用の細長い薄茶色の紙袋を持って立っていた。紙袋の口から緑色のふさふさした人参の葉が見えている。

「有機栽培です。人参と蕪《かぶら》は大原さんの畑には作ってないようなので」

彼はそう言って、紙袋を手渡した。

「立派ねえ、ありがとう」

いずみが礼を言うと、大介は視線を落とした。照れて長身の体を持てあましているように見えた。

大介を見送ったあと、人参と蕪をシンクへ運んだ。湿った黒っぽい土を洗い落とすと、みるみる人参の鮮やかな朱色が現れた。蕪は紅と白の二種類あってこぶしぐらいの大きさですべすべしている。

蕪をほうろうびきの容器に二杯酢にして漬けた。紅白の蕪が互いにつやつやかな色を引き立て合っている。思わず手を伸ばすと、香気が口の中に広がった。

晃がキッチンの戸を開けて入ってきた。
「見てっ、さっき杉田さんが持ってきてくれたの」
いずみはまだ水のしたたっている洗いたての人参と、ほうろうびきの容器に漬けた蕪漬けを見せた。晃はカウンター越しに人参と蕪漬けを見た。
「うまそうやな」
「時間がたてば、もっと味がなじむわ」

午後、晃は革のかばんを提げ、〈里山チーム〉の打ち合わせに役場へ出かけた。

清潔第一といずみは声に出して言い、キッチンの床を拭いた。テレビの周りや冷蔵庫のうしろも拭いた。敷居や玄関の隅を拭いたあと、雑巾をすすいで物干し竿にかけた。

晃ががんになって以来、清潔にしたいという気持ちがしきりに起きる。けれども、それだけではない気がする。体を動かしたいのだ。不安を紛らわせるために、衝動で体を動かしているのかも知れない。晃はしょっちゅう出かける。もしかしたら、晃もがんという現実から逃れたいのだろうか。

拭き掃除をすませたあと、いずみは居間のソファーにすわって文庫本を広げた。エンゲルスの『家族、私有財産および国家の起源』だ。本文にはところどころに傍線が引いてあり、余白に癖のある晃の角張った字が書きこんであった。いずみも鉛筆と八色のカラーペンを傍に置き、晃と張り合うように線を引いたり、余白に文字を書き入れたりした。そのうちに晃の読んだページを追い越した。

晃が〈里山チーム〉の打ち合わせから帰ってきてローテーブルの上に革のかばんを置いた。
「できたで」
晃はかばんの中からリーフレットを取り出していずみに手渡した。

NPO法人〈里山チーム〉と群青色で書いてあり、鳥の絵が載っている。コバルト色の頭、背、尾、黒いくちばし、朱色の胸、澄んだ色合いのカワセミが木の枝にとまっている絵だ。森宗一郎の描いたカワセミの線と色には迷いがなかった。

いずみは画家の描いたカワセミをじっと見た。里山で見たカワセミとはどこかが違う。何が違うのだろう。見ているうちに、画家の描いたカワセミの目もとに憂いがにじんでいることが分かった。

リーフレットは三つ折で六ページあった。ページをめくると、目的や事業内容がまとめてある。写真がふんだんに使われていて目を楽しませた。

「樹林、ミツバツツジ、ハッチョウトンボ、笹ゆり、風蘭、いい写真やなあ。嘉夫さんが撮ったの」

「そうや、センス、いいよな」

「お茶をいれようか」

「いや、いい。〈里山チーム〉の打ち合わせで飲んだ。明るいうちにもう一度、畑に行ってくるよ」

ちょっと休めばいいのにと思った。

「晃は何かしていないと、不安なの」

「いずみは、何かしていないと不安なのか」

いずみが尋ねると、彼は逆に問い返した。

「そんなときがあるわ」

彼はいずみの顔をまじまじと見た。

「僕は違う。したいことをしているとき、ほんとうに生きている気がするんや。いずみは考えを整理した方がいいんじゃないか」

晃は自分に言い聞かせているかのように、ゆっくりとした口調で言って立ち上がった。


日曜日の朝食のあと、いずみは『家族、私有財産および国家の起源』を手に居間のソファーにすわって読んだ。気がついたときには、最後のページまで進んでいた。

傍で新聞を読んでいた晃が、ばさりと音を立てて新聞をローテーブルの上に置いた。

彼は携帯電話を手に取った。杉田大介にかけているようだ。電話が終わると、晃はいずみに言った。

「この時期の鮎は夕焼け空みたいな色をしてるで。それに、腹に卵を持っててうまい。昼から杉田君と行ってくるよ」

「だいじょうぶなの」

いずみは思わず声をとがらせた。

「心配しなくてもいいで。僕は口だけで、実際は杉田君がしてくれる」

いずみは新聞の記事を思い出した。近い将来、車の運転手の要らない時代がくると書いてあった。ハンドルを動かさなくても、アクセルやブレーキを踏まなくても、自動的に車が目的地に着くという。

「口で鮎漁をするなんて、まるで自動運転の車みたいやな。未来を先取りした最先端の漁法やわ。それにしても、杉田さんがいてくれて、よかったな」

　いずみが言うと、晃はそれには答えないで、もう一度携帯電話を手に取った。片上正志教授を誘っている様子だ。

「片上先生は用事をキャンセルして参加するって。産卵時の鮎は研究者にとって、とても大切なものらしい。穂水川の鮎が研究に役立つんや」

　電話のあと、晃は張りきった顔をして言った。目の色が明るかった。

　晃も、杉田大介も、片上教授も鮎獲りに夢中になっている。そんなに鮎獲りはいいものだろうか。

　早目の昼食をすませたあと、居間のソファーで〈里山チーム〉のリーフレットを見ながらくつろいでいると、軽トラックの音が聞こえた。

　玄関の方で男の声がしたので、いずみは玄関へ出た。大介がスポーツ店の紙袋を提げて玄関先に立っていた。

「コンビニで夜勤をしたんですよ。で、新しいウェーダーを買いました」

　彼は紙袋を軽く持ち上げて見せた。

「ウェーダーって何なの」

「胸から靴までひとつなぎになっている防水用の服です。最近のは軽くてじょうぶですよ」

　大介は説明した。

　晃の川用の服は古い。確か、胴長といってゴムのような素材でできている。亡くなった父親が使っていた深緑色のもので、ところどころにゴムで継ぎが当ててあった。新しいものを買えばいいといずみが言っても彼は受けつけず、相変わらず古い胴長を着ている。

　三時ごろ、晃と杉田大介が鮎漁から帰ってきたので、いずみは玄関先で出迎えた。片上教授とは穂水川で別れたという。大介の髪の毛がずぶ濡れになっている。

「だめだなあ。せっかく新しいウェーダーを奮発したのに、僕の力量がもうひとつなんです。せっかくウマの役をさせてもらってるのになあ」

　大介は嘆いた。ウマは鮎を追いこむ役だ。

「頭では分かっているんだけどなあ」

大介は口惜しそうに下唇をかんだ。その気持ちは分かる。いずみは小さいときから虚弱で、頭では分かっているつもりでも、体がついていかない経験を何回もしてきた。

「進む方向を見るな。足に目がついているように進めって師匠に言われて、必死になって進んでたら、ズボッと水の中に倒れこんでしまって、それで終わり。僕の足に目がついてなかったんで、たくさんの鮎に逃げられてしまったんです」

大介の声に未練がにじんでいる。

「水が増えている上に、川底の様子が変わってたんで、十七匹しか獲れなかった」

晃は言い、軒先の薄暗がりを見つめて顔をしかめた。自分がウマをやりたかったのかも知れない。

「師匠は水位と川底のせいだと言うけど、僕が指示どおりに動けなかったんです」

大介は謙虚だった。

「漁師になるには、時間がかかる」

晃が言うと、大介はうなずいた。

「十七匹とも、卵を腹に抱えてうまそうだったけど、片上先生に全部持って帰ってもらったで。研究室では鮎の遺伝子を調べるらしい。穂水川の鮎が清流や鮎の研究に役立つんや」

晃はさっぱりした口調で言った。

「日曜日の天気予報は快晴で、絶好の鮎日和ですよ。次は三人で百匹をめざします。僕は兄弟子で、片上教授は弟弟子。負けられませんよ」

杉田大介は妙なところで意地を張った。

ふたりは漁網についている葉屑やゴミを外すために、納屋の方へ歩いていった。

いずみが居間で〈竹林〉を読んでいると、軽トラックの出ていく音がした。漁網の手入れを終えて、大介が帰っていくのだろう。

晃が入ってきて、ソファーに腰を下ろした。

「穂水川のおかげで漁友ができたな」

晃はつぶやいた。大介は晃を師匠と呼ぶ。けれども、晃にとって大介は漁友なのだ。

「次のとき、私も行っていいかなあ」

「観客があると、張り合いがあるかもな」

いずみは観客どまりで、漁友ではない。

「いいけど、川に入るなよ」

彼は胸に手を当てて念を押した。

「もう、だいじょうぶだけどなあ」

「用心するに越したことはない。ところで、片上先生は昔のゼミの教え子をふたり連れてくるって。清流の写真集とＤＶＤを作るという話やで」

晃が思い出したように言ったとき、玄関の戸を開ける音がして、聞き慣れた軽い足音がした。居間のドアを開けて真由が入ってきた。

「きょう、おじいちゃんは鮎を十七匹獲ったって」

「十七匹かあ」

真由は、拍子ぬけしたような声を出し、晃の横にすわった。水色と白色の細かいチェックのブラウスにグレーのレギンスという服がシャープに見える。

「で、また、日曜日に仕切り直すって。私も見にいくわ。真由も一緒に行くか」

「行くわ」

真由が即答すると、晃が聞いた。

「壮太はどうやろ」

「日曜日は、友だちと約束があるって」

天気予報どおりに鮎日和となった日曜日の早朝、晃は水位を見にいった。

「水位はいい感じや、さいさきがいい」

川から戻ってくるなり勢いのある声で言った。

昼食のあと、晃が運転し、いずみが助手席、真由がうしろの席にすわって出発した。杉田大介の軽トラックがあとをついてくる。

千種の沈み橋が見えてくると道をそれ、空き地の草はらにそれぞれ乗用車と軽トラックをとめた。

大介は衣装ケースのようなプラスチック製の入れ物を荷台から下ろした。かごの中には、漁具や、胴長や、ウェーダーや、携行用の小さい椅子などが入っている。

晃と大介が先に立ち、そのあとを真由といずみはついていった。四人とも荷物を両腕で抱えている。

急な石段を用心しながらゆっくりと下りた。

河原に下りて眺めると、砂地は水際でゆるやかな曲線を描いている。川音が高く響いた。

晃は鋭い目つきで川を見ている。

大介が携行用の小さい椅子を晃の傍に置いた。晃は大介に礼を言い、椅子に腰をかけた。二人の間で暗黙の了解ができているようだ。

間もなく、四人連れが中州へ下りてきた。片上正志教授とふたりの男性と小学校の高学年ぐらいの男の子だ。彼らもプラスチック製の衣装ケースのような入れ物を抱えている。

八人が揃ったので、紹介し合った。

初対面の男性ふたりは三十代後半ぐらいだろうか。片上正志教授のゼミの同期生で、ひとりは背が高く、もう一人は小柄だった。

小柄な方の男性は植木直人といい、高校で生物を教えていて洸《ひかる》という小学六年生の子の父親だ。

「きょうの穂水川は水が少なくて澄んでいますね」

植木直人が教授に言った。その言葉から察すると、前にも穂水川に来たことがあるらしい。

もうひとりの男性は黒縁の眼鏡をかけ、あごに濃いひげをたくわえている。緒方悠記男《ゆきお》と言い、出版社勤めで植木の写真集を担当するという。

五人の大人たちはウェーダーに着替えた。大介の新しいウェーダーは水色に青いラインが入っていてスポーティーだ。ほかの三人のウェーダーにはワンポイントがついている。晃の胴長だけは古ぼけているものの昔の漁師という風格があり、存在感を示している と見えないこともない。

杉田大介が漁具を水辺に運んだ。

晃がいずみを見た。

「川へ入るなよ」

晃は自分の胸の辺りに軽く手を当てて、いずみを気遣った。普通の生活をしていいと医師には言われている。けれども、晃はいつも心配する。

「分かった」

いずみはうなずいた。

大きなカメラを晃と大介に向け、しきりにシャッターをきっていた緒方悠記男が、あごひげを片手でしごきながら晃の傍に近づいた。

「大原さん、ピンマイクをつけさせてください。DVDを作るときに使う音がほしいんです」

緒方はそう言うと、返事を聞かずに晃の襟《えり》にピンマイクをつけた。もう少しこっちだなとつぶやいてピンマイクを動かした。綿密で周到で押しが強そうだ。有能な編集者なのだろう。

片上正志教授が背筋を伸ばして口を開いた。

「きょうは、鮎の落としガワ漁に参加する機会に恵まれました。ありがとうございます。ご存じのように、世界的に気温が上昇しています。日本でも水温が上昇して鮎の棲めなくなった川があります。環境が荒らされたり、水質が悪くなったりしているところも増えています。というわけで、鮎の棲める川と、人に優しい環境づくりとは切り離せないわけです。話したいことはたくさんありますが、私の話はこの辺で終わりにしまして、大原さん、落としガワ漁の説明をお願いします」

　片上の話を聞きながら、いずみは目の前の川を見つめた。昔、穂水川には鮎が棲んでいたが、もういなくなったという話は聞きたくない。

「では、落としガワ漁の説明をします。簡単に言うと、川下に張った網に川上から鮎を追いこむ漁法です。この漁はひとりでも、ふたりでも、きょうのように大勢ですることもあります」

　ピンマイクが晃の声を正確に拾うので、スピーカーからはっきり聞こえた。性能のいいマイクだ。

「これはガワといって長さが三十メートルほどあります。薄いスギ板が綱についています。スギ板はヘラといって同じ間隔に三十六枚ついています」

　晃はガワを持ち上げて見せた。

　真由がかがんで、ヘラに触った。

　洸も近づいてヘラを手に取り、見ている。

「まん中のところで、くの字に曲がっている。何故、曲がっているのかな」

　晃が真由と洸に問いかけると、ふたりとも首をかしげた。

「そのわけは鮎漁が始まったら、分かるよ。くの字になっているヘラが川でどうなるか見てて」

　晃が言うと、真由と洸はうなずいた。

　晃が大人たちの方を向いた。

「きょうは杉田君がウマの役で鮎を追い、僕が手もとの役をします。みなさんは、少し川上の方で待っていてください。で、片上先生の合図があったら、川下へ向かって浅瀬を走ってください。大声を上げて、水音を立てて、鮎を網に追いこんでください。僕のいる場所では、音を立ててもいいんですが、みなさんのいる場所で音がすると鮎が逃げますので、片上先生の合図があるまでは、絶対に音を立てないでください」

「驚いたなあ。こんな漁法があるとはな」

　緒方が濃いあごひげを片手でしごいて言った。

「落としガワ漁のガワは、どんな字ですか」

植木直人が晃に尋ねた。

「さあ、どんな字なのか、父親に聞いておけばよかったなあ。いまとなっては、もう分からない」

「聞いておけばよかった。いまとなっては、もう分からない、そうですか」

植木はつぶやいて唇をきつくかんだ。その顔が何故か苦しげに見えた。

「さあ、これから、始めます。片上先生の合図があるまでは、声や音を出さないでください」

晃が念を押した。

片上を先頭に植木親子と真由が川上へ移動した。いずみがついていこうとすると、晃が目ざとく見つけて首を横に振った。いずみは仕方なくその場に残り、何かつまらない気がしてきてしゃがんで小石を拾った。石はすべすべとして温もりがあった。

杉田大介が漁具の方へ歩き、漁具の中から漁網と鉄の棒を取り出した。重いものらしく、大介は体を傾けて晃の傍に運んだ。

晃と大介が目と目でうなずき合い、川に入った。ふたりとも緊張した顔つきをしている。膝を越える深さがあり、流れは速く、水温は低そうだ。

晃が鉄の棒を川底につき挿し、大介とふたりで漁網をその棒につけていく。川下を横ぎり、弓なりに漁網が張られた。長さが三十メートルほどありそうだ。晃と大介がその先端にガワを持って立った。

誰も声を出さずに晃と大介を見ている。

浅瀬の川音だけが高く響いた。

ふいにいずみは強い不安におそわれた。晃は抗がん剤で治療中だ。普通の生活をしてもいいと医師に言われている。けれども、川を歩くのは普通の生活よりも過酷なのではないだろうか。果たして晃は鮎獲りに耐えられるのだろうか。たちまちいずみの胸に恐れが広がり始めた。

緒方悠記男が晃に近づいた。

「あそこで水中カメラを向けたらまずいですか」

いましがた晃と大介が漁網を張った川下の方を緒方は指差した。

「そうですね。鮎が何匹か逃げるかも知れませんね。どうするかな」

晃は思案している様子で、唇の端を引きしめた。

いずみは緒方に強引さを感じた。けれども、すぐに思い直した。彼は仕事に対する責任感が強く、学生時代からの友人の写真集と鮎漁のDVDを、いいものに仕上げたいと思っているのだろう。

「少しぐらい逃げたとしても記録が大事だ。水中カメラ、オッケーです。思う存分撮ってください」

晃は迷いをふっきった口調で答えた。

緒方が棒つきの水中カメラを手に川の下手へ歩いた。棒の長さは胸の高さぐらいまであった。

晃と大介が目を合わせた。一瞬、手もと役の晃が鋭い目つきになり、首を縦に振った。それを見て、ウマ役の大介が小さくうなずき、川を進み始めた。大介はヘラをひとつずつ水面に落としながら進んでいく。ヘラはひと連なりに並んで浮かび、しだいに数を増やしていく。晃がヘラのついたガワを、水面で素早く往復させた。ヘラが水に浮かび、その先端が水面をたたき、水しぶきを上げている。まるで大きな鳥がくちばしで水面をつついているかのように見えた。

「スッゲエッ、ヘラが鳥になった」

洸が叫び、片手で口を押さえた。

しだいに川が深くなって水が大介の太ももの辺りまでになった。進みにくそうだが、懸命に前進している。そのとき、ヘラの動きがぴたっととまった。ガワが水面から離れたのだ。とたんに大きい鳥は消え失せ、ヘラはただの板ぎれに戻った。

「ガワを見ろっ」

晃が叫んだ。前方の川を見ていた大介が目を手もとに返し、ヘラのついた綱を下げた。ヘラが再び大きい鳥になって水面を波立たせた。

川はいっそう深くなり、大介の股まで水に浸かっている。彼の体が前のめりになり、体がぐらついた。

「ガワを見ろっ」

再び晃が叫んだ。大介は体勢を立て直して進んだ。また彼の体が傾いた。思わずいずみは唾を呑んだ。

「足で見ろっ」

晃が叫んだ。足で川底を見られるはずがない。無茶なことを言う。けれども、大介は踏ん張った。水の中に倒れこまずに、目をガワに向けて走った。

ついに大介が最後のヘラを水面に落とした。晃と大介がガワを激しく揺らした。大きい鳥が一列に並んでいっせいに川面をつつき、羽ばたいている光景が眼の前にあった。

晃が片手を高く上げて合図を送った。

大介がガワを揺すりながら岸へ向かって走った。

「行けっ」

片上教授が鋭い声で叫んだとたんに、わあっという叫び声が起こった。真由と洸が先頭になり、そのあとに大人たちが続いた。いっせいに下流に向かって走る。水しぶきが上がる。子どもの高い声に大人の声が混じり、川音と人の声が響き合った。

あらかじめ川下に張ってあった漁網の前に大人四人がひざまずき、網にかかった鮎をしめたり外したりし始めた。真由と洸はしきりに鮎をなでている。

緒方はカメラを向け続けている。

夕焼けのような色の鮎が秋の陽光を浴びて輝いた。百三匹の鮎が獲れた。

「次は来年の夏だ」

晃がつぶやいて千種の沈み橋を眺めた。どっしりした橋脚を水が洗い、川音を高く響かせた。

里山の源流が脳裡に甦った。源流は薄暗い樹林の中で光っていた。あの水も合流して目の前の力強い流れをなしているのだ。

鮎がいつまでも川に棲めるように、ずっと鮎漁を仲間とともに迎えられるようにといずみは祈った。


穂水川で鮎の落としガワ漁をしてから一週間が過ぎた。その日、植木直人から手紙とCDが送られてきた。

晃は居間のソファーでその手紙を読んだ。

「植木さんは、こんな経験をしてたのか」

読み終わると、彼は手紙を手にしたまま、窓の外に目を移して考えこんでいるように見えた。

「どんな経験なの」

いずみがソファーにすわりながら聞くと、晃は窓の外に向けていた顔を戻して手紙を渡した。

いずみは手紙を読んだ。


先日は、ありがとうございました。母と洸と三人で鮎飯《あゆめし》をごちそうになりながら、僕はいまから三年前のことを思い出していました。

その日、僕は妻の郷里の川辺に立っていました。水は澄み、川底の石の色がはっきり見えました。

「いつまでも、川音を聞いていたい」

妻は言い、沈み橋を見ていました。

僕は持っていたカメラで川辺の光景を何枚も写しました。妻の横顔や立ち姿も写しました。

沈み橋を見ていた妻が僕に顔を向けました。

「沈み橋は濁流に沈んでも、時間がたつと必ずもとの姿を現して、人を対岸へと渡してきたのよ」

僕は妻の言葉を黙って聞いていました。

「あなたはきっと長生きをしてね。洸のために」

妻の言葉に、僕は返事ができませんでした。

妻は書道教室で教えていましたが、余命六か月と言われていました。

医師の宣告どおり六か月後に妻が他界したあと、僕は生活を母に押しつけ、無気力に日を過ごしていました。

妻の死後二年近くたったある日、僕は妻の書棚の引き出しを開けてみました。中に若草色のアルバムが入っていて表紙に〈清流と沈み橋〉と書いてありました。見覚えのある草書体の気迫のこもった字でした。僕は震える手でアルバムをめくりました。中には家族の写真が貼ってありました。僕が写した川や妻の写真もありました。

ことしの夏、僕は洸と妻の郷里を訪れました。

妻の郷里の沈み橋、そこは僕たち夫婦にとって特別の場所です。十五年前、僕たちはこの橋の上で結婚の決意をしたのです。

川の前に立ったとき、僕は呆然としました。あったはずの沈み橋がなくなり、赤い大きな橋がかかっていたのです。

川岸は茶色の土でかさ上げされ、運動公園になり、桜や楓の若木がポッンポッンと植えられ、そっぽを向いているように見えました。

妻の郷里から帰ってきてしばらくして僕は久し振りに、片上先生の研究室を訪れました。妻の郷里で写した沈み橋の写真を持っていきました。

「もう、この橋はないのです」

先生は無言で沈み橋の写真を見ておられました。しばらくして、低い声で言われました。

「植木君、君の写真に写っている川とよく似た川があるんだ。石川啄木も書いているように、故郷は僕らの権利だと、最近そう思うようになったよ」

故郷は僕らの権利だという先生の言葉を理解でき

ませんでした。そのうちに分かるのでしょうか。

降り続いた大雨がやんだ日、僕は片上先生に誘われて穂水川へ行きました。ついさっきまで黄土色の濁った水の中だったらしく、沈み橋はまだ濡れていました。

沈み橋は濁流に沈んでも、時間がたつと必ずもとの姿を現して、人を対岸へと渡してきたのよという妻の言葉が耳もとに甦りました。

妻の郷里の川辺に立ったとき、何故、妻の言葉に答えなかったのか、何故、妻を胸に抱きとらなかったのかと僕は後悔しています。僕は現実を直視できずに、逃げたのです。臆病だったのです。

妻が旅立ったとき、僕は妻を恨みました。妻が僕よりも先に死んだことを恨みました。そうです。僕は自分中心的な人間です。妻が病気のときも、死んでからでさえ、僕は自分の気持ちを優先したのです。

僕は妻に寄り添えなかった。妻をどんなに傷つけ、どんなに心細くさせたことか。いまになって悔やまれてなりません。

穂水川での鮎漁のとき、足で見ろと大原さんは叫ばれました。僕はあの言葉を聞いたとき、雷に打たれたような気がしました。長い間、僕は自分の身体をとおしてものを見てこなかったのです。

僕は穂水川を思いきり走りました。僕は一羽の鳥になった気がしました。気がついたときには、妻の名前を呼びながら走っていました。

僕の中で何かが動き出しています。それが何なのかは、まだ形を成していません。濁流に隠されている沈み橋のようにぼんやりとしています。

分かっているのは、不甲斐ない僕が、曲がりなりにも生きてこられたのは、妻が息子を託してくれたおかげだということです。写真集を作っていく過程で、もっとたくさんのことを知ることができるのではないかという予感がします。

緒方悠記男君が撮り、編集したＤＶＤを送ります。

大原晃様

植木　直人

先に死んだ妻を恨んだという手紙の文章をいずみは反芻した。

「僕ががんだと知らされたとき、僕といずみの受けとめ方はずい分違ってたなあ。いずみがひどく取り乱したので、僕はしゃんとしたのかもな」

晃が言った。

いずみは余命について考えを巡らせた。

植木の妻は余命をはっきりと告げられた。晃の余命は告げられなかった。医師は奇跡という言葉を使った。その言葉の間に違いがあるのだろうか。植木夫妻が経験したことに、遅かれ早かれ自分たちも直面するのだろうか。知らない町の袋小路に放り出されて、帰り道を見失ったような気がした。

「一羽の鳥になって、妻の名前を呼びながら走ったと手紙に書いてあるやろ。あのとき、植木さんは何かをつかんだような顔をしてたなあ」

晃はそう言って、何かに挑むかのように目を宙に据えた。

十一　鳥影

朝食のかたづけをすませたあと、いずみは勝手口の戸を開けて庭に出た。

何故か、足が自然に金木犀の木の方へと向いた。傍へ行ってみると、いつの間にか木の周りにたくさんの草が生えている。新しい年を迎えたが、暖冬のせいか、草の勢いはいっこうに衰えない。

金木犀の木の傍にしゃがんで草をぬきながら、父と母のことを思った。

母はいずみを生むとすぐに死に、父親が家を出たので、いずみは祖母の手で育てられた。金木犀の木が大きくなったら、お父さんに会える。祖母にそう言われて父と会える日をずっと待っていたが、会えないまま父は他界したのだった。

近くでイカルが鳴いた。何をしたいの、何をしたいのと問いかけてくる鳴き声だ。

晃が勝手口の戸を開けて庭へ出てきた。彼は金木犀の木を見上げてつぶやいた。

「がっしりしてるなあ、お父さんの木は」

「父は私に三つのものを遺したわ。この金木犀の木と、小林多喜二の本と、高見順の本と」

「いずみ、大切なことがぬけてるで」

「大切なことって」

「命をもらったこと」

いずみは金木犀の木を見上げた。薄茶色の枝に深緑色の固い葉がみっしりと茂り、薄い暗がりを作っている。晃のがんが見つかってから、四か月あまりがたった。いずみは金木犀の幹に片手を押しあてて、お父さん、助けてと思わず心の中でつぶやいた。

しばらくの間、そうしていたが、ふと我に返って木の幹に触れていた手を離した。

「雪はまだやなあ」

いずみはつぶやいたが、声が聞こえなかったのか、晃はじっと森の方を見ている。

「気になることがあるんや。ちょっと見てくる」

彼はそう言って、裏山の方へ歩いていった。

いずみは部屋に戻ってパソコンの前にすわった。エッセイの題を考えたが、あれでもない、これでもないと迷うだけでいっこうに決まらない。そのうちに、ふと〈カワセミと太陽光発電〉という題が頭に浮かんだ。エッセイの題をパソコンに打ちこんだとき、部屋の外で足音が聞こえた。

勢いよく戸が開いて、晃が顔をのぞかせた。

「いずみ、とうとう、穂水町にも来たで」

「何が」

「ミズナラの立ち枯れや。葉が茶色に変色して、いまにも立ち枯れそうやで。もう時間の問題かもな」

立ち枯れ、時間の問題という言葉がステージ4の晃のがんを連想させ、胸にくいこんでくる。最近、何かにつけて病気と結びつけてしまう。

晃は部屋に入って、椅子に腰を下ろした。

「よく考えると、ナラ枯れは自然の循環の中で起きたことかなあ。ということは、長いスパンで考えると、やがて、ときが解決するのかも知れない。だけど、太陽光発電の問題は違うと思うな。なにしろ百ヘクタールもの土地を、短時間で人工的に変えてしまうんや。それにしても、〈太陽光発電を考える会〉の人たちは粘り強くがんばってるなあ」

「晃もよくがんばってきたで。抗がん剤治療を続けながら、精いっぱいのことをしてきたと思うで」

晃は無言のまま、視線を落とした。


〈穂水町の太陽光発電を考える集い〉の会場になっている穂水ホールの研修室に入っていくと、すでに六十人ほどが集まっていた。いずみは中ほどの席に晃と並んですわった。

花台に置かれた青色の壺に数本の白い梅の花が活けてある。腕章をつけてココア色のハンティングをかぶった黒田隆記者が、会場の後方でカメラを構えてシャッターをきっている。

司会者はもと穂水小学校で給食の栄養士をしていた六十代半ばの女性だ。清潔そうなショートカットの髪の耳もとで真珠のイヤリングが光っている。

「みなさん、参加してくださってありがとうございます。まず、〈太陽光発電を考える会〉の代表、清水嘉夫さんに経過説明をしていただきます」

司会者が言い、清水嘉夫が前に立った。

「私は原発ではない電力に期待しています。つまり、安全で再生可能なエネルギーが望ましいと考えています。ですが、今回の穂水町の太陽光発電所の計画には、疑問を感じています。メガソーラーの予定地は甲子園球場の二十倍もの広さで、花崗岩の、もろい土質です。いま特に危惧しているのは、地盤改良剤が使われるのではないかということです。地盤改良剤を使ったために、化学反応が起きて六価クロムが発生している例が全国にはたくさんあります。六価クロムは有害で、発がん性の物質だと指摘されている危険なものです」

嘉夫はいつもの野太い声できり出し、穂水町のメガソーラーについていくつかの問題点をあげた。

「清水さん、ありがとうございます。ここで、会場のみなさんにご意見をお願いしたいと思います」

司会者の女性が言うと、六十代半ばに見えるかっぷくのいい男性が勢いよく手を上げた。

「私は、長年、ビルの立ち並ぶマンションで暮らしていましたが、退職を機会に、田舎暮らしを求めて穂水町へ引っ越してきました。引っ越してきたらすぐ近くにメガソーラーの計画があると知って自分の耳を疑いました。こんなはずじゃなかった、空気と水がきれいで自然がいっぱいだと聞いていたのにと裏ぎられた気がしました。ミズナラの立ち枯れも広がってきているので心配です」

男性が手振りを交えて意見を述べた。

窓側に近い中ほどの席にすわっていた女性が、耳の高さにそっと手を上げた。三十代の後半ぐらいだろう。髪を後ろでひとつに束ねている。

「ハッチョウトンボの季節になると、子どもと一緒によく見にいきます。ハッチョウトンボは森の小さな赤い妖精と呼ばれているそうですね。あの小さな赤い妖精を守ってほしいと思っています」

若い女性はそれだけを言ってすわった。

うなずきながら聞いていた晃が手を上げた。

「いま発言された方が言われたように、穂水町は自然の宝庫です。私の子どもや孫も、ハッチョウトンボを見たり、アケビや山ぐりを探したり、穂水町の山や川で走り回ったりして育ちました」

晃はきり出したあと、背すじを伸ばして続けた。

「東日本大震災で原発事故が起きたあと、未来を予測しても仕方がないという声をよく耳にしました。正直に言って、私もそんな気持ちになったことがあります。ですが、最近になって考え直しました。未来を語らない。これは、どういうことでしょうか。自分を見限ることではないでしょうか。これでは、次の世代に対してあまりにも無責任です」

そう言って、晃は軽く咳払いをしてから続けた。

「私は大いにこれからのことを語ろうと考えています。特にメガソーラーの現地で除草剤を使わないでほしいと要望します。自然環境の汚染は取り返しがつきません。未来世代のことを考えて、エネルギーを確保する道を模索したいのです」

晃は穏やかな口調で発言をしめくくった。

「ここで、商工会の村木副会長さんにぜひとも、ご発言をお願いしたいと思います」

司会者が指名すると、村木が立った。

「これからの商工会は観光に力を入れたいと思っています。その意味でも、自然破壊と災害は困ります。きょうはこの集会に、穂水町のメガソーラー建設に賛成の方は参加しておられないようですが、賛成の人も反対の人も災害は困る。その点では同じなのではないでしょうか。この共通の思いを軸にして町の発展を展望したいと考えています」

胸幅のある村木の声はよく響いた。

「村木さんは大切なことを言われたと思います。メガソーラーに賛成の人、反対の人がどう共通理解していくかということですね」

司会者が言って村木の方を見ると、村木は大きく二度うなずいた。

そのあと、数人の発言が続いた。何人かが穂水町で起きた水害のときの様子を語った。山林の倒木の放置を心配する発言もあった。

司会者が腕をくの字に曲げて腕時計を見た。

「時間が迫ってきましたね。ここで、メガソーラーの問題が全国的にどう進んでいるのかということについて清水さんにお聞きしたいと思います」

司会者が言うと、嘉夫が書類の束を手にして椅子から立ち上がった。

「まず、我が国の法律について説明します。いまの法律は自然保護よりも、開発を促進するのに都合よく決められています。もっと言えば、会社の利益を優先していて、住民の立場に立っていないのです。最近、信じられないような災害が各地で起きていますね。そのおおもとに、自然や人命を大切にしない儲け本位の考え方があると思います」

嘉夫は儲け本位という言葉を強調するかのようにゆっくりと言い、続けた。

「砂防法や森林法は開発ありきなので、メガソーラーの建設をとめたいという運動は大変困難です。ですが、ごく僅かながら、業者が開発をあきらめたケースもあるので、勇気づけられています。穂水町でも、専門家の方や弁護士さんの力を借りて、何としてもいまの場所へのメガソーラーの建設をストップさせたい、安全で適当な場所でのメガソーラーの建設を進めたいと考えています」

清水嘉夫が言うと、拍手が起こった。


夕飯の片づけをすませたあと、晃が本棚から鳥類図鑑をぬき取って椅子に腰を下ろした。

「冬鳥のウォッチングは穂水川沿いに決まったよ」

図鑑のページをめくりながら言った。

晃は抗がん剤治療のせいで足にむくみが出て、長時間は立てなくなっている。

「晃も行くの」

「バードウォッチングはゆっくり歩くので、行こうと思ってる」

「じゃあ、私も行こうかな」

「行くんだったら、受付をしてくれないか」

「受付ね、分かった。真由と壮太も誘おうか」

「それはいいな。いずみよりも役に立つかな」

晃は軽い口調で言った。そうかも知れない。真由は中学生、壮太は小学校の高学年、早いものだと思いながら、椅子を立った。

「どうした。きょうは言い返さないいな」

「そのとおりだと思って」

いずみは居間でテレビを見ている孫たちを誘った。真由は友だちの家に行くと言ったので、壮太だけが行くことになった。


バードウォッチングの日の朝、いずみは洗濯物を干しに外へ出た。干し終わったとき、軒下のコンクリートの上に黒い塊が落ちているのに気がついた。近づいて見ると、ヒヨドリだった。羽を力なく伸ばしてくちばしを開いている。

いずみは山茶花の木の傍にスコップで穴を掘って、ヒヨドリを土の中に埋めた。

盛り上がった土を見ているうちに、ふと雨宮藍のことが思い出された。

藍は小学生のとき、いずみが開いていた学習塾に通ってきていた。そのころ、ヒヨドリがカラスにおそわれ、庭に落ちて死んだことがあった。

藍はシャベルで穴を掘ってヒヨドリを埋めたあと、庭のユスラウメをほしがった。採っていいよ。いずみが答えると、藍は小さな手でつまんで採った。手のひらの上でルビーのように光っているユスラウメを、藍はヒヨドリの墓に供えた。そのあと、髪につけていた白いリボンをほどいて、ちょうちょう結びにしてユスラウメと並べて置いたのだった。

彼女とは連絡が途絶えたままになっている。隣町の自宅に何回か電話をかけたが、藍も父親も出なかった。藍のスマホにかけたが、番号が変わっていた。

洗濯物を干し終えてキッチンに入ると、晃が新聞をテーブルに広げて読んでいた。死んだヒヨドリを土に埋めたことを、何となく彼に言いそびれた。

晃が車を運転して壮太と三人でバードウォッチングの集合場所に向かって出発した。

「今朝、マイナス五度やったで。水槽がガチガチに凍ってたけど、中の魚はどうなるんやろ」

壮太が言った。いずみが後部座席を振り向くと壮太は心配そうな顔をしている。

「氷が溶けたら、泳ぎ出すよ」

ハンドルを握ったまま晃が答えると、壮太は安心したらしく笑顔になった。

穂水ホールの近くの広場に着くと、いずみは受付をした。ナップザックを背負った壮太が鳥の一覧表を参加者に配った。

四十八人の受付を終えていずみは空を見上げた。南の空には白い雲が浮かんでいて明るく、北の空は黒灰色の雲におおわれていて暗かった。

たいていの人がナップザックを背負っている。三十センチほどの長さの双眼鏡や、オペラグラスのような小さな双眼鏡を持っている人がいる。三脚つきの大きな双眼鏡を担いでいる人も四人いる。

清水嘉夫が近づいてきた。

「たくさん集まってもらってよかったな。新聞社が四紙もイベント欄で紹介してくれたし、〈太陽光発電について考える会〉からも参加してるようやな」

嘉夫は周りを見回して言った。

「智ちゃんは来ないの」

智子の姿を捜しながら、いずみは尋ねた。

「カミさんは、きょうは来ない。議員研修で介護施設の見学にいってるんや」

智子は相変わらず忙しいようだ。

「おはようございます。バードウォッチングにご参加の皆さん、集まってください」

晃が言うと、参加者が輪の形を作った。

「講師の藤野正利先生です。先生は環境生物研究会の会員で、鳥類班で活動しておられます。きょうは朝早く穂水町へ来て、下見をしてくださいました。先生、どうぞよろしくお願いします」

晃が紹介した。

杉田大介が携行用の折りたたみ椅子を片手で提げ、晃に近づいていって傍に置いた。晃は軽く一礼をして椅子に腰を下ろした。

藤野講師はプリントをはさんだバインダーを片手に持っている。痩せぎすで、長い白髪を肩まで伸ばしている。

「おはようございます」

藤野の声は風貌に比べて若わかしかった。

「バードウォッチングはチョウとカンに尽きます」

講師が言うと、壮太が首をかしげた。

「チョウは耳偏の聴くという字、カンは観察の観です。バードウォッチングとは聴くこと、観ることに徹することです。覚えていてください」

藤野は言ったが、まだ壮太は首をかしげている。いずみが聴と観という字を手帳にボールペンで書いて見せると、壮太はうなずいた。

「鳥を見たら、一番右の欄に印をつけてください。鳥の名前が分からないときは尋ねてください。きょうは三十種類のウォッチングが目標です」

藤野講師はよくとおる声で言った。

それは無理だろうという男の声がした。いずみも無理だと思った。朝から晩まで家にいても、せいぜい数種類ほどしか見ることはない。わずか二時間半ほどのウォッチングで、三十種類も見つけられるとは思えなかった。

けれども、講師は深いしわの刻まれた顔に微笑を浮かべている。日に焼けた細長い顔が余裕たっぷりにみえた。


「穂水町に何種類の鳥がいると思いますか」

藤野講師が参加者の顔を見回しながら聞いた。

二十種類とか、五十種類とか、参加者が答えた。

「僕たち鳥類班は、これまでに四季を通じて、何回も穂水町を訪れました。受付でこの一覧表を配ってもらいましたね。これは、僕たちが穂水町で確認した鳥の一覧表です。これまでに、僕たちは百五十種類の鳥を確認しています」

藤野が一覧表を顔の高さに上げて言ったので、いずみは驚いた。手もとの一覧表を見ると、鳥の名前、見た場所、年月日、時刻が漏れなく書いてある。

「双眼鏡は必ず首からかけてください。紐を短くしておくと、疲れが少なくてすみます」

講師が言ったので、いずみは小さい双眼鏡を首からかけて紐を調整した。

「さあ、聴と観ですよ。出発しましょう」

藤野講師がバインダーを頭上に高くかざした。痩せた手に深いしわが走っている。

土手沿いの道を歩いていった。ふたり並んでやっととおれるほどの細い道だ。杉田大介は携行用の折りたたみ椅子を片手で提げて歩いている。

手入れのゆき届いた畑には、霜のついたホウレン草や水菜の葉が朝陽を受けてきらめいている。千種の沈み橋にかかると、急に川音が高まった。

「鳴いてる、鳴いてる」

緑色の野球帽をかぶった男性が快活な声で言って、川辺の柳の木を指差した。数メートルほど伸びた木の方から、イカルの鳴き声が聞こえてきた。姿は見えないが、おおらかな鳴き声だ。

その長身の男性が三脚を立て、大きな双眼鏡のピントを合わせた。

「どうぞ、見てください。イカルが柳の木の真ん中より少し上の枝にとまっています」

野球帽の男性が片手で手招きして言った。

並んで待っていると、いずみの番になった。木の茂みの間にイカルが見える。くちばしは黄色、頭と尾は黒、羽の中辺りは鮮やかなブルーだ。

「イカルの鳴き声はコキコキィと図鑑などに書かれていますが、お菊、二十四、お菊、まだかと昔の人はなぞらえたそうですよ」

講師が説明した。婚期という女性を縛る名残の言葉にたとえられたのだ。鳥の鳴き声は、時代や聴く人によって多様な言葉に翻訳されてきたのだろう。

講師の説明に、野球帽の男性がうなずいている。彼は小柄な藤野講師よりも頭ひとつ分背が高い。

沈み橋を渡る間、車は一台もとおらなかった。橋を渡りきり、千種の人家を遠くに見ながら川沿いに歩いた。

ヒヨドリが赤い椿の花の蜜を吸っている。

「あ、ヒヨドリ」

いずみは知らせ、晃とその様子に見入った。

「雨宮さんがヒヨドリの墓を作ったことがあったなあ。いま、どこで、何をしてるのかなあ。元気でいてくれるといいけどなあ」

彼はそう言って、昔の教え子を案じる目をした。

壮太がいずみの少し前を歩いている。片手に小さな鳥類図鑑を持ち、首に小型の双眼鏡をかけている。彼が急に立ちどまった。鳥類図鑑と、土手の傾斜地の桜の若木とを交互に見比べている。

「何がいるの」

藤野講師が白髪の頭を壮太に向けた。

「ルリビタキの雄です」

壮太は自信ありげな口調で答えた。小鳥は葉を落とした桜の枝にとまっていた。頭から尾にかけて光沢のあるルリ色、のどは白く、脇はだいだい色をしている。

「よく見つけたね」

講師にほめられて壮太ははにかみ、ひたいの前髪を片手でさっとかき上げた。

しばらく歩くと人家が途ぎれ、道沿いに見上げるような高い杉の木が並んでいるところに出た。木立の間から穂水川が光って見える。

向こう岸の辺りに水鳥がいる。砂地を歩いている鳥もいれば、水に浮かんでいる鳥もいる。百羽いるかな、二百羽いるかなという声がする。

「ヤバッ、たくさん過ぎて数えきれない」

壮太が目を見張って叫んだ。

杉田大介が携行用の折り畳み椅子を置いた。晃が軽く頭を下げて椅子にすわった。

「どうして、こんなに集まってるんですか」

壮太が藤野講師に聞いた。

「安全で餌が多いって鳥はちゃんと知ってる。生きぬくための直感だろうな」

その答えに、壮太は納得した顔でうなずいた。

「ヒドリガモ、コガモ、小サギ、カイツブリ」

壮太は鳥類図鑑をめくっては確かめている。

鳥たちは首を動かしたり、くちばしを広げたり、尾を振り立てたりしている。足の長いイソシギが川辺を進んでいく。リズミカルに足を運ぶ様子は、歩くことを楽しんでいるように見える。

たくさんの人が携帯電話やタブレットを前方につき出して唇を少し開いて、視線を一点にとめて写真や動画を撮っている。

「出発します」

晃が大声で知らせた。

水鳥が群れている場所を離れて、千種の人家と畑の間の一本道を歩いていった。

大きな柿の木のある家の前まできたとき、清水嘉夫が立ちどまった。彼はじっと山の方角を見ている。山には雲がかかっている。黒灰色の雲だ。

「オオタカだ」

嘉夫が野太い声で叫ぶと、同じ方を見つめていた藤野講師がうなずいた。

「オオタカですね。よく見つけましたね」

藤野講師は言った。もしかしたら、すでに見つけていたのに、発見者を譲ったのかも知れない。

「聴と観に徹していましたから」

嘉夫は幅の広い胸を心持ちそらした。

いずみは目をこらしたが、いくら見ても、オオタカを見つけることはできなかった。

「どこにいますか」

「雲の、少し上ですよ」

藤野講師は空から目を離さずに答えた。

いずみは縁のぼやけた黒灰色の雲に沿って視線を移していき、やっと茶色っぽい鳥の姿をとらえた。

人が次つぎに集まってきて、山の方角に自分の持っている小型の双眼鏡を向けている。

三脚が立ち、ピントが合わせられ、四台の大きな双眼鏡が並んだ。四列に並んで行列して順番にオオタカを見た。

「オオタカは絶滅危惧種です。オオタカの巣と生息が確認されたために、開発計画が一時ストップしたところもあります。それほど、貴重な鳥です」

藤野講師は説明した。

「絶滅危惧種になったのは、人間のせいかな」

壮太が小声で言った。その言葉を反芻しながら、もう一度いずみは遥か遠くのオオタカに目をこらした。雲が太陽をさえぎりオオタカの姿は影のように頼りなく、はかなく見えた。

絶滅危惧種という言葉が胸に刺さった。命には限りがある。命を絶滅へ追いやろうとする力がある。オオタカは、自分たちが絶滅危惧種だということを知らないだろう。そう思った瞬間、生きいきとしていた周りの景色が反転した。空や樹や川が不気味な色を濃くして胸を圧迫した。

いずみはかすかに首を横に振って、胸に兆してくる不穏なものを払いのけようとした。

「いずみ、どうした、深刻な顔をして」

晃が話しかけてきた。

いずみは少し考えてから言葉を選んで答えた。

「オオタカを見てると、私は迷いが多くて、こせこせしてるなあって、そんなふうに思えてきて」

しばらくの間、晃とふたりで黙って北の空に舞うオオタカを見上げていた。

雲が動いて、太陽の光線が空に満ちた。影のように見えていたオオタカに陽が当たって、ゆうゆうと羽を広げている姿がくっきりと見えた。その大らかな飛翔は絶滅危惧種という言葉を退《しりぞ》けているかのようだった。

穂水川に沿って町道を歩き、橋を渡って歩き続けた。バードウォッチングもそろそろ終わりだ。

「藤野先生、見てもらえませんか」

晃が藤野講師を呼んで、遠くの山林を指差した。指先の遥か遠くに杉の木が林立し、古びた鉄塔が立っている。塔の中ほどに茶色い鳥がとまっていた。

「ノスリがいましたよ」

藤野講師がよく響く声で知らせると、大きな双眼鏡が四台並べられ、その前に行列ができた。

順番になったので、いずみは双眼鏡のレンズを覗いた。ノスリは横向きになり、尖った爪で鉄塔をつかみ、前方を睨んでいる。その眼光が鋭かった。静止しているノスリの全身にすさまじいばかりの気迫がみなぎっている。いずみはノスリの生きる意思を感じた。そのとき、ふいにノスリがくちばしを動かした。

「ノスリは獲物を見つけると低空飛翔して急降下します。曲がった黒いくちばしで、ネズミやヘビをぐっとつかみます」

藤野講師の説明する声が聞こえた。

「ノスリには風格があるなあ。おどおどするのをやめよう。見ていると、そんな気になるなあ」

晃がつぶやいた。

歩く速さや立ちどまる場所がそれぞれに違うせいで、いつの間にか長い列になったが、それでも出発点の広場に全員が揃った。

藤野講師と晃が目を合わせてうなずき合った。

「閉会式をしますので、集まってください。みなさん、お疲れさまでした。藤野先生、まとめをお願いします」

晃が大声で参加者に知らせた。

杉田大介が携行用の椅子を晃の傍に置いた。晃は頭を下げて椅子に腰を下ろした。

藤野講師は参加者を見回した。

「用意はいいですか。きょう、ウォッチングした鳥をチェックします」

藤野講師が順番に鳥の名前を読み上げていく。

「合わせて四十八種類ですね。目標の三十種類を超えましたね」

拍手と歓声が起きた。いずみも手をたたいた。手のひらが熱くなった。

帰宅して車から降りると、お母さん、お母さんと言いながら、壮太は家の中に駆けこんだ。

いずみは晃とゆっくり玄関の前まで歩いた。

裏の林でイカルが鳴いた。何をしたいの、何をしたいのと問いかけてくる。いつもの聞き慣れた鳴き声だ。家で聴くイカルの声は優しかった。


バードウォッチングの翌日の午後、晃は〈憲法を知る会〉の事務局会議へ出かけた。

いずみはエッセイの〈カワセミと太陽光発電〉を書くために集めておいた本や資料を読んだ。

電話が鳴った。

「大原先生」

「雨宮さん、雨宮藍さんね」

思わず叫んだ。

「大原先生たちがおふたりで家まで来てくださったのに、これまで連絡をしないで、きょうになってしまいました。こんなに遅くなってしまって」

「いいのよ。雨宮さん、声を聞かせてくれて、ほんとうにありがとう」

胸が詰まって、いずみは受話器を握りしめた。

「お手紙もいただいてたのに、返事も書かないで」

「お宅に伺ったときに、藍さんは神戸の叔母さんのところだとお父さんに聞いて、それで、藍さんの弟さんの家の事情や、長い間、お母さんがお留守だということなんかも話してくださってね」

藍の異母きょうだいの弟は独立して一家をなしていたが、妻が幼い子を残して家出をしたので、藍の義母が子どもの世話をしていると聞いた。

「最近、父は酒浸りで、パチンコにはまっているようなんです。私の家族はバラバラなんです。もともと、ずっと長い間、バラバラだったんです」

藍の、投げやりで乾いた口調が痛いたしかった。

小さいころから藍は暴力を受けていた。父親に殴られ、弟に蹴られていた。藍はずっと心の傷を引きずっているのではないだろうか。

「雨宮さんは、お父さんや弟さんのことをどんなふうに思ってるの」

「私ね、小さいころから父に認めてほしくて、勉強やピアノの練習をがんばりました。でも、どんなにがんばっても、認めてもらえませんでした。私はだめな子だ、悪い子だ、親不孝だとずっと自分を責めていました」

藍はきれぎれに言った。

彼女は小学生のころ、いずみが開いていた学習塾に来ていた。ときどき暗い目をしていたのに、父親と弟の暴力にいずみは気づけなかった。

「雨宮さん、あなたのことを何にも分かってあげられなくて」

いずみは小声で言った。

「そんなことはありません。私は家族には恵まれなかったけど、いい人たちと出会えたと思います。塾に行くのは楽しかった」

藍はいずみをいたわるように言った。

「それに、中学生のときは、大原先生に担任してもらいました」

懐かしそうな声で言って、そのころのことを思い出したのか、藍は黙った。もう十数年近く前のことになるのだといずみも当時のことに思いを馳せた。

藍が家出をしたとき、晃は奈良や大阪の繁華街を捜し回った。帰宅した彼の血相は変わっていた。

藍の生い立ちと、自分の過去とを重ね合わせていずみは考えずにはいられなかった。

大きくなったら父に会えると幼な心にいずみは信じていた。父の死を知らされたとき、それを隠していた祖母に怒りを向けた。いずみは家を飛び出し、追ってきた祖母を穂水駅のプラットホームでつき飛ばしたのだった。あっけなく転げた祖母の指に血がにじんでいた。あのときのことは、いまも、まざまざと甦ってくる。

藍は、母に会いたいと思い立って無性にいてもたってもいられない気持ちになってつき進んだのではないだろうか。そうせずにはいられなかったのに違いない。しかし、ずっと会えなかった。

ふいに藍が沈黙を破った。

「先生、私ね、母に会えたんです」

「会えたのね」

藍は再会を果たしたのだ。

「はい、二十五年ぶりに会いました。叔母のおかげです。でも、母の顔を見たとたんに、わけが分からなくなってしまって、気がついたときには、母に詰め寄ってしまって。黙ってばかりいないで、何か言うことがあるでしょうと叫んでいて、ほかにも、ひどいことをいっぱい言ってしまって。母は黙って、うなだれて泣いていました」

藍はしぼり出すように言った。四歳のときに別れた実の母親への思慕の深さが激しい言葉となったのではないだろうか。思いのたけを母親にぶつけずにはいられなかったのではないだろうか。

娘に罵倒《ばとう》されている母親と、言葉をぶつけている藍の姿をいずみは想像した。

「叔母は見かねたんでしょうね。藍ちゃん、お母さんはね、小学校の運動会のとき、そっと見にいってたんだよと言ったんです」

母親は会いたい、ひと目だけでも我が子を見たいという気持ちを抑えられなかったのだろう。

「どうして声をかけてくれなかったのと私はきり返しました。そのとき、それまで黙っていた母がつぶやきました。会いたいときには会っておくもんやなあ。いまごろになって気がついても、遅いなあ。そう言って母は泣いていました。それでも、私は母を許すことができなかったんです。いくらののしっても、恨みは消えませんでした」

おそらく藍の過去の疵《きず》はまだ癒えていない。その辛さが、これでもか、これでもかと母親を責めさせたのではないだろうか。

「それからしばらくして母は入院しました。私のせいです。大原先生、私のせいですよね」

彼女は声を落とした。

「雨宮さん、責めることは、自分もずたずたに傷つくことなのかも知れないなあ」

いずみは声を湿らせた。

藍はこらえきれないように声を震わせて泣いた。身をよじるような彼女の気持ちがひしひしと伝わってきて、いずみの胸はしめつけられた。

彼女の嗚咽《おえつ》は続いた。

「お母さんのことは時間をかけてゆっくりね」

いずみは涙声になって声をかけた。

「雨宮さん、お母さんとは、ゆっくりね」

もう一度、いずみはささやいた。

「はい」

鼻をすすり上げて彼女は答えた。

「先生、私ね、こちらで親身になって相談できる人と出会ったんです」

声にまだ涙が含まれていたが、彼女がはっきりした声で言った。

「雨宮さん、いい人と出会えたんや」

いずみはつぶやいたあと、聞いた。

「どんな人なの」

「仕事の関係で知り合った女の人で、大原先生と同じぐらいの年齢で、その方面のことに詳しい人です。長い時間をかけて、その人に何もかも話して、本を読んだり、自分の考えをまとめたりして」

藍は頼れる人と出会ったのだ。

「それで、最近になって、父にも、義母にも、弟にも、もう、会わないことに決めたんです。ここに辿り着くまでに、長い年月がかかりました」

たんたんとした藍の口調が揺るがない決意を伝えていた。藍は過去と決別しようとしているのだろう。たやすい道とは思えない。険しい道かも知れない。

「雨宮さん、いま、どこにいるの」

いずみが尋ねると、彼女は東北地方のある町にいると答えた。

「来ないかと前から大学時代の友人に誘われてたんです。彼女は東北出身なんです。でも、なかなか決められなくて。家族と距離を置くことに決めて、やっと決心がつきました」

「そうだったの」

東北の町で何をして暮らしているのだろうといずみは気になった。

「雨宮さん、いま、仕事をしてるの」

「はい。私ね、外国の方や子どもたちに日本語を教えてるんですよ」

「大切な仕事をしてるんや」

「やりがいを感じています」

藍の言葉が胸に沁みた。藍は学校の先生になりたがっていて、望みどおりに教員になった。若くてひたむきな教員になったけれども、藍の抱えていた荷は重過ぎたのだろう。心を病んで数年で辞職に追いこまれたのだった。

「中学校の卒業式の日に、大原先生から、みんな手紙をもらったんですよ」

藍が思い出したように言った。そういえば、卒業式のころになると、晃はよく机に向かって書き物をしていた。ほとんど徹夜に近い日を送っていた。

「私宛ての手紙の終わりに、貧しい少年時代を過ごしたこと、貧しかったために妹が病気で死んだことが書いてありました。書いてあった言葉を覚えています。僕は妹の分も生きる。友だちを大切にして、学び続けていきたい、そう書いてありました」

藍は再出発しようとしている。彼女なら、回り道をしたことや、辛かったことを生かして、外国の人や子どもたちに寄り添える気がする。

彼女は生き直しているのかも知れないと、いずみは思った。

いずみにはもうひとつ藍のことで気になっていることがあった。鹿寄高原でのロックフェスティバルのとき藍は恋人と参加していた。幸せそうなふたりの姿がいずみの目に焼きついている。

聞こうか、どうしようかとためらったが、思いきって聞いた。

「雨宮さん、自衛官の彼とはどうなの」

「私は浅はかだったんですね」

いずみの問いに、藍はぽつんとつぶやいた。

「私ね、彼が海外に派兵されることを考えただけで恐ろしくて、身震いがして、すぐに自衛官を辞めてって会うたびに彼を責めたんです」

藍は言いつのらずにはいられなかったのだろう。四歳のときに、実母と別れたことが藍の心に消し難い喪失感を残していたために、つき進まずにはいられなかったのではないだろうか。

「自衛官という彼の立場をもっと考えればよかったのに、そうしようとしても、きつい言葉が口から出てしまって。いまになって考えると、彼は私よりもずっと苦しんでいたのかも知れません」

語尾が悲しげに震えている。

「雨宮さん、彼と連絡はとれてるの」

「いいえ、もう二度と会えないかも知れない、そう思うと、連絡するのが怖いんです」

「雨宮さん、勇気を出して確かめた方がいいわ」

「その勇気がないんです」

藍は消え入るような声で言った。

電話のあと、いずみはもの思いに沈んだ。

暴力は家族の中で一番優しい心の人に向かうという。藍は確かに優しかった。彼女がヒヨドリの墓の前に置いた真っ白なちょうちょう結びのリボンが甦ってくる。

玄関の戸を開ける音がした。〈憲法を知る会〉の事務局会議に行っていた晃が帰ってきたようだ。

「ただいま」

彼はそう言いながら、居間のドアを開けて入ってきて椅子にすわった。

いずみは雨宮藍から電話があったことを伝えた。

「雨宮さんは、初めて安心して甘えられる人と出会ったのに、その人が自衛官だったために、別れなければならなかったなんてね」

いずみは晃に言い、愛を育むのは容易なことではないとつくづく思い、ため息をついた。

ふいにオオタカの姿が脳裡に甦った。黒灰色の空を飛翔していた孤独な鳥影。絶滅を危ぶまれている鳥のはかなさが胸に迫ってくる。オオタカの鳥影は、人が心を通い合わせられなくなった現実を反映しているのだろうか。

メールの着信音が鳴った。雨宮藍からだった。

——大原先生、電話のあとも大原先生の言葉がいつまでも胸に残って消えませんでした。先生は私に、勇気を出して確かめてと言われました。

でも、私は怖かったのです。彼が、海外に派兵されているかどうかを知るのが怖かったのです。どうしようと迷いました。でも、勇気をふりしぼって、彼にメールを送りました。

彼はまだ日本にいました。そのことにほっとしました。思いきって連絡してよかったと思いました。

そのあと、私とは距離を置いて考えたいというメールが彼から届きました。距離を置いて考えたいという言葉が寂しくてなりません。距離を置いて考えたいという言葉は全否定でしょうか。そうではありませんようにとすがる思いです。

会えないのは辛い。でも、彼は生きています。

私はそのことを支えにして生きていきます。

来週、神戸の母親に会いにいきます——

いずみは藍から送られてきたメールを読んだあと、晃に見せた。

「担任していたとき、僕は、雨宮さんが暴力を受けていたことに気づけなかった。ほんとうにすまないことをした。けど、雨宮さんは生き直そうとしてるんやな」

晃はつぶやいて目を伏せて口をつぐみ、いずみも沈黙した。晃が沈黙を破った。

「僕も負けてはいられない」

低い声が固い意思を伝えていた。

十二　上弦の月

二月になって、インフルエンザが流行し始めた。抗がん剤治療をしている晃にとって感染症は恐ろしい。うがいと手洗いを自分たち夫婦だけでなく、いずみは孫たちにも徹底させることにした。

賑やかな足音がして、孫たちがキッチンに入ってきた。早速、いずみがうがいと手洗いのチェックをしようとすると、壮太は分かっているという顔をして唇の両角を上げた。

「うがいと手洗いは、バッチリやで。腹ペコや。いただきます」

いずみが聞くより早く壮太は言い、椅子にすわっておでんの鍋に箸を伸ばした。

黙々と食べていた壮太が、しばらくして大きな息をはいた。ちくわをはさんで皿の上に置くと、箸を休めて真向かいの晃の頭をじっと見た。

「小さいころ、おじいちゃんは丸坊主だったたって言ってたなあ」

「そうやで、中学生のときも丸坊主にしてたで。頭を洗うのが簡単だし、ドライヤーもいらないし、いいもんやで。ずっと丸坊主にしたかったけど、おばあちゃんの反対でできなかったんや」

「じゃあ、髪の毛が少し薄くなったけど、おじいちゃんは百パーセント気にしてないな」

「そのとおりやで。そのうちに、自然に丸坊主になれるかもなあ」

晃と壮太のやり取りを黙って聞いていた真由が口をはさんだ。

「私も、おばあちゃんと同じで、おじいちゃんに坊主頭は似合わないと思うわ。そうや、帽子を買ってもらえばいいわ。帽子っておしゃれで楽しいで」

「いらないで」

晃は気乗りしないという顔をして顔をしかめた。

「絶対に買ってもらいや。髪の毛が薄いと上から物が落ちてきたとき、危ないで」

真由が念を押すと、晃は苦笑した。

電話が鳴った。幼なじみの清水智子からだった。

来週、〈そこが知りたい　共産党〉という集いをするので、ぜひ参加してほしいという。前にも誘われたが、そのときは親戚の見舞いと時間がかち合ったために参加できなかった。

晃と相談して折り返し電話をすると答えて、いずみは電話をきった。

「いずみ、今度こそ、参加しような。聞きたいことがあるんや」

晃が言ったので、いずみは智子に電話をかけた。

「ふたりで参加させてもらうわ」

「ああ、よかった。そのときに持ってきてほしいものがあるんやわ」

智子は声をはずませ、二冊の冊子の名前を言った。『激動の時代に歴史をつくる生き方を』、『みんなで学ぶ党規約』だ。以前、綱領と一緒に智子から手渡されたもので、晃もいずみもすでに読んだ。

朝早く、常磐木病院へ向かった。

運転席の晃を見ると、張りきった顔をしている。

「最近、いい感じじゃなあ。腫瘍マーカーも白血球数もいい線をいってる。宮本先生と会うのが楽しみやなあ」

晃はエンジンをかけながら言った。まるで旅行に出かけるときのような口振りだ。このまま何ごともなく、がんとともに暮らす日が続いていく気がしてくる。

晃は検査室に近い駐車場に車をつけた。

「私は帽子を買いにいくわ。そのあと、そうやな、放射線科の前で待ち合わせようか」

「分かった」

晃と病院の駐車場で別れて、葉を落としたスズカケの並木道を歩いて駅前の商店街へ向かった。

間もなく、駅前のアーケード街に着いた。間口《まぐち》の狭い店が並んでいる。沖縄のピーナッツやラッキョウなどを売っている店もある。特別売り出しの商品を盛ったワゴンを店頭に置いている店もある。

シャッターの下りている店はなかった。そういえば、何故か常磐木市には大型店が一軒もない。

十分ほどアーケードの下を歩いて引き返した。本屋で時間を過ごしたあと、洋品店に入って、たくさんある中からグレーのハンチングを手に取ったとき、携帯電話が鳴った。

「大原晃さんの奥さんですね」

「そうです」

知らない女性の声をいぶかりながら答えた。常磐木病院の検査室の看護師だと彼女は言った。

「すぐに検査室へ来てください」

看護師の言葉を聞いて、帽子を買わずに店を飛び出して走った。荒い息をしながら検査室のドアをノックすると、看護師がいずみを招き入れた。

晃は車椅子にすわっていた。顔色は悪くない。傍に胸幅の広い男の医師が立っている。

「血栓が見つかったんです」

白衣を着た医師が低い声で説明した。

「腹腔外科部長の宮本先生に連絡しておきました。これから、外来棟へ行って診察を受けてください」

晃はうなずき、車椅子から下りようとした。

「そのままで」

放射線科の医師は首を横に振った。

晃はこれまでに見せたことのない不満そうな顔つきで言い返した。

「歩けます。外来棟までほんの五十メートルほどしかありませんよ」

「だめです。血栓があるんです」

白衣の医師は険しい表情をして、低い声でかぶせるように言った。晃は唇をかんで黙った。

看護師が車椅子を押した。玄関のドアの外へ出ると、シャトルバスが待っていた。晃は車椅子ごとバスに乗せられ、いずみは看護師の指示した席にすわった。

「息苦しくないですか」

バスが出発したとき、看護師が晃の顔をのぞきこんで言った。

「どうもありません」

晃ははねつけるように答えた。

「先生の検査で、血栓が見つかったんですよ」

看護師が医師の腕前を誇るかのように言うと、晃は眉間にしわを寄せ、珍しくふきげんな顔をした。困惑しているようにも見えた。

シャトルバスが外来棟前に横づけになった。玄関前に顔見知りの看護師が待っていて、車椅子の晃を引き継いだ。

縦に長い診察室に入ると、体格のいい腹腔外科部長の宮本英俊が椅子にすわっていた。

宮本医師はうなずいてから、太く長い指でパソコンの画面を指差した。

「血栓は左腕、右足、左の首辺りと肺の近くにあります。肺の血栓は枝分かれした部分にあります。血栓が肺と頭に飛ぶのを抑えなければなりません」

宮本医師が説明すると、晃はやっと納得したという顔をした。

「ワーファリンの点滴をします。血液をさらさらにする薬です。入院してください」

宮本医師が申し訳なさそうに言うと、晃はうなずいて観念した顔をした。


病室に入ると、ベッドの上に薄い水色の患者服が置いてあった。晃が患者服に着替えるのを待って、ワーファリンの点滴が始まった。いつもの袋状の点滴とは違い、注射器の筒を太くしたような容器に入っていて、二十四時間きっかりで終了するという。

主治医の今村章子が入ってきた。

「大原さん、びっくりしたでしょう」

若い今村医師のきれ長の目が優しかった。

「調子がいいと思ったのになあ。食事にも、運動にも、気をつけてたのになあ」

晃は口惜しそうに下唇をかんだ。

「気をつけてても、いろんなことが起きますよ」

今村医師はひと息おいて言葉を続けた。

「様子を見ながらしだいに普通の点滴へ移行します。そのあと、飲み薬に変えていきますね」

いずみは主治医と晃のやり取りを黙って聞いていたが、どうしても腑に落ちなかった。晃は筋肉質で敏捷《びんしょう》だ。食事にも気をつけてきた。これまで血流がよく、血栓症とは無縁だった。ためらったが、やはり聞かずにはいられなかった。

「どうして、血栓症になったのでしょうか」

「よく分からないんですよ」

少し間を置いて、医師は答えた。

「抗がん剤の影響はありませんか」

いずみは重ねて問いかけた。

「そうですね。ある種の抗がん剤の副作用も否定はできません」

彼女の言葉に、目の前を黒い布でさっとおおわれたような気がした。

「これから、どうなるんでしょうか」

「次回からはその抗がん剤を省くかも知れません」

彼女は慎重な口振りで答えた。

いまの抗がん剤の組み合わせでがんが安定していたとすれば、一種類でもぬいたら効果は減るだろう。大きくつまずいた気がした。

「足のむくみはどうですか」

今村医師が尋ねた。

晃は足もとに手を伸ばしかけたが、かがみにくそうに見えた。いずみは傍に寄って患者服のズボンの裾をたくし上げた。紫色がかってまだら模様になった晃のむくんだ太ももと脛《すね》が現れた。

医師は黙って前かがみになり、つと手を伸ばして晃の足をさすった。すべすべとした彼女の手から優しさが流れ出ているように感じられた。

間もなく、今村医師は病室を出ていった。

晃を見ると、ベッドの上で上半身を起こして新聞を読んでいる。放射線科では不満そうだったが、どうやら平静さを取り戻したようだ。

いずみも気持ちをきり換えなければならない。

入院することになったので、さし当たってしなければならないことがある。患者の車は一日しか駐車場に置くことはできないので、晃が運転してきた車を何とかしなければならない。息子夫婦に電話をかけたが、両方ともつながらなかった。

思いあまって、清水洋品店に電話をかけた。

「分かった」

清水嘉夫の声が耳もとで温かく響いた。

「常磐木病院は隅から隅まで分かってる。長い間、おふくろが入院してたんで、常磐木病院はうちの庭みたいなものや。誰かもうひとり頼んで、帰りはそっちの車も運転して帰るで」

「助かります。お願いします」

「困ったときはお互いさんや」

間もなく、嘉夫から折り返しの電話がかかった。

「カミさんと迎えにいくで」

智子が来てくれる。そのことがいずみの気持ちを落ち着かせた。

太陽が西の山に沈みかけたとき、清水夫妻が病室に入ってきた。

「お世話になります」

いずみは礼を言い、ふたりに椅子を勧めた。

「すまないなあ。それに、せっかく誘ってもらってたのに、また共産党の集いに出られないないなあ」

晃は頭を下げた。

「なあに、これから何回もするで。そう言えば、前、共産党には自由がないって言ってたらしいな」

「いや、それはもう解決ずみや。『みんなで学ぶ党規約』を読んだら、そんなことはなさそうだと分かった。個人の考えを大切にする、とことん話し合う、共産党は民主主義に徹してるって分かったで」

「そうか」

嘉夫は二度うなずいた。

「だけど、まだ、引っかかっていることがある」

「何や」

「資本主義から離脱したいくつかの国で社会主義をめざして新しい探求がされている。そんなことが綱領に書いてあるけど、ほんとうにそうかなあ」

晃が言うと、嘉夫は考え深そうな目の色になり、日に焼けた片手をひたいに当てた。

「実は、わしも同じことを思ってるんや。当たり前のことやけど、世の中はどんどん変わる。で、これまでも、共産党は何回か綱領を変えてきた。今後、そこは変わるんじゃないかとわしは思ってる」

嘉夫が言ったとき、智子がふっくらした手を左右に振って口早にいった。

「その話は退院してからにしような。とにかく、いまは治療に専念してよ」

「そうやな、血栓症を治すのが先やな」

　嘉夫も言った。

「忙しいのに、すまないな。さあ、暗くならないうちに出てくれ。いずみ、こっちはだいじょうぶや。あしたは来なくていいで」

　晃が急かせると、嘉夫はうなずいた。

「分かった。じゃあな」

「お大事にね」

　嘉夫と智子が椅子を立って出口の方へ向かったので、いずみはあわててかばんを手に取ってあとを追った。エレベーターの前で、智子がいずみの両肩にそっと手を置いた。

「大変やったなあ」

　智子はそう言って、いずみの肩をもんだ。ふっくらとしたやわらかい手だ。

「こんな大変なときに、晃さんの方から共産党の話をするとはなあ。びっくりしたわ」

　智子はしんみりした口調で言ったが、こんなときだからこそ晃は言ったのだろうといずみは思った。

　入院棟を出て、駐車場に向かった。

「私も引っかかっていることがあるんやわ。党の歴史を読むと、命がけで社会進歩のために尽くした人のことが書いてあるやろ。私にはできそうにない。ハードルが高いわ」

　歩きながらいずみが言うと、嘉夫がうなずいた。

「戦前は非合法やったけど、いまは合法やで。それに、わしらには何といっても、強い味方がある」

「強い味方って」

「新しい憲法や。それでも、ぼうっとしてたら、一パーセントの金持ちのための都合のいい世の中にされてしまう。九九パーセントの国民が主人公の国にするために、たくさんの仲間の力が必要なんや」

　嘉夫といずみのやり取りを聞いていた智子がふっくらした頬に笑みを浮かべた。

「自分にできることをしたらいいんやで」

　智子はやわらかい口調で言った。

　夜、いずみは入院に必要なものを詰め、旅行かばんと大きな紙袋をふたつずつ玄関に並べた。

朝、憲が旅行かばんと紙袋を車の後部座席に積みこんでくれた。

「ありがとう。すまないわね」

そう言いながら、いずみは助手席にすわった。

憲は出勤時刻に遅れることになるが、息子をがんで亡くしている店のオーナーは寛大らしかった。

「身近でがんになる人が増えてるなあ。何しろ、ふたりにひとりはがんになる時代やからな」

憲はしんみりした口調で言った。横顔が引きしまって見えた。

「最近、真由と壮太はどうなの」

「よく、けんかをしてるなあ」

「子どもたちに夫婦の問題を話したの」

「まだ」

まだという言葉に、いずみはほっと息をついた。

「由衣子とどうなの」

「どうって」

憲は前方を見つめたまま、それ以上は答えなかった。いずみは憲の横顔をじっと見た。いくら見ても、その表情からは何もよみとれなかった。かすかに煙草の匂いがして、いずみを苛立たせた。

これは息子夫婦の問題なのだ、立ち入り過ぎてはいけない。そう思いながらも、もやもやしてくる気持ちを抑えられなかった。

「何とか、ならないの」

つい声を尖らせたが、彼はいずみの問いに答えなかった。会話はそれきり途絶えた。

四つの大きなかばんや紙袋を手分けして提げて病院内に入った。入院棟のエレベーターを待っているとき、憲が唐突に口を開いた。

「お父さんの血栓症は僕たちのせいか」

心配しているようにも投げやりになっているようにも聞こえた。

「お父さんは、人のせいにはしないわ」

いずみはそくざに否定したあと、つけ加えた。

「お父さんね、樹林の間をくねる細道って、あなたが作った曲を口ずさんでることがあるわ」

憲は病室の入り口で、Vの字にした片手をさっと上げた。ベッドの上で半身を起こしていた晃が、片手を上げてこたえた。

「出勤前に、すまなかったな」

「お父さん、これ」

憲がベッドに近づいて紙袋を差し出した。何だろうという顔で晃は首をかしげて受け取った。紙袋の中には黒い毛糸の帽子が入っていた。

憲は晃と短い言葉を交わしたあと、出勤するために足早に病室を出ていった。

いずみはかばんの中から新聞を取り出して、晃に渡した。彼はすぐに新聞を広げて読み始めた。

「きのう、帰りの車の中でね、びっくりしたって智ちゃんが言ってたわ。こんなときに、入党の話を持ち出すとは思わなかったって」

いずみが言うと、晃は窓の方へ目を向けた。その視線を追うと、山なみの稜線がくっきりと見えた。

「智ちゃんにもらったCDをかけて」

晃は山なみの方を見つめたままで言った。

CDをかけると、佐藤圭子の澄んだ声が病室に流れた。小林多喜二や、伊藤千代子や、三木清など、平和と未来のために命をかけた人たちへのレクイエムだ。

この人たちのように新しい社会を目指して真っすぐに進むことができるだろうかといずみは自問した。心細かった。自分にできることをしたらいいんやでという智子の声がよぎった。

土曜日、憲は消防団の会議に出かけた。

由衣子が子どもたちを連れて晃を見舞うというので、いずみは乗せてもらうことにした。

真由と壮太はうしろの座席にすわってイヤホンで音楽を聴いている。

「由衣子、最近、職場はどうなの」

「相変わらず人手不足で、土曜日や日曜日も出勤することが多くて。それに、最近、退職した人がいるんですけど、年度の途中なので、補充がされないので、みんな、いっぱいいっぱいです。で、いつも帰りが遅くなってしまって」

「大変やなあ」

「憲は消防の訓練があって、ふたりとも相変わらず追われてて、ゆっくり話す時間がなくて」

道路を右に折れたあと、由衣子はハンドルを戻しながら答えた。

夫婦の仲について由衣子にじかに聞きたいと思って、いずみはうしろの座席を振り返った。孫はふたりとも音楽を聴いていて指先で軽くリズムをとっていた。やはり、聞くわけにはいかなかった。

入院棟の七階でエレベーターを出た。

「先に行っててください」

由衣子は言って、デイルームの端にある電話室に入っていった。

いずみがふたりの孫と病室に入ると、晃はベッドを起こして上体を預けていた。顔色はよかった。

壮太が紙袋から松ぼっくりを出して晃に渡した。こぶしぐらいの大きさがあった。

「ありがとう」

晃は松ぼっくりを手のひらに載せ、目を細めた。

「おじいちゃん、はい」

真由が葉書大の写真を晃に手渡した。裏山の真ん中辺りにあるトウカエデの木が写っていて、黄葉が夕陽をあびて黄金色に輝いている。

「あの、トウカエデの木やな」

どの木か、晃にはすぐに分かったようだ。彼は写真に見入った。

少し遅れて、由衣子が細い手をすっと上げ、病室に入ってきた。しぐさが憲と同じだ。夫婦間はぎくしゃくしているのに、同じしぐさをする。

「由衣子、すまないな」

晃が声をかけた。

「売店で、ティッシュペーパーを買ってくるわ」

いずみは声をかけて病室を出た。背後で足音がしたので振り返ると、真由と壮太がついてきていた。

「お父さんとお母さんは忙しそうやな」

いずみがエレベーターの中で言うと、何故か真由は顔をしかめた。

「お父さんはよくギターを弾いてるで」

幼さの残る顔を少し上げて壮太が言った。

一階の売店で、ティッシュペーパーを買った。

真由と壮太はそれぞれ好みの飲みものを買ったあと、書籍コーナーで雑誌を選び始めた。

いずみは売店の片隅に立って、孫たちを見た。ふたりは雑誌選びに夢中になっている。早いもので、真由は中学生、壮太は小学校の高学年になった。真由の顔はおとなびて見え、壮太の顔は幼く見えた。

ふたりは両親の不和に気づいているのだろうか。この子たちの家庭を壊したくない、のびのびと過ごさせたい。そんな思いがこみ上げてくる。

買い物の袋をそれぞれ提げて病室へ戻った。

晃はベッドの上で上体を起こして新聞を広げ、由衣子は窓の外を見ていた。

「由衣子、メールを送っていいかなあ」

いずみはふと思いついて言った。

「いいですよ」

「ジャンジャン送ろうかなあ」

「はい」


翌朝、いずみは手早く病院へ行く支度を整えた。

家でゆっくりしろよ。前日、帰りがけに晃は言ったが、やはり行くことにした。

ディーゼルカーと電車とバスを乗り継いで、いずみは常磐木病院へ行った。

病室のドアを開けると、晃はベッドの上に半身を起こして窓の外を見ていた。顔色はよかった。いずみは持っていった新聞を手渡しながら言った。

「夕べ、由衣子にメールを送ったんやわ」

彼は答えずに、新聞を読み始めた。

「こんばんは、何してるって送ったんだけど、由衣子からどんな返事が返ってきたと思う」

「うん」

彼は新聞から顔を上げずに返した。

「その返事がふるってるの。晃、どんな返事だったと思う」

「さあ」

彼は新聞からやっと目を離した。

「私のメールへの返事はね、お母さんは何してるだって、おかしいやろ」

こんばんは、何してるというメールに対して、お母さんは何してると返ってきた。そのときのおかしさを、いずみは伝えようとした。

けれども、彼はつまらなさそうだった。それがどうしたという顔に見えた。

「じかに話すのが一番や」

彼はそう言い、思い出したという顔をした。

「化学療法室で安本さんに出会ったで」

気が合うらしく、晃はよく安本の話をする。安本は晃と同じぐらいの年齢で大腸がんだ。離婚したあと、年老いた母親と暮らしているという。

「血栓症は命取りになることがあるらしいな。見つかって、治療ができてよかったなあって、安本さんは喜んでくれた。僕は命拾いをしたんやなあ」

晃はそう言うと、窓の外に目を移した。その視線の先に、遥かな山なみが続いている。血栓症を乗り越えたのだと、いずみはふうっと息をはいた。

「毎日、来なくてもいいよ。とも倒れになったら、困るやろ。無理をするな」

彼はいずみをいたわった。


十日間の入院中、毎日いずみは病院へかよった。退院の日、憲の運転する車で穂水町の自宅に帰った。由衣子と真由と壮太はＰＴＡの行事に出かけていた。

憲は病院から持ち帰った荷物を玄関に運び入れると、自宅の方へ歩きかけた。

「ありがとう、助かったわ」

いずみが声をかけると、憲は自宅の方へ歩きながら振り返らずに片手を軽く上げた。

晃は家の中に入ろうとせずに、周囲を見回して、深呼吸をした。

「金柑《きんかん》、柿、桃、棗《なつめ》、杏《あんず》、イチジク、ユスラウメ、ブルーベリー、ブドウ、ポポ、キウイ、サクランボ、アケビ、ムベ、ハタンキョウ」

晃は庭や畑の果物の木を次つぎに言った。昔から植えてあった木もあれば、晃の故郷の生家から移したり、知人にもらったりした木もある。憲と由衣子の結婚や、子どもの誕生や、孫の誕生や、いろいろな記念日のたびに、晃は木を植えた。

いずみは紅茶をいれて居間に運んだ。

「家で飲むお茶はいいなあ。ところで、〈憲法を知る会〉の事務局長を代行してもらうことになったで。入院している間に、山下会長と電話でやり取りをして、そういうことになったんや」

晃の目に無念そうな色が浮かんでいる。

「ステージ４でも、できることがある。できることを、見つけるよ」

晃は気持ちに決着をつけるかのようにひと言ずつくぎって言い、椅子から立ち上がるとドアを開けて居間を出ていった。

いずみは自分の部屋でエッセイに取りかかった。〈カワセミと太陽光発電〉という題だ。なかなか筆が進まなかったが、粘った。そのうちに、少しずつ文章のリズムがつかめてきた。

エッセイに熱中していると、いい香りが漂ってきた。晃がレモングラスを煎じているらしい。

部屋の戸が開いて、晃が顔をのぞかせた。

「畑へ行ってくるで」

彼は快活な声で言い、戸を閉めた。遠ざかっていく足音が力強く聞こえた。家での生活を胸いっぱいに味わおうとしているのだろう。

それにしても、度が過ぎていないだろうか。もしかしたら、晃は生き急いでいるのではないだろうか。しばらくして、その言葉を頭の中から追い出した。晃は家での生活を楽しんでいると思うことにした。

窓辺に立って畑の方を眺めると、晃が携行用の椅子に腰かけて野菜の手入れをしていた。その横顔が小さく見えた。


退院した翌日、久し振りに晃と一緒に夕飯の用意をした。いずみがちらし寿司を作り、彼がカボチャを煮て澄まし汁を作った。

夕食の片づけをしたあと、居間のソファーでくつろいでいると、晃が思い出したように口を開いた。

「こんばんは、何してるはどうなった」

とっさに意味が分からなかった。

「何なの、それ」

「由衣子にメールをジャンジャン送ってるんやろ。で、こんばんは、何してるって送ったんやろ」

「急にどうしたの。前は、あまり意味がない、じかに話すのがいいって言ってたのに」

「〈松の実会〉の人が、嫁とのコミュニケにはメールがいいって話してたのを思い出したんや。で、いずみと由衣子はどんなやり取りをしてるんや」

〈松の実会〉は患者と家族の会だ。

「煮物、いりませんかと私が送るでしょう。欲しいですと由衣子から返ってくる。あと三日で退院ですと知らせるでしょう。憲に迎えに行ってもらいますと返ってくる。そんな感じ」

いずみは声を落とした。メールにしがみついているだけで、親密になった実感はない。夫婦の関係は複雑で微妙だ。とうていいずみの手に負えない。できることなど、たかが知れている。

「ほかには」

なおも晃が聞きたがったので、いずみはしぶしぶ読み上げた。

―相変わらず、由衣子は忙しいんでしょうね―

―お母さんこそ―

―ありがとう。無理をしないでね―

―お母さんも―

メールのやり取りを読み返すと、表面だけのやり取りで、心の通い合いからはほど遠い。

「いいんじゃないか」

意外な言葉が返ってきた。

「そうかなあ」

「いいよ。とてもいい。病院で、家族のことについてあれこれ考えたんや。で、日常のさりげない積み重ねが大切だと思ったんや」

「そうかも知れないけど、でも、なかなか思いどおりにならないわ」

「小さいことを積み重ねればいいと思うで」

彼は遠い日を思い出すような目をした。

「冬になると、母は山に弁当を持って出かけて暗くなるころ帰ってきて、弁当箱を手渡した。妹が駆け寄って開くと、真っ赤な冬いちごが詰まっていた。妹と食べた冬いちごは甘かったなあ」

彼は物語を読むような口調で話した。


「這いつくばって冬いちごを摘んでいる母の姿が目に浮かんでくるなあ」

晃は言い添えたあと、口をつぐんだ。

しばらくしてソファーを立ち、本棚から大学ノートと鉛筆を手に取ってすわり直した。

鉛筆で何か書きつけていた彼が、顔を上げた。

「いっしゅ、できた」

「いっしゅって何よ」

晃は答える代わりに、大学ノートの表紙を見せた。黒いサインペンで短歌帳と書いてある。

「何かを書いてるって言ってたけど、まさか、短歌だったとはなあ。見せて」

いずみが言うと、彼は目もとに笑みを浮かべ、開いたままの短歌帳をいずみに手渡した。

山からの母のみやげの冬いちご
ひかる粒から渓《たに》の匂い立つ

晃の短歌を読んだあと、何故か安心感が湧いた。いずみは短歌帳をそっと指先でなでた。

「ストーマパウチの交換を始めようか」

晃が勢いのある声で言った。

夜、晃が〈里山チーム〉の事務局会議に出かけてすぐに、息子の憲から電話がかかった。

「お父さんは出かけたようやな。お母さんに話があるんやけど、来てくれるか」

「分かった、行くわ」

受話器を置き、いずみはボールペンでメモ帳に走り書きをした。

〈憲のところにいます。いずみ〉と書き、キッチンのテーブルの上に置いた。落ち着こうと自分に言い聞かせながら、同じ敷地内の憲の家に向かった。

部屋に入ると、テーブルの上にしなびたミカンが一個だけ載っていた。

いずみは椅子に腰を下ろした。

「由衣子はいないの」

「真由と壮太を連れて実家に行ってる」

独り残っている憲が寂しげに見えた。

「僕たち夫婦は、もうだめだと思う」

突然、憲が言った。

「どうしてよ。お互いにあんなに好きだったのに」

いずみは問いただした。けれども、彼は答えずに口をつぐんでいる。

憲は専門学校を卒業したあと、食料品店で働いている。由衣子は二歳年上で、病院で事務職をしている。憲は小さいときから思いやりのある優しい子だった。由衣子は落ち着きがあってしっかり者で、似合いの夫婦だと思っていた。

ある想像が頭をかすめた。ためらった。聞きたくなかった。けれども、踏みこんだ。

「ほかに誰か」

好きな人がという言葉を呑みこんだ。

長い沈黙のあと、憲が口を開いた。

「いわゆる性格の不一致」

その言葉に、無性に腹が立った。

「何を言ってるの。性格の一致してる人なんて世界じゅうを探してもいるはずがないでしょう。真由と壮太のことを考えたの」

「ふたりにはじっくり話して聞かせる」

再び沈黙が続いた。

「病気によくないやろ、お父さんには黙ってて」

息子の言葉に、いずみはうなずいた。

それ以上話は進まなかった。

重い足を引きずって家に帰った。

じっとしているのに耐えられなかった。いずみはキッチンの椅子に腰をかけて、たまっていた新聞のきりぬきを始めた。僕たち夫婦はもうだめだと思うという息子の声が思い出された。しなびた一個だけのミカンが目に浮かんでくる。いつの間にかはさみを持つ手がとまっていた。

ふと見ると、出がけに書いた晃へのメモがキッチンのテーブルの上に残っている。いずみはそれを破り捨てた。何回も破って細かくした。

「どうすればいいのよ」

叫んだとき、ドアが開いた。いつ帰ってきたのか、晃が立っていた。

「何を隠してる」

彼の鋭い語気に、いずみはうつむいた。

「隠しごとをするな。信頼の問題だぞ」

いずみは観念して、憲に聞いた話を伝えた。

晃は椅子に腰を下ろし、胸の前で両腕を組んだ。

「やっぱり、そうか」

晃はうすうす察していたらしい。


しばらくして晃は腕組みをほどくと、ポケットから携帯電話を取り出した。

晃が憲に電話をかけて間もなく、玄関の戸を開ける音がした。いずみは小走りに玄関へ急いだ。

「さっきの話ね、あなたたち夫婦のことを、お父さんに知られてしまったんやわ」

いずみが言うと、憲はうなずいた。一緒にキッチンに入って椅子にすわった。

「由衣子とうまくいっていないのか」

「半年前に、気持ちがすれ違って以来、ずっと」

「どうしたんだ」

「どうしたんだと言われても」

憲はこめかみに片手を当てて苦しげに顔をゆがめた。その姿を見て、いずみは由衣子にきつく当たったことを思い出した。確か、真由と壮太の子育てを巡ってのことだった。

「私ね、由衣子を傷つけたことがあるわ。直すわ。ほかにもあるかも知れない。何でも、言って」

「これは、僕たちの問題なんや。お父さんとお母さんには感謝している。ウィークデーにはずっと壮太と真由の夕飯を作ってもらってきた。桑の実採りや、川遊びにもあの子たちを連れていってくれた。縫物を教えてもらったり、畑仕事を一緒にしたりしてもらってきた」

　そう言われても、何も嬉しくはなかった。

「これから、どうするつもりだ」

「由衣子はふたりを連れて、実家に戻りたいと言っている」

　胸に錐《きり》をもみこまれた気がした。

「それでも、まだ実行していない。ということは由衣子に迷いがあるということでしょう」

　必死になって言葉を探して言った。

「僕も迷ってる」

　その言葉にすがりついた。

「迷っている、つまり、まだ決定的じゃないのね」

「そんなに単純じゃない」

　憲はつき放すように言った。

「壮太と真由のことをどう考えてるんだ」

「子どもたちには、きちんと話をする」

　晃の問いに、憲ははっきりとした口調で答えた。

　それ以上、話は進まなかった。

　重い沈黙のあと、憲は帰っていった。


　できることはないのだろうか。できることは何でもしたいとしきりに気持ちが動く。けれども、いくらもがいても、何をしたらいいのか、分からない。

「がんになった。憲たちの夫婦仲はうまくいかない。こんなことってあるか」

　晃が叫んだ。人が変わったかのように荒荒しい口調だった。その激しさに、いずみはうなだれたまま顔を上げられなかった。

　夕飯のあと、いずみは気分をまぎらわせるために、漬物を作り始めた。白菜と唐辛子と柚子を竹かごに入れて、調理台の上に置いた。シンクで白菜を洗っていると、壮太がキッチンに入ってきた。

「お母さんが酵素を作ったって。がんに効くんやて。職場の人に教えてもらったらしいで」

　壮太は自慢そうに言い、ガラスの小瓶をキッチンのテーブルの上に置いて帰っていった。

　いずみはタオルで手を拭きながら、テーブルの前に立った。酵素の小瓶を手に取って眺めたあと、携帯電話でメールを送った。

―由衣子、酵素をありがとう。由衣子が病院を調べてくれたこと、検査結果を聞くときに、つき添ってくれたことなどを思い出します。

　真由は森のトウカエデの写真を、壮太は松ぼっくりをプレゼントしてくれました。憲はお父さんに毛糸の帽子を買ってきてくれました。憲、由衣子、真由、壮太、それぞれみんなに支えてもらっています。ありがとう――

　メールが返ってくるのを待った。けれども、着信音は鳴らなかった。どうやら、返ってこないらしいとあきらめたとき、着信音が鳴った。

――役に立てて良かったです――

　一行だけだった。いずみは液晶画面をじっと見つめた。いくら見ても、それだけだったが、由衣子にも、きっと一行以上の思いがあるはずだと思った。それが知りたい。一歩前へ出よう。深呼吸をしてから、もう一度メールを送った。

――由衣子が苦しんでいるのに、何も力になれなくてごめんね――

　メールを送ったあと、指先で携帯電話の端にそっと触れた瞬間、着信音が鳴った。

――お父さんとお母さんには理想があります。でも、私と憲の間には埋めがたい溝があります――

――私も、晃との間にある溝を何回も見てきました。憲がゼロ歳のとき、感情を爆発させて、靴を履かないで家を飛び出したこともありました――

――その光景は想像ができません。いいえ、よく考えると、想像できますね――

――人はそれぞれ違うのだから、たいていの夫婦に溝があると思う。溝が見えない人、見ない振りをしている人がいる。由衣子にはきっと溝を見る力があるのだと思う――

――いま、気がつきました。お母さんが私を大切に思ってくださっていることに――

　いずみは画面の文字を見つめた。胸に触れてくるものがある。由衣子が語りかけている気がする。

　いずみはシンクの前に戻った。まだ水のしたたっている白菜と、真赤な唐辛子と、細く刻んだ柚子と、平たい昆布をじっと見た。見ているうちに、懐かしいような気持ちが湧いてきた。

　白菜を漬け終わったとき、晃がキッチンのドアを開けて顔をのぞかせた。

「聞いて」

　いずみはメールのやり取りを読み上げたあと、椅子から立ち上がった。

「由衣子に会って酵素のお礼を言ってくるわ」

「僕も由衣子と話をしたいって伝えてくれないか。あさっての夜、どうだろうって」

「分かった」

いずみは答えて、玄関の戸を開けて庭へ出た。見上げると、上弦の月が空にかかり、澄んだ光が森や庭を照らしている。月光をあびながら歩いていると、身も心も洗われるような気がした。玄関でいずみが声をかけると、由衣子が出てきた。

「酵素をありがとう」

「いいえ」

「でね、お父さんが、あなたと話をしたいって」

そう言うと、由衣子は頬をこわばらせた。ひるんではいけないといずみは自分を励ました。

由衣子は黙っている。

「あさっての夜、来てね」

いずみは言ったが、由衣子は答えずに下を向いた。しだいに黙って向き合っているのが辛くなった。けれども、ここで引くわけにはいかない。

「待ってるね」

いずみは精いっぱいの明るい声で言った。

その夜、由衣子は意外に早く来た。

三人で居間のソファーにすわった。

「憲とどうなんだ」

晃が聞くと、由衣子はうつむいた。

「一緒にやっていけない気がして」

「そうか。で、由衣子はこれから、どうしたいと考えているのか、話してくれないか」

晃が言うと、由衣子は顔を上げた。

その目が強い光をおびている。

「籍をぬきたいんです」

ふいうちだった。

「きのうの夜、真由と壮太に話をしました。お父さんとお母さんが、これまでのように仲良くできなくなったこと、お父さんとお母さんであることは変わらないこと。そんな話をしました」

話を聞いている孫たちの姿が目に浮かんだ。ふたりはどんな気持ちで、その言葉を聞いたのだろう。

由衣子が唇をかんで眉間にしわを寄せた。

「真由と壮太を連れて家を出たいと思っています。

実家に戻りたいんです」

　由衣子の言葉に、いずみは動転した。うろたえて晃を見た。彼の顔に動揺の色はなかった。

　重い沈黙が流れた。

　由衣子がため息を漏らし、長い沈黙を破った。思いもかけない言葉が、彼女の口から出た。

「ですけど、中学校を卒業するまで穂水町にいる。真由も、壮太も、そう言うんです」

「ふたりとも、言ったのか」

「はい」

「真由と壮太はほかにどんなことを言ったんや」

「ほかにはひと言も言わないんです。穂水町にいるという一点張りなんです」

　由衣子はもう一度ため息を漏らした。

「それで、由衣子はどう考えてるんや」

「子どもとは離れられません。なので、しばらくは籍だけをぬいて、私も一緒にいるつもりです」

　由衣子が言うと、晃が背すじを伸ばした。

「それは、いけない。籍をぬくのは家を出るときだ。家にいる間、籍はそのままだ。形と実際の生活を一致させてほしい。分かるね」

　晃が言うと、由衣子はうなだれ、考えている様子だったが、しばらくしてうなずいた。

「分かります。そうします」

　由衣子は顔を上げて言った。言葉がはっきりとしていて、固い意思を感じさせた。

　晃がすわり直して由衣子を正面から見た。

「由衣子がここに来て十六年がたったなあ。由衣子には感謝している。ありがとう」

　晃が言うと、由衣子は膝の上に置いた両手に目を落とし、膝の上の両手を握りしめた。

　晃と由衣子が話している間、いずみはひと言も声を出せなかった。このままではいけない。沈黙に流されるわけにはいかない。あきらめてはいけない。そんな気持ちが胸の中で渦を巻いた。

「私は由衣子にここにいてほしいと思ってる」

　いずみは言葉を押し出した。

「憲と由衣子と真由と壮太が、納得できる道を見つけられるといいんだが」

　晃の言葉に、はっとした。離婚を避けてほしいと願う自分の心の片隅には世間体があった。胸がきりきりと痛んだ。

いずみは必死に言葉を探した。

「今夜は来てくれてありがとう。また、話を聞かせてね」

震える声で言った。

十三　ビッキ石

洗濯物を干し終わって冷えた指先に息を吹きかけながら、ふといずみは庭を見た。最近、何故か父が遺した木の傍へ行きたくなる。

金木犀の木に近づいてみると、傍の陽だまりに深緑色の葉が見えた。和水仙だ。冷たい風に吹きつけられながらも、つくつくと葉を伸ばして真っすぐに空を指している。子どものようにみずみずしく、力がこもっている。

つい先日ぬいたばかりのような気がしたが、周りにはもう雑草が生えている。しゃがんで草をぬきながら、去年の秋、晃が進行性の大腸がんと診断されてからのことを思い返した。

胸のポートと人工肛門の手術のあと、晃は抗がん剤治療を続けてきた。その間に、抗がん剤の副作用による胃けいれん、急激な血圧の上昇、思いもしなかった血栓症など、たびたび入院を重ねた。ごつごつした石ころだらけの険しい坂道を裸足《はだし》で歩いてきたような気がする。

自動車の入ってくる音がした。図書館へ出かけていた晃が帰ってきたのだろう。間もなく、勝手口の戸を開けて晃が庭に出てきた。

「目当ての本は見つかったの」

「うん、いい本があったで。あれっ、もう水仙の芽が出てるなあ」

彼は目ざとく見つけて言った。

「晃が病気になっていろんなことがあったなあ」

いずみはため息まじりに話しかけた。

「苦しかったけど、いいこともあったな」

「いいことって」

「ステージ4、進行性のがんだと言われたときはショックだったけど、しだいに腫瘍マーカーが下がって、抗がん剤治療をしながら、散歩や畑仕事をすることができて、〈憲法を知る会〉や、〈里山チーム〉の活動もできて、鮎獲りや、バードウォッチングや、東京の文学講演会にも参加できた」

晃は一語ずつ丁寧に置くような話し方をしたあと、つけ加えた。

「ずい分仲間に助けられたなあ」

彼が言ったので、いずみは草をぬく手をとめた。

「がんに負けなかったと晃は思ってるの」

「さあ、それは」

彼は言葉に詰まって首をひねった。

「がんに負けなかったかどうかは、ともかくとして、思いがけないことの連続やったなあ」

彼の言葉に、いずみはうなずいた。確かに思いがけないことが次つぎに起きた。

「何といっても、思いがけないことのトップは晃が短歌を作り始めたことやわ」

東日本大震災と原発事故のあと、短歌を作る人が増えたという。晃が短歌を作り始めたのは、大腸がんになったことと関係があるのだろうか。

「いずみが勧めたんやで」

「晃が短歌を作るなんてねえ。驚くことはないやろ」

「ことだけじゃなくて、知り合って四十年近くになるけど、何回も驚かされてきたわ」

「それは、お互いにそうやろ」

彼は陰りのない顔で言うと、ポケットから手帳とボールペンを取り出した。何か考えている様子で、納得がいかないという顔を横に傾けた。しばらくして、ボールペンで手帳に何か書きつけた。

「できたんでしょう、見せてよ」

「まだ」

彼はくぐもった声を返した。

「私のエッセイは書きかけでも見るのに」

晃は変わった。これまで何かにつけて開けっ広げだったのに、短歌は納得できるまで見せない。それもがんになったことと関係があるのだろうか。

晃ががんになって、いずみも変わったことがある。それまで命の終わりを漠然としか考えていなかった。けれども、いま、自分の人生の残り時間をはっきりと意識するようになった。

「前から考えてたんやけど、僕もいずみに新しいことをしてほしいと思ってる」

いずみをじっと見た彼の目の光は強かった。

「何なの」

「いずみは二十年近くエッセイを書いてきたやろ。そろそろ小説を書いたらいいと思うで」

「小説なんて、途方もないわ、雲の上のことやわ」

思いがけない晃の言葉に、いずみは困惑した。ふと過去の秘密をのぞかれたような気がした。

一回だけいずみは小説を書いたことがある。父が家を出たのはいずみがもの心つかないうちで、死んだのは高校生のときだ。父の死を知ったいずみは〈私を騙した祖母〉という小説を書いた。

つき当たりに細い窓がひとつある縦長の高校の部室。壁に粗末な本棚があり、木製のテーブルと数脚の椅子が置かれていた。あの部屋で、小説まがいのいずみの原稿を読んだ人がひとりだけいる。高校の文芸部の顧問だ。あのとき、彼女の目には涙がたまっていた。

何日か過ぎた日の夕刻、その原稿を裏庭で焼いた。十六歳のあのころがまざまざと甦り、胸を揺らし始めた。初めてで最後の幻の小説。これまで、できるだけ思い出さないようにしてきたが、何故か過去の自分を抱きしめたいような気がした。

「僕が短歌を作るよりも、自然なことやろ」

晃が真剣な目をして言ったとき、部屋の中で電話の呼び出し音が鳴った。

いずみは手をはたいて土を落とし、勝手口の戸を開けて居間へ急いだ。受話器を取ると、エッセイ誌

〈竹林〉の編集長の矢加部文からだった。

「大原さんの〈カワセミと太陽光発電〉だけどね、儲け本意の開発によって、自然の生きものが追い詰められていく姿を克明にえぐってるわね。〈竹林〉でこの題材を書いた人は初めてなのよね」

掲載されるかも知れない。晃が喜ぶに違いない。いずみは息を詰めて編集長の言葉を待った。

「自然と、地域と、未来世代のことにまで、筆が届いてるわ。新しい題材に挑戦したのね」

載るかも知れない。晃の喜ぶ顔が浮かぶ。はやる気持ちで次の言葉を待った。

「それだけに、惜しいわねえ。人物の掘り下げが浅いのよね」

彼女の言葉に、みるみる気持ちがしぼんでいく。

「何回、取材したの」

「そんなには」

小声で返した。しばらく沈黙があった。

「今回の掲載は見合わせることにしたの」

編集長の声につき動かされるように、いずみは受話器を片方の手に持ち換えた。晃を喜ばせたかった。けれども、掲載してほしかった。けれども、いったん決まったら、結果は動かない。

「私ね、考えていることがあるの。もう少し具体的になったら話すわね」

矢加部文は言った。何を考えているというのだろう。聞き返す気力はなく、受話器を置いた。

居間のソファーに晃のふくらんだかばんが置いてある。その横に力なく腰を落とした。

〈竹林〉に不掲載だったことを過去のこととしよう。次へ進もう。自分にそう言い聞かせようとした。けれども、妙にねじれた感情が残った。

ソファーにすわったまま、いずみがぼんやりしていると、晃が居間に入ってきた。

「図書館で、いい本を見つけたで」

晃は満足そうに頬をゆるめ、かばんの中から三冊の本を取り出してローテーブルの上に置き、ソファーに腰を下ろすと一番分厚い本を手に取った。

『田んぼと沼の生き物』という本で、表紙に二枚の写真が載っている。一枚は緑色の稲穂がそよいでいる田んぼの写真で、もう一枚は周りにうっそうと木が茂っている沼の写真だ。

「ヒキガエルのことを、調べたかったんや」

彼はそう言ってページをめくって読み始めた。

　いつだったか、ヒキガエルが庭に出たことがあった。金木犀の木の傍に茶褐色のヒキガエルが現れたのだ。あのとき、ヒキガエルは森の神さまだと加江は言った。いま、あのときのヒキガエルはどこにいるのだろう。いずみがそう思っていると、本を読んでいた晃がつぶやいた。

「やっぱり、そうか。ビッキはカエル。森の守り神、田の守り神だったんや。謎が解けた」

　彼の唇の端に満足そうな笑みが浮かんでいる。

いずみは首をかしげた。謎とは何だろう。さっぱり分からない。

「いずみ、裏山へ行ってみよう」

突然、晃が勢いよく椅子を立った。

　エッセイの不掲載のことを言いそびれたまま、いずみはソファーから腰を浮かせた。

　晃は先にたって、くねる細道をどんどん進んでいく。くりの木広場、しいたけ広場、蜜蜂広場、木登り広場を過ぎて穂水川を眺望する岩の上に出た。冷たい川風が首すじをなでていく。

「昔、耳吉がこの森へ来たことがあるって加江さんに聞いたやろ」

　彼の言葉にいずみはうなずいた。

「この岩はビッキ石と呼ばれてる。つまり、カエル石という意味なんや」

　晃が言ったので、いずみは足もとの岩を眺めた。全体に黒褐色で、地面にかぶさる形をしている。表面にいぼのような突起状のものが無数に散らばっている。巨大なヒキガエルに見えないこともない。

「耳吉はビッキ石にお参りをしたんや」

　晃は言ったが、いずみにはいっこうに話が見えてこなかった。

「分かるように話してよ」

「カエルは森の守り神、田の守り神だった。地方によっては、目の神として崇《あが》められてきた」

「どうして、カエルが目の神さまなの」

「目が大きいからだそうだ」

「なるほどね」

　やっといずみにも謎が解けた。

　母親と耳吉は目を治したい一心で、目の神のビッキ石を訪れたのだろう。川風になぶられながら、手を合わせている母と子の姿が目に浮かんでくる。

「耳吉の家は貧しくて、多分、医者にかかるお金が払えなかったんやなあ」

いずみが言うと、晃は川の方へ視線を移した。その目に憂いがにじんでいる。

「何も昔の話じゃない。いまも医療費が高くて苦労してる人は多いで。安本さんは、抗がん剤治療をしながらアルバイトをしてるで」

晃の沈んだ声に怒りがあった。

安本とは病院の化学療法室で知り合ったと晃は言っていた。安本は離婚したあと、母親とふたりで暮らしていたが、大腸がんになったために勤めていた職場をやめざるを得なかったのだ。

黙って穂水川の川音を聞いた。

「帰ろうか」

晃が言い、もと来た道をゆっくりと引き返した。

樹林の間を風が吹きぬけていく。まだ落ちずに残っている色あせた冬青《そよご》の実が頼りなげに揺れている。森の空気を胸いっぱいに吸ったとき、〈竹林〉の不掲載のことが頭をかすめた。いびつな自分を見透かされている気がした。

「いずみ、森はいいなあ」

「ほんとうにね」

いずみはうなずいた。森はうそをつかないと思いながら樹林の間のくねる細道を歩いた。

「森もいいが、日本海もいいで。僕は特に冬の日本海が好きやなあ。押し寄せてはどどーんと激しく逆巻く波を見ていると、世界は広い、何でも来い、負けるもんかという気になる」

晃の故郷は日本海側の港町だ。怒濤の前に立って波しぶきに濡れながら、顔を上げている彼の姿が目に浮かんでくる。仕事が立てこんだときなどに、日本海が見たいと彼は漏らすことがあった。

「晃、海を見に行こうか」

「いいなあ」

彼は懐かしそうに目を細めたが、すぐに首を横に振った。

「けど、その時間はないな。やりたいことが、たくさんあるからな」

彼はこだわりのない口調で言ったあと、患者と家族の会に話を移した。

「負けるもんかといえば〈松の実会〉の人たちはそんなふうやなあ」

「そんなふうって」

「ストーマの苦労とか、抗がん剤の副作用のことととか、治療費の話なんかをたんたんと話すで。墓の話もしてたなあ。故郷の墓に入ることが決まっている人、樹木葬がいい人、夫の墓に一緒に入りたくない人、散骨がいい人など、いろんな人がいるで。そういえば、エンゲルスは自分の遺灰を海に流すようにと遺言をしたらしいな。僕も散骨がいいなあ」

晃は生まれ故郷の日本海に還りたいのだろうか。

「私は樹木葬がいいかな。晃は日本海ね」

「日本海じゃなくてもいいで。川でも、森でも、畑でも、どこでもいいで。自由でいたいんや」

「そんなことを、いつ、考えたの」

「いつだったかな。病院のらせん階段を上り下りしていたときだったかな」

そういえば、彼は体力をつけるために入院棟の屋外にあるらせん階段を上り下りしていた。

「ぐるりと回ったら、もとの位置に戻るやろ。けど、高さが違うんやな。らせん階段を上ったり下りたりしていると、不思議な場所にいるような気がしてきて、いつもなら考えないことを考えるで」

晃は目じりを下げてくつろいだ顔つきをした。あの階段は体力をつけるためだけではない。思索を促す場所になっていたらしい。ゆとりを生む場所にもなっていたのだろう。

地面と空をつないでいるかのようならせん階段。白い手すりのらせん階段。あのぜいたくな空間を着想したのはどんな人なのだろう。

話しているうちに、家の前へ戻ってきた。

「もう少し歩こうかな。歩きついでに、神社まで行ってくるよ」

「私も行くわ」

いずみは晃とふたりで田んぼの傍の道を八峰神社へ向かって歩いた。

鳥居をくぐって石段を上り、本殿の前で手を合わせて目を閉じた。晃の病気が治りますようにと祈った。いずみが目を開けたとき、晃はまだ手を合わせていた。しばらくして、彼は目を開いた。

「あの中に何が入っているのか、知ってるか」

「ご神体でしょう」

「ご神体の中身を知ってるか」

「鏡でしょう」

「何のために鏡が入っているか、知ってるのか」

「ご神体だからでしょう」

「鶏が先か、卵が先かの話じゃないで」

彼は笑いながら続けた。

「鏡は自分の心を映すためにあるって聞いたで」

「誰に聞いたの」

「母に」

ささくれだって土の色に染まって黒ずんでいた晃の母の指先が思い出された。

「ありのままの自分が見えたら、次へ進めるで」

彼の言葉に、いずみは考えこんだ。

たったいま、晃の病気が治りますようにと神頼みをしたところだ。これまで神に拠りかかっていた。自分の心を鏡に映してはこなかったと思いながら、何げなく境内の茂みに目を移すと、濃緑色の葉と赤い実をつけた万両があった。葉と実を固そうな幹が直立して支えている。真っすぐな万両の幹を見つめているうちに自然に口から言葉が滑り出た。

「〈カワセミと太陽光発電〉ね、不掲載だったわ」

いずみは小声で伝えた。

「そうか、残念だったな。次をがんばれよ」

晃はあっさりと返した。

「実は、〈竹林〉に不掲載だったことをすぐに言わないで黙ってたんやわ」

正直に話したあと、胸がすっきりした。

「独りで、いじけてたんや」

彼は笑った。よく考えると、晃をがっかりさせたくないという理由だけでなく、見栄を張っていたのかも知れない。

「前にも、僕に隠しごとをしたなあ」

ふいに晃が言った、

「そんなことはないわ」

とっさにいずみは否定した。

「憲と由衣子のことを隠そうとしたやろ。僕を当てにしないということか」

彼は鋭い眼をしている。その眼に射すくめられるような気がして返す言葉が見つからなかった。病気の彼に心配をかけたくないと思って隠していたつもりだ。けれども、信頼していなかったと言われても仕方がなかった。


八峰神社から帰ると、いずみは月刊誌〈文藝潮流〉を本棚から取り出して矢加部文の連載小説を読んだ。

彼女の祖父は特攻隊員だった。出撃間際に敗戦を迎えたので、戦死を免れた。敗戦が三日遅ければ、彼女は生まれていなかったかも知れないのだ。

炭鉱事故の生なましい様子が活写され、働く人たちの、心をつないでいく様子が迫ってくる。

いずみは矢加部文の連載小説を読んだあと、感想を書いてメールで送った。

文から返信のメールが届いた。長いメールのせいか、いつもと違って改行して書いてある。

―大原いずみ様
私の小説の感想を書いてくださったのね。お連れ合いのご病気で大変なときに書いてくださって、ありがとう。励みになりました。

この二十年近く、大原さんはエッセイを書いてきました。これまでに書いてきたあなたのエッセイには、独自のものがつらぬかれています。穂水町の自然と生活、これは大原さんにしか書けない固有の世界です。

あと半年で私の連載は終わります。そのあと、大原さんにバトンを渡したいと思っています。〈文藝潮流〉の編集部に大原さんのエッセイの連載を推薦しておきました―

途中までメールを読んだ。えっ、ほんとうにと叫んだ。信じられなかった。体が熱くなってくるのを意識しながら、メールの続きを読んだ。

―〈カワセミと太陽光発電〉を読み返しました。地域の人たちの故郷を大事にする願いはとても貴重なものだと感じます。壊されていく自然への危機感と自然の奥深さに目を向けていますね。

人物像を深く掘り下げてほしい。このことは前に電話で話しましたね。あなたのエッセイは綿密な事実に基づいています。前へ進むひたむきさに満ちています。生きものたちに向けるあなたのまなざしは温かく深い。

けれども、私には納得できないことがありました。毎日、夕刻には陽が沈んで、夕闇に変わる。けれども、あなたはそれに気づかない振りをしている。いつも明るいと錯覚している。現実の中の光と希望だけを掬《すく》い取って書く。どうしてでしょうか。ずばり言います。肉体を痛めつけられることや、心を壊されることからあなたは目をそらしていましたね。

あなたはそのことに気づいたのですね。〈カワセミと太陽光発電〉で自分の殻を破って外へ出たのだと思います。現実の裏側を直視しようとしていますね。人生の深さを探ろうとして必死になっていることが伝わってきます。お連れ合いの病気の影響があるのでしょうか。

これまでのあなたのエッセイを〈文藝潮流〉の編集部に読んでもらっています。これから編集部で検討すると思います。

連載が本決まりになることを願っています。〈竹林〉は季刊ですが、〈文藝潮流〉は月刊誌です。発行部数も〈竹林〉の二十倍以上あります。

峰は高いと思います。これから毎月、新しい作品を生み出す覚悟を決めてください。

お互いに高い峰をめざして、険しく長い道を一歩ずつ進んでいきましょう。一歩ずつ――

メールを読み終わると印刷した。プリンターの動きがもどかしく感じられた。印刷した紙を片手に持って、足早にキッチンへ急いだ。

晃はテーブルの上に『田んぼと沼の生き物』を広げて読んでいた。

「矢加部編集長からメールがとどいたわ」

いずみがプリントしたメールを手渡すと、彼は手に取って目を走らせた。読み進むにつれて、晴れやかな笑顔が広がっていく。

「よかったなあ。本決まりになるといいなあ」

彼の声がいずみの耳に心地よく響いた。

毎月、新しい作品を生み出す覚悟という矢加部文のメールの文字をいずみは反芻した。

矢加部文から連絡がないまま、二十日間が過ぎた。連載エッセイは立ち消えになったのだろうか。やはり、連載は甘くないのだろうか。期待しただけに、胸の中の失望は大きかった。

そんな日の午後、家で〈憲法を知る会〉の事務局会議が開かれることになった。これまで公民館でしていたが、家でする方が晃の負担が少ないだろうと、事務局の人が配慮をしてくれたのだ。

玄関のチャイムが鳴ったので、いずみは玄関へ急いだ。玄関先に会長の山下満が立っていた。

「すみませんな。遅れないようにと思って家を出たら、早く着いてしまいました」

白髪の山下会長は大きな体を縮めるようにして、頭を下げた。いずみは彼を居間に案内した。

「最近、よく腰痛が起きましてな。痛むと弱気になりますが、そのたびにステージ4でもできることがあるという大原さんの言葉を思い出しますよ」

会長はそう言ってソファーにすわった。

「無理をしないようにしてください。どうぞお大事にしてくださいね」

いずみは会長をいたわり、ちょうど入ってきた晃と入れ替わった。彼は分厚い数冊のファイルを小脇に抱えていた。

間もなく、八人の事務局員が揃った。

いずみがお茶の用意をして居間に運んでいくと、山下会長が話をしていた。格差が広がって、息苦しさを感じている人が増えているという会長の話を聞きながら、いずみは緑茶の入った茶碗を順に配った。配り終わったとき、会長が話を終えた。

「会長さんが話されたとおり、生き辛さを感じている人は増える一方です。手詰まり感が広がっているこんな時代だからこそ、僕たちは崖っぷちでつながらなければと思いますね」

晃がかみしめるような口調で言った。

「なるほど、崖っぷちでつながるね。世の中はまさに戦争か平和かの崖っぷちですな。ステージ4でもできることがあるというのが大原さんの口癖でしたが、また名言ができたようですな」

会長は渋い声で言った。

「名言だなんて、そんな、とんでもない」

晃は慌てた様子で片手を横に振った。

いずみは居間を出てキッチンの椅子にすわった。崖っぷちでつながるという言葉を声に出して言ってみた。世の中の動きを反映しているだけでなく、命の限界を見つめている晃の、切実な願いがこもっている言葉だと思った。

会議が終わり、事務局の人たちを玄関で見送った。茶碗や書類を片づけたあと、いずみは居間のソファーに晃と並んですわった。

「もうすぐ、結成十三年のつどいをするで。退院できてよかった。ぎりぎり間にあった」

晃はほっとした顔をして言った。

〈憲法を知る会〉が地域で結成されて早くも十三年がたったのだ。そう思いながら、いずみは何げなく本棚に目を移し、つと立ち上がった。高見順の本を本棚からぬき取って、ソファーにすわってページを繰った。

「前にも話したと思うけど、戦前、高見順は思想弾圧、拷問によって、考えをねじ曲げられたわけでしょう。それから三十年以上が過ぎて、戦後になって、高見順はがんを患ってね。そのとき、共産党員として死にたい、僕には父がいない、共産党は僕にとって父のようなものだと書いてるわ」

いずみが言うと、晃は考えているように見えた。

「共産党を父のような存在だと考える、なるほどな。だけど、僕は違うな。共産党は僕にとって父ではない。それに、もし共産党に入るとしたら、死の間際じゃなくて、少しでも早く入りたいなあ」

迷いを感じさせない口調だった。

「足をももうか」

「そうやな」

いずみが床に膝をついて足をもみ始めると、彼は目をつぶった。

「もう、入院はごめんだな」

目をつぶったまま彼はつぶやいた。

「安本さんは、ストーマの調子が悪くて、便が漏れて、立ち往生したことがあったらしいで。反対側につけ替えるって言ってたけど、手術をしたのかなあ。前の職場に勤められなくなって、アルバイトをしてお母さんとの生活を支えてきたんや。安本さんのことを思うと、落ちこんでいられないなあ」

晃は母親とふたりで暮らしている安本のことを気遣い、言葉を継いだ。

「そういえば、最近、安本さんと会わないな。前は、化学療法室でよく一緒になったのになあ。顔を見ないけど、どうしてるんやろ」

彼はソファーを立ち、受話器を手に取った。

「そうでしたか」

電話で話していた彼が急に声を落とした。受話器を置いて黙って窓辺に立つと、窓の外に目を向けたまま、ぽつんとつぶやいた。

「安本さんが亡くなられた。一週間前に家族葬をすませたそうや」

彼の視線を追うと、馬酔木の小さい鈴のような白い花が風に震えている。

「安本さんは不屈の人やったなあ。けど、安本さんのことを美談にしてはいけない。体調や希望に合わせて働き続けられる職場にしないとな。体がきついときは治療に専念できるようにしないとな」

彼は自分に言い聞かせるかのように言った。

そのとき、電話の着信音が鳴った。受話器を取ると、矢加部文からだった。

「〈文藝潮流〉の連載エッセイの話ね、本決まりになったのよ。もうすぐ、編集部から直接、大原さんに原稿依頼があると思うわ」

「ほんとうですか」

絶句したあと、急に不安におそわれた。

「私に、書けるでしょうか」

「誰にでも初めてがあるわ。いま、大原さんにそのときがきたのよ。正直に言って峰は高いと思うわ。毎月の連載は思っている以上にハードかも知れない。それだけに、やりがいがあると思うの」

話しながらふと晃を見た。彼は話の内容を察しているらしく、笑みを浮かべて大きくうなずいた。

電話のあといずみはしばらくぼんやりとしていた。晃がソファーから立ち上がって、いずみの手から受話器を取ってもとへ戻した。

五十代の終わりを迎えたいま、書きたいことがたくさんある、未知の領域に挑むのだ。そう思うと身が引きしまってくる。いずみは深く息を吸った。

夕方、玄関の戸を開ける音がした。勢いのいい足音がして壮太がキッチンに入ってきた。

いずみはピラフやスープをテーブルに並べながら壮太を見た。

「お姉ちゃんは」

「さあ」

彼は素っ気ない声を返したあと、つけ加えた。

「里山祭りも、バードウォッチングも、鮎獲りも、どっちかが行ってたんやで。これからも、なるだけお姉ちゃんとは別行動をするるで」

壮太が言ったので、いずみは晃と顔を見合わせた。きょうだいが反目し合う年齢なのだろうか。それとも、両親の不和が影響しているのだろうか。

間もなく、真由がキッチンに入ってきた。

四人で食卓を囲んだが、真由と壮太はほとんど口をきかなかった。

ふたりの孫が家に帰ったあと、晃は出かける準備を始めた。どうやら霊園委員会の会合に出かけるつもりらしい。

「だいじょうぶなの」

「いずみのエッセイの連載も決まったことだし、僕も落ちこんでいるわけにはいかないやろ」

彼は言い、霊園委員会の会合へ出かけた。

いずみがキッチンの椅子に腰を下ろしたとき、玄関の方で音がした。ドアを開けて、憲が顔をのぞかせた。片手に小瓶を持っている。

「これ、お父さんにって。由衣子がまた酵素を作った。効くといいけど」

憲は立ったまま、ガラスの小瓶を差し出した。

「ありがとう」

いずみは受け取って電灯に透かした。だいだい色の果汁がほのかな温かみをおびている。

「壮太が、お姉ちゃんとはなるだけ別行動をするって言ってたわ」

「そうやな、最近よくケンカをするなあ。不安定になってるのかもな」

憲は椅子にすわりながら言葉を継いだ。

「子どもたちの前では気をつけてるつもりだけど、あの子らは勘がいいからなあ」

唇をきっちりと結んで考えこんだ憲を見て、いずみは話題を変えた。

「憲、あの曲ね、どんなときに作ったの」

「あの曲って」

「お父さんに贈ってくれた曲。ぼくが少年だったころ　森はうたった　あのころのように　再び　森はうたいはじめるだろうかという曲」

「朝早く、裏の雑木林を独りで歩いたことがあって、そのときに着想が湧いてきたんや」

いずみは樹林の間を歩きながら、森の中で曲を作っている息子の姿を思い浮かべた。その姿が孤独に感じられた。

「お父さんは、どこか、行きたいところってないのかなあ」

「海を見にいこうって誘ったけど、いまはその時間がないって言うんやわ」

いずみはキッチンのテーブルに頬杖をついた。

「そうか、お父さんらしいな」

憲は長いまつ毛をしばたたかせた。

小さいときから憲は優しかった。奈良のアパートに住んでいたときは、妹とふたりで親の帰りを待っていた。妹に本を読んで聞かせていることもあった。アパートの前のちびっこ広場のブランコや滑り台で遊んでいることもあった。憲は本と音楽が好きな大人になった。給料は安いが、真面目に力仕事をしている。ところが、いま、家族が壊れるかも知れないという危機に立たされている。

いずみは頬杖をはずして背すじを立てた。

「家族みんなが、それぞれに納得できる方向に進めたらいいのにね。そうなるといいのにね」

「そんなに単純じゃない」

憲の低い声がいずみの言葉をはね返した。

「あんなに仲がよかったのに、いったい何があったの」

いずみは問いかけた。

憲は黙って手の甲に視線を落とし、その手を裏返して手のひらをじっと見た。骨ばって長い指だ。ふいに彼が視線を上げた。

「高校の同窓会があって、そのとき、高校時代につき合ってた彼女が離婚したって聞いて、その相談にのって、話をしたり、メールや電話でひんぱんにやり取りしてて」

憲は言葉をきってひと息おいたあと、続けた。

「そのうちに、しだいに由衣子ともめ始めて、夫婦仲が気まずくなっていって」

高校時代の友だちの苦境を何とかしようと思っているうちに、節度を踏み外したのだろうか。息子が異世界に行ってしまったかのように感じられ、いずみはせっぱ詰まって身動きができなかった。

ふいに怒りがつき上げてきた。自分で戸惑うほどその気持ちは激しかった。

「家族のことを考えなかったの」

険を含んだ声が出た。

憲は唇を固く結んだままだった。しばらくして、椅子を立つと背を向け、キッチンから出ていった。

憲が帰ったあと、いずみは居間の窓辺に立っても の思いに沈んだ。どうして、あんな声を出したのだろう。後悔が胸をかんだ。

何かせずにいられない。けれども、気ばかりが焦った。何をしたらいいのか分からなかった。じっとしていられなくなって、外へ出た。

いずみは同じ敷地内にある憲たちの家の玄関先に立った。チャイムを鳴らすと、勢いのいい足音がして玄関のドアが開いて、目の前には壮太が立っていた。

「おばあちゃんや」

「お母さんは、いるの」

「出かけてるで。片くり粉を買いにお姉ちゃんと一緒に行った」

由衣子の行き先が実家でないことにほっとしていずみは中に入ってドアを閉め、たたきに立った。

「壮太は行かなかったの」

「お姉ちゃんと一緒に行きたくない」

壮太は悪びれる様子もなく答えた。

居間の方を見ると、憲がギターを片手に床にすわっていた。彼はちらっといずみを見たあと、ギターをかき鳴らし、壁に立てかけた。

「壮太、風呂に入ろうか」

「うん」

父に呼ばれて、壮太は部屋の中へ引っこんだ。

いずみが外へ出たとき、庭先の暗がりの中をふたつの人影が近づいてきた。

「ただいま」

買い物の袋を提げた真由があいさつをした。

「お帰り」

声をかけたいずみの横をすりぬけて真由は家の中へ入った。

いずみは由衣子と向き合って立った。

アプローチライトの銀色の光に照らし出された由衣子の頬が硬く見えた。

「酵素のお礼を言おうと思ってね。ありがとう」

「いいえ、お母さん、ちょっと待っててください」

由衣子はそう言って家の中へ入っていったが、すぐに大きな紙袋を提げて戻ってきた。

「紺色の方をお父さんに、ベージュ色の方をお母さんにと思って、ひと月ほど前にジャケットを買っておいたんですよ」

いずみは由衣子に手渡された紙袋を胸に抱えた。

「ありがとう」

「ヒートテックです」

聞き覚えがあったが、思い出せなかった。

「ヒートテックって」

「新しい素材ですよ」

「軽いなあ。暖かそうやなあ。ありがとう。忙しいのに、選んでくれたんや」

「いつもお世話になってるので」

由衣子はそう言うと、目を伏せた。

そのまま会話が途ぎれた。

裏山で鹿が鳴いた。鹿は稲の穂や木の皮を食べるので、穂水町では敬遠されている。けれども、鹿も生きていかなければならないのだ。

また鹿が鳴いた。鳴き声は長く尾を引いた。

ふいに由衣子が口を開いた。

「私は憲に無理なことを望んでいるのでしょうか」

由衣子の目はどこか遠くを見ているようで、とらえどころがなかった。とっさに答えることができず、いずみはしばらく考えてから、言った。

「由衣子は気持ちを率直に伝えたらいいと思うで。憲も、あの子たちも、お互いにね」

「絶対にここにいると言ってふたりが譲らないので、どうしたらいいのか分からなくなって」

由衣子の苦悶がひしひしと伝わってきた。彼女の心のひだに触れた気がした。もし同じ立場に立たされたら、いずみはどうするだろうか。

「由衣子は優しいね」

「私の、どこがですか」

彼女の声は投げやりに聞こえた。

「子どもを親の言いなりにさせようとしない。親の思う方向に引っ張らない。そこが優しいわ」

憲と由衣子は子どもの意思を尊重しようとしている。それは親としての立場であり、理性なのかも知れない。

そう思いながらも、子はかすがいという言葉にはこだわりがあった。自分たちはそんな夫婦になりたくない。憲と由衣子にもなってほしくない。心を通い合わせる夫婦として再生し、再出発してほしいと思った。

腹をわって話し合って、ふたりの間の信頼を取り戻してほしいと、いずみは言いかけた。けれども、これは憲と由衣子のことなのだ。一般的なことを口先だけで言っても仕方がない。考えを押しつけてはならない。どうしたらいいのだろう。結局、自分たち夫婦の経験を語ることしか思いつかなかった。

「私の場合はね、反目し合ったり、ふたりの間を埋めたり、そんなことの繰り返しだったわ」

いずみが話し始めたとき、お母さんと真由が部屋の中から呼んだ。

「帰るわ」

いずみは話すのをあきらめて言った。

「お母さん、また話を聞かせてください」

心を残していずみは自宅の方へ歩きかけた。また話を聞かせてくださいという由衣子の言葉が胸にたまれている。

楽しかった過去の思い出が次つぎに頭に浮かんできた。六人で耳吉川へ蛍を見に行ったことがあった。穂水町の夏祭りには、家族総出でバザーを出した。日本海で泳いだこともあった。あのころ、まさか、憲と由衣子がこんなことになるとは夢にも考えなかった。

家に帰ると、居間のソファーにジャケットの入った大きな紙袋を置いた。その傍にすわっていずみは考えこんだ。

ひと月ほど前にジャケットを買ったと由衣子は言った。もしかしたら、家を出ようと決意して買ったのではないだろうか。けれども、すぐには手渡さなかった。いったん家を出る決意をしたものの、迷っていたのだろうか。今夜、由衣子はジャケットを手渡した。問題を引き延ばさないで決着をつけるつもりだろうか。胸が冷やりとした。

晃が霊園委員会の会合から帰ってきた。

さすがに夜の会合は疲れるのか、疲労の色が顔ににじんでいる。彼は居間のソファーにすわった。

「由衣子が酵素を作ってくれてね。さっき憲が持ってきたんやわ」

いずみは酵素の入った小瓶をキッチンから取ってきて見せた。晃はガラスの小瓶を手に取った。

「忙しい中で、作ってくれたんやな」

彼はしんみりした声で言った。

いずみはジャケットを彼に見せた。

「由衣子はね、憲に無理なことを望んでいるのだろうかって、子どもたちのことを考えると、どうしたらいいのか分からないって言ってたわ」

いずみはそう言って、ベージュ色のジャケットを指先でそっとなでた。

「徹底して悩みぬく方がいいのかもな」

晃がつぶやいた。

十四　冬青

　夜半を過ぎても、いずみは寝つけなかった。季節外れの激しい雨が降りやまず、風も出てきたようだ。電線の鳴る音や、枝のこすれる音などがからみ合ってざわめいている。地を這うような低い音が聞こえてくる。ダムの水を放流する警告音だ。

　自動車の出ていく音がした。穂水町の消防団員が招集されたのだろう。濃紺の制帽と制服、黒い長靴をはいて雨にたたかれている消防団員たちの姿を想像すると、誇らしい気がした。その一方で、息子たちはだいじょうぶだろうかと気遣わずにはいられなかった。

　いずみは隣のベッドの方を見て耳を澄ませた。晃の寝息が聞こえない。上体を起こして彼の方へ身を傾けたが、やはり聞こえない。三十センチメートルほど空けて置いてある彼のベッドの方へすっと手を伸ばすと、指先に湿った息が伝わってきた。

　風と雨の音を聞きながら、いつの間にか眠りに落ちたようだった。誰かが呼んでいる。

「うなされてたで」

　晃の声で目が覚めた。歩いても歩いても暗い木立の中からぬけ出せない夢を見ていた。

「心臓の発作が起きたとき、いずみは退職しないって粘ったなあ」

　晃が思い出したように言った。もう二十年ほど前のことになる。

　奈良のアパートから穂水町に引っ越したときのことが思い出された。娘の未央はいじめられて学校へ行き渋り、日に日に笑顔が消えていった。いずみは自分を責めた。虚弱な体が口惜しかった。

　未央に友だちができて元気に登校するようになると、今度はいずみが悩み始めた。社会から取り残され、体の中に灰色の穴があいた気がした。

　けれども、学習塾を開き、エッセイの季刊誌〈竹林〉と出合った。子どもたちと触れ合い、エッセイを書いているうちに、しだいに気力を取り戻した。

「あのとき、いずみは辞めてよかったと思うで。心臓の発作もまずまず収まったし」

「そうやな」

「いろんなことを積み重ねてきたなあ」

彼はつぶやいて息をはいた。

人生の終わりを告げているかのような言葉に、いずみの胸はきしんだ。


朝、寝室のカーテンを開けると、どんよりした黒灰色の雲間からまぶしい陽光が射していた。

朝食の準備をしていると、自動車の入ってくる音が聞こえた。いずみは味噌汁を作っていたガスの火をとめ、玄関の戸を開けて外へ出た。

車庫の方で自動車のドアを閉める音がした。濃紺の制帽と制服を身につけ、膝までの黒い長靴をはいた憲が近づいてきた。

「お疲れさま、どうだったの」

「増水したけど氾濫はしなかった。崖崩れもしなかったで」

彼は眠そうな目をしばたたかせた。

朝食のあと、晃は本棚の下段の引き出しから大学ノートや冊子を取り出した。それをキッチンのテーブルの上に置いて、真剣な目つきでノートにボールペンで何か書き始めた。

いずみはテーブルの上の冊子の中から一冊を手に取って表紙を眺めた。

やわらかい色調の森を背景に、幼い子どもが草はらを駆けている。日本共産党の綱領の表紙だ。

ページをめくると、赤いボールペンで囲んだいくつもの文字が目についた。晃は自由という字を全部囲んだらしい。綱領にこんなに多くの自由という字があるとは知らなかった。そういえば、憲法にも自由という字がいくつもちりばめられている。

いずみは綱領をテーブルに戻して、『激動の時代に歴史をつくる生き方を』という冊子を手に取って読み始めた。読むのは二回目になる。

晃がボールペンを置いて顔を上げた。思い詰めているような、どこか遠くを見ているような目の色に見えた。見ていると、いずみは何かに駆り立てられ、じっとしていられないような気がしてきた。

「晃、裏山へ行こうか」

「いずみが誘うなんて、珍しいな。ひょっとしたら、初めてかなあ」

彼は目じりのしわを深くした。

「そうや、初めてやわ」

答えていずみは椅子を立った。

彼は書いていた大学ノートや、資料や、本を手早く本棚の下段の引き出しにしまった。

勝手口のドアを開けると、かすかな川音が遠くから聞こえてきた。

森の入り口で、どちらからともなく立ちどまり、奥へ続く細い道を眺めた。去年、晃が退職して間もないころ、ふたりで森の道をきり拓いたのだった。

晃は先に立って樹林の間に続く道を歩いていった。空気が透きとおっている。しっとりと雨に濡れた葉の匂いがする。

彼が立ちどまって、傍らの木を見上げた。その視線の先に色あせた冬青《そよご》の実がまだ残っていた。

「できたで」

冬青の木を見上げたまま、彼が言った。

故郷の冬青の赤い実
憲法十三条をくちずさんでみる

生まれ育った日本海側の港町の冬青をよんだのだろうといずみは思った。

「穂水町に長く住んで、いつの間にか穂水町は僕の故郷になってたんやなあ」

晃が言った。生まれ故郷ではなくて、この森のことを短歌によみこんだようだ。

「故郷がふたつもあるなんて、ぜいたくやな」

いずみは言い、歩きながら、憲法十三条を声に出さずに諳んじた。〈生命、自由及び幸福追求に対する国民の権利〉という言葉が、いずみは好きだった。

ビッキ石の上に立つと、川風が川の匂いを運んできた。川は黄土色に濁っていた。対岸には竹の穂先が疲れた色を見せて川面をなで、淵には無数のあぶくが揺れている。プラスチックの容器や、ペットボトルや、ビニール袋が次つぎに流れていく。雨後のいつもの景色だ。

いずみは盲目の耳吉に思いを馳せ、ビッキ石の傍らに佇む少年の姿を想像した。耳吉はこの石に触ったに違いない。しゃがんで足もとの石に触ると、ざらざらしていた。ビッキ石をなでながら、いずみは十年あまり前の記憶をたぐり寄せた。

「こんなに、いいことがあるなんてなあ。生きてきたおかげやなあ」

祖母はしんみりとした声でつぶやいた。生まれて間もない赤ん坊の真由をのぞきこむ祖母の目の色が深かった。あのとき、祖母は戦死した夫や、若くして死んだ娘たちに、真由の誕生を語りかけていたのかも知れない。

真由が生まれてひと月ほどあとに、祖母は入院した。加江はチューブにまとわりつかれて、集中治療室で昏睡していた。

「いつ、退院できますか」

主治医の姿を見るたびに、いずみは尋ねた。

「とても、厳しい状況です」

主治医は答えた。それでも、いずみは祖母の回復を信じ、一緒に家に帰ることを疑わなかった。

加江が目を覚まして晃といずみを呼んだ。晃はベッドに近づき、いずみは祖母に顔を寄せた。

「生きているものが大事やで」

加江は明るい目の色をして言った。


最近、祖母のことをしきりに思い出す。年齢を重ねたせいだろうか。それとも、晃の病気のせいだろうか。世の中の激しい動きのせいだろうか。

「そろそろ帰ろうか」

晃の声に、いずみは現実に引き戻された。

歩いていると、降り積もった落ち葉が足裏を押し返してくる。森は不思議だ。濃い緑の葉蔭に、土の下に、吹き過ぎていく風に、何かの気配がある。

ふいに晃が立ちどまって森の木立を見つめた。その視線の先に、葉をすっかり落とした裸木が立っている。幹の真ん中ぐらいの高さのところに小さい生き物がいる。茶色の丸っこい体つき、ふんわりと長い尾、大きな目。リスだ。

突然、リスは木の幹を滑るように下り、するすると隣の木に登った。木と約束でもしているかのような迷いのない動きだった。

「安本さんともう一度会いたかったなあ」

晃がつぶやいた。

森から帰ると、キッチンでお茶を飲んだ。

晃は茶碗をテーブルの上に置くと、椅子を立った。本棚の下段の引き出しを開け、中から大学ノートを取り出した。

「読んで」

彼はノートを広げると、いずみに渡した。

いずみはノートの文章を目で追った。

これまでに僕は共産党への入党を二回勧められたことがある。教職員組合の委員長になったときと、〈憲法を知る会〉を立ち上げたときだ。

長い間、僕は「しんぶん　赤旗」を読んできた。しかし、入党は断ってきた。個人の自由が失われると考えたからだ。

昨年の春、退職した直後に、三度目の入党を勧められ、日本共産党の綱領と規約を読み直した。今回、読んで発見したことがある。自由という言葉が日本共産党の綱領に何回も出てくることだ。

『空想から科学へ』『家族、私有財産および国家の起源』『共産党宣言』『激動の時代に歴史をつくる生き方を』『みんなで学ぶ党規約』などを読んだ。再読もあれば初めて読んだのもある。

共産党は人間の自由な発展のためにあるということを僕は知った。

人間の自由な発展はどこにあるのか。その答えが綱領にある。自由への道すじを綱領は解き明かしている。僕たちは壮大な歴史の流れの中にいる。自由はいまという時代の流れの延長線上にある。

僕にとって、かつて自由はあこがれのようなものだった。けれども、いま、自由は身近でリアルで、築いていくものになった。

僕は安本さんのことを考える。彼は大腸がんで死んだ。老いた母親を残して逝くのは、どんなにか無念だっただろう。彼は死ぬまで貧困と闘った。しかし貧困は彼からたくさんの自由を奪った。

いま、日本共産党の歩いてきた道を思うと、身が引きしまる。微力だが未来社会のために行動したい。自由な成長が生きる希望だ。

いずみは晃の書いた文章を読んだ。

彼は清水智子に電話をかけた。

間もなく智子が訪れた。晃が入党申しこみ書を智子に渡し、ふたりは握手を交わした。

昼前、晃が町議会の傍聴から帰ってきた。

「町議会の様子はどうだったの」

「山林を有効に利用できる、放射能の心配がない、何人かの議員がそんな意見を言ってたで。メガソーラーの建設に賛成の議員が多数派やな」

「智ちゃんはどんな発言をしたの」

「太陽光発電には賛成だけど、場所を考えてほしい。災害や、自然破壊が心配だ。それが智ちゃんの意見やな。すかっとした話しぶりで、ユーモアたっぷりで、笑いを取ってたで。傍聴席の人たちや、新聞社の人たちが笑ってたで」

「智ちゃん、余裕やな。で、どうなるの」

「すでに、京都府はメガソーラーを許可している。くつがえすのは難しいな」

「よりによってあの場所を選ばなくてもいいのに」

青紫色の春リンドウの花、日本で一番小さいルビー色のハッチョウトンボが目に浮かんでくる。メガソーラーの工事はたくさんの、はかない生き物を絶えさせるに違いない。

「帰りに、いいものを見たで」

晃が思い出したように言った。

「いいものって」

「オオタカが飛んでいたで」

上空を飛んでたで」

彼の言葉に、ゆうゆうと羽を広げて舞うオオタカの姿をいずみは思い浮かべた。

翌朝、いずみはキッチンで新聞をめくって目当ての記事を探した。

黒田隆記者の署名記事はすぐに見つかった。〈穂水町の大型開発の行方—メガソーラーの設置を巡って〉という見出しだ。〈町民の関心は高く議会の傍聴席は満席だった、すでに京都府の許可が下りているので早い時期に建設が進むだろう〉と書いてある。

町民へのインタビュー記事も載っていた。穂水町の発展に期待している。自然の景観が損なわれる。土石流が心配だ。除草剤や、六価クロムについて懸念している。そんな町民の声が載っていた。

以前、黒田記者はメガソーラーの会社に反社会的な人物がいることを記事にしたことがあった。そのとき、身辺の安全に気をつけるようにと友人に忠告されたという。今回も、この記事を書くとき、家族のことを考えて黒田記者はためらったのだろうか。

その上で、命を張る覚悟で書いたのだろうか。

「メガソーラーを作ることになるの」

新聞をテーブルに置きながら、いずみは尋ねた。

「そうなるな。けど、もうすぐ全会一致で開発規制条例案を出すそうやで。今後の開発の歯どめになると思うで。肝心なことは、この運動をとおして何が結実したかということかな」

晃は答えて椅子から立ち上がった。畑へ行くと言い、ドアを開けてキッチンを出ていった。

運動をとおして結実したことは何だろうと、いずみは思いを巡らせた。たくさんの人と知り合いになり、一緒に行動した。いまにも滅びそうなはかない命の大切さに心を向けることができた。故郷への思いは人の権利だということを知った。開発規制条例が決まりそうだ。記者の勇気を知った。メガソーラーの運動をとおして結実したことが、次つぎに頭に浮かんできた。

いずみは椅子を立ち、本棚の下段の引き出しを開けて書類を取り出した。テーブルの上に置いてペンを走らせ、書き終わると智子に電話をかけた。

「智ちゃん、晃に聞いたけど、きのうの議会で、すかっとした発言をしてたらしいな」

「すかっとした発言ね、それはありがとう。メガソーラーの建設工事が始まったとしても、まだ、たくさん仕事が残ってるわ。工事が水害を誘発しないかどうか、除草剤や六価クロムを使っていないかどうか、よく見張っておかないとね」

「終わりじゃないんや」

「そうやで、終わりじゃないで」

「智ちゃん、これから行っていいかなあ」

「いいで。待ってるわ」

清水洋品店の戸を開けると客はなかった。出てきた智子にいずみは封書を手渡した。彼女は封を開いて目をとおした。

「待ってたんやで、いずみちゃんの入党を」

彼女は共産党の入党届から顔を上げた。

「ほんとうに、終わりじゃなくて、始まるんやなあ。私たちも嬉しいけど、晃さんが喜ぶと思うで」

真っすぐにいずみの目を見て、智子は言った。

智子の家で晃といずみの入党を祝う歓迎会が開かれた。

その一週間後、またしても、晃が入院することになった。胆管炎が見つかったのだ。

入院する前の日の夜、憲たちの家族と一緒に六人で食卓を囲んだ。テーブルの上には、串鶏や、肉じゃがや、お浸しや、酢の物や、茶わん蒸しや、お澄ましや、煮リンゴなどが並んでいる。

夕飯のあと、とりとめのない話をしたあと、憲と子どもたちは居間へ行ってテレビをつけた。

晃が壁の時計を見上げた。

「きょうは、風呂に入ろうかな」

彼はそう言って、椅子を立った。

病気になる前、晃は入浴やシャワーを好んだが、抗がん剤治療を始めてからは疲れるのか、嫌がるようになった。けれども、その夜は風呂に入ると自分から言った。

由衣子がシンクの前に立って食器を洗い始めた。皿の糸底を洗う白い指がしなやかに動いた。いずみは由衣子と並んで立ち、食器を布巾で拭いた。拭いた食器や鍋などをふたりで片づけた。

小皿をしまったあと、由衣子は食器棚の前で黙って立ち、もの思いに沈んでいるように見えた。

「由衣子、疲れてるんじゃないの」

いずみが声をかけると、彼女は吐息を漏らした。

「近ごろ、眠れないことがあって、夕べも眠れなかったので、子どもたちの寝顔を見ていたんです。そのとき、お母さんの言葉を思い出しました。誰にでも夫婦の溝があるという言葉です」

「由衣子、眠れないって苦しいなあ。私ね、前に、裸足で家を飛び出したことがあるって話したでしょう。そのときね、晃が追いかけてきて、口惜しいことにすぐに追いつかれて、つかまってしまって。で、たまっていたことを全部ぶつけたの。何で分かってくれないのって、胸の中に不満や怒りがいっぱい詰まってて、激しい言い合いをして」

「それで、どうなりましたか」

「三時間ぐらい思いきりぶつけ合ってね。そんなことが何回もあったわ」

「そうですか」

由衣子は言い、片方の指先をこめかみに当てた。

「私たちはそのときどきに真剣に向かい合ってこなかったのかも知れません。いまは憲のことを信じられなくなってしまって」

由衣子は眉根を寄せた。

「いまの問題が起きるまで、憲も、由衣子も、お互いにあんなに好きだったでしょう。これまでのふたりの思いは確かだったと思うわ」

「そうでしょうか」

由衣子はそう言って目を伏せて黙った。しばらくして、こめかみから指を外した。

「お休みなさい」

由衣子はあいさつをしてキッチンのドアを開け、玄関の方へ向かった。

いずみはキッチンの椅子に腰を下ろして、スマホでメールを送った。

―由衣子、あなたたちはまだ終わっていないと思う。ふたりの過去の記憶を、いまの感情で塗り変えてはいけないと思う。

由衣子、いまの信じられない思いを書いてみて。何かが見えてくるかも知れない―

―書いてみます―

由衣子からメールが返ってきたとき、玄関の戸を開ける音がした。居間でテレビを見ていた憲と真由と壮太が帰っていったのだろう。


いずみは風呂に入ったあと、寝室のドアを開けて中に入った。晃はベッドに横になっていた。

「鹿が鳴いてたな」

「気がつかなかったわ」

いずみは答えて、自分のベッドに腰を下ろした。

「さっき、一首できたで」

晃は短歌を諳んじた。

人の世を語るがごとく冬空に
絶滅危惧種のオオタカが舞う

短歌を読む晃の声を聞いて、いずみはしんとした気持ちになった。

ふいに彼が起き上がって下腹に両手を当てた。

「さっき、風呂に入ったとき、気になったんや。ちょっと見て」

彼は両手でパジャマをたくし上げた。いずみは傍に寄って腰をかがめた。茶色をおびた無数の粒が脇腹に散らばっている。

悪い前触れではないだろうか。得体の知れない恐怖におそわれて心がざわついた。

「明日、病院で診てもらえばいいわ」

いずみは動揺を抑えて言った。

晃はうなずいて上着をもとに戻した。

しばらくの間、彼は黙っていたが、ふいにベッドから下りて体をかがめた。自分のベッドを両手で押して、いずみのベッドにぴたりとつけた。

「今夜はこうして寝よう」

彼の言葉にいずみはうなずいた。

布団に入って目をつぶると、晃の息づかいや、匂いや、体温が間近に感じられた。


翌朝、憲が常磐木病院まで送ってくれた。憲は荷物を運び入れると、出勤するために病室を出た。

いずみは家から持ってきた洗面具や着替えなどを整理した。紺色の旅行用のかばんは重かった。開けて中を見ると、ポケットに憲法の豆本が差しこんであり、〈竹林〉がぎっしり入っていた。

「たくさん持ってきたね」

いずみが驚いて声をかけると、窓際のソファーにすわっていた晃が振り向いた。

「今回は持てるだけ持ってきた」

晃が言ったとき、主治医の今村章子が病室に入ってきた。

「先生、裏の森で、リスを見ましたよ」

「リスですか」

彼女は驚いたように目を見張った。

「森はいいですよ。森はうそをつかない、訪れる死の予感とかも伝えてくれます」

いずみはぎくっとして晃の顔を見た。

「私はこれまで何度も奇跡を見てきました」

今村医師は静かな声を返した。奇跡という言葉が訪れる死の予感という言葉に寄り添った気がした。

晃は無言だったが、しばらくして口を開いた。

「今村先生、彼とは順調ですか」

晃は明るい口調で話題を変えた。

「三か月あとに、結婚式です」

「おめでとうございます」

いずみが晃と声を揃えて祝福すると、今村医師は頬をあからめた。

胆管炎の手術をしたのは今村章子医師ではなかった。専門が違うのだろう。内視鏡による手術は部分麻酔で行われ、時間も短かった。

　手術をした日の夕刻、主治医の今村医師が病室に入ってきた。片手にファイルを持っている。

「大原さん、手術がうまくいってよかったですね」

　彼女が言うと、晃は笑顔になった。うまくいってよかったを見て、視線を静止させた。今村医師は晃と言いながらも、目に心配そうな色がある。

「脇腹の皮疹《ひしん》を見ておきますね」

　今村医師が言った。

　晃がパジャマの上着をめくると、無数に散らばった焦げ茶色の皮疹が現れた。

「皮膚科の先生に病室往診をしてもらいますね」

　主治医は皮疹から目を離さずに言った。

　病室を出ていく今村医師の背中を見送りながら、いずみは思わず自分の手をきつく握った。

　間もなく、あごひげをたくわえた若い皮膚科の医師が病室を訪れた。

「組織検査をしましょうか」

　小柄な医師は言った。

「胆管炎の手術をしてもらったあとです。疲れていると思うので、明日にしていただけませんか」

　いずみは横から口をはさんだ。

「いずみ、いま、してもらおう」

　晃が言うと、黒いあごひげの医師はうなずいた。

　翌日の午前中、今村医師が北浦侑紀看護師と一緒に病室に入ってきた。

「保湿剤を置いておきますね、乾燥したり、かゆかったりしたときに塗ってくださいね」

　看護師はふっくらした手でいずみにチューブを手渡した。緑色のラベルの貼られた保湿剤だった。

　今村医師は晃の顔をじっと見つめたあと、ふっと息を吸ってから口を開いた。

「大原さん、皮膚への転移が見つかりました」

　転移、そんなはずはない。いずみは思わず首を横に振った。

「転移ですか」

　晃がつぶやいた。

「そうです。皮膚に転移しています」

　ついに恐れていたことが起きた。

　今村医師が治療方針の書かれた文書を渡し、晃が読んだ。いずみは横からのぞいた。文字がちらちらして文意がすんなりと理解できなかった。こんなことではだめだ。いずみは自分を叱った。

「新しい抗がん剤で治療を始めましょう。しばらく、検査が続きますよ」

今村医師は日程表を見せてきっぱりした口調で言ったあと、息を継いだ。

「新しい抗がん剤は、五日間飲んだあと、二日間休みます。さらに、五日間飲んだあと、十四日間休むというサイクルです」

「分かりました。よろしくお願いします」

晃は落ち着いた声で答えた。

「たんぱく質の量が少なくなっているので、高栄養の点滴をしますね。利尿剤も入ってるんですよ」

医師が看護師とドアの方へ歩いたとき、いずみは思わずあとを追った。北浦看護師が振り向いた。

「足がむくんでいるので、マッサージ師さんに来てもらうことになりましたよ。もうすぐリハビリステーションの多田さんが来られますよ」

看護師は慰め顔で言った。

いずみは憲にがんの転移を携帯電話で伝えた。

憲は無言だったが、しばらくして答えた。

「分かった。由衣子と未央に連絡しておく」

彼の電話の声がひどく遠くに聞こえ、胸に異物がつかえているような気がした。

ノックの音がして白衣の男性が入ってきた。

「リハビリステーションの多田士郎です。よろしくお願いします」

多田はよく響く声で言い、ベッドの横に立った。

いずみは何となく年配の人を予想していた。けれども、予想に反して、三十歳ぐらいの若い人だった。肩幅が広く、がっしりした立派な体格をしていて首回りが太く、手の甲も指も分厚かった。

「大原さんの望みは、何ですか」

「大腸がんと皮膚がんを治して、自分の仕事をしたいと思っています」

多田はメモをしながらさらに質問を重ねた。

「大原さんに聞いた話を基にして、マッサージの計画を立てます。明日から伺います」

終わると、多田はていねいに頭を下げて、病室を出ていった。

「ひげをそろうかな。洗面所でそろうかな」

晃の声が何かに挑むかのように響いた。立ってひげをそるのは難しいだろうと思い、いずみは洗面所に椅子を運んだ。彼は洗面所へ行って椅子に腰をかけてひげをそったあと、ベッドに戻った。

「この部屋は居心地がいいわ。泊まろうかな」

必要なものはすでにロッカーの奥に入れてある。泊まる準備はできている。

「帰れよ。いずみは体が弱いんだから。とも倒れになったら困るからな」

彼はいつもの言葉を返した。


朝、穂水駅へ向かう途中で八峰神社へ寄った。手を合わせて、いま何をすればいいのだろうと考えた。

小さな鳥居の方へ歩きかけたとき、木立の中に万両が見えた。いずみはまばたきをして小粒の深紅の実を見つめてから、駅へ向かって歩き始めた。

ディーゼルカーと電車を乗り継ぎ、バスで病院に着いた。病室へ入ると、晃はベッドに半身を起こして〈竹林〉を広げていた。

「ふろに入ろうかな」

いずみを見て、晃が言った。いずみの補助で、彼は入浴した。

風呂から上がってしばらくたって、マッサージ師の多田士郎が大股で入ってきた。ひと仕事してきたのだろうか。頬も、手のひらも、指先も、濃い桜色をしている。

「風呂に入って、さっぱりしました」

晃は多田に言った。

「よかったですね。大原さん、不自由なことがあったら言ってください。痛いときは我慢しないで、知らせてください。何でも言ってください」

多田は足の指を一本ずつもみほぐした。晃の顔を見て、慎重な手つきでマッサージをしている。足の裏、足の甲、足首、ふくらはぎ、しだいに上部へと進んでいく。その間、ずっと晃の顔から目を離さなかった。

全身のマッサージが終わった。

「どうでしたか」

「気持ちのいい痛さです」

晃は答えた。


抗がん剤治療が始まると、晃はいずみが支えても歩けなくなった。

いずみはしばしば今村医師が言っていた奇跡という言葉を思い浮かべた。その言葉にすがって刻々を過ごした。

「晃、足をもうか」

「そうやな」

いずみは足をもみ始めた。

「もう少しゆっくりと」

その言葉に胸をつかれた。いずみはせかせかと生活してきた。晃はいずみ以上に前のめりだった。けれども、これまでとは違う。おそらく彼の体や、脈打ちは微妙に変化している。そう思うと心細さがつのった。

新しい抗ガン剤治療が始まって五日目の昼前、主治医と看護師が部屋に入ってきた。

今村章子医師はしばらくして口を開いた。

「大原さん、抗がん剤は効きませんでした」

医師の言葉に、いずみの体の芯はぬけた。

彼女はひと息ついてから、続けた。

「奇跡は起こらなかったのです」

強い一撃が体を走りぬけ、頭の中がかすんだ。

「これ以上抗がん剤を使っても、体を痛めつけるだけなので、もう使えないのです」

奇跡は起こらなかった。見放されたのだ。何故、こんな言葉を聞かなければならないのだろう。

けれども、それは自らが望んだことだった。病状と治療方針を本人にありのままに知らせるという項目に、晃が印をつけたのだった。

「今後の治療はどうなりますか」

晃が聞いたので、いずみは今村医師の顔を見た。

「今後、抗がん剤は使いません」

もう治療をしないのだ。現実をつきつけられ、いずみはうなだれた。

「栄養剤と利尿剤の点滴を続けます」

医師の言葉が言い訳をしているようにも、なだめているようにも聞こえた。

医師と看護師が病室から出ていった。

足もとに気をつけて。それが北浦看護師の口癖だった。けれども、彼女は口にしなかった。歩けない晃にとって、もはやその言葉は無意味だった。

抗がん剤が効かなかったことを知らせる気になれず、いずみは誰にも電話をかけなかった。

夕方、憲が来た。彼は入り口で、いつものように父親似の骨張って長い二本の指を立ててあいさつを送ってから病室に入ってきた。抗ガン剤が効かなかったことを、晃が憲に話した。憲は黙ってその話を聞いた。

「いずみ、早く帰って休めよ。憲、頼むで」

憲を見て、晃は言った。いずみはぐずぐずとタオルを洗ったり、洗面台を拭いたりした。

「もういいで」

晃が促した。

「また明日」

いずみが言うと、晃はうなずいた。

スタッフステーションの前まで来ると、今村医師がパソコンの前にすわっていた。調べものをしているようだ。彼女が顔を上げたので、目が合った。

彼女はすっと椅子を立って近づいてきた。

「いまが一番いいときだと思ってください」

今村医師はいずみと憲の顔を見比べるようにしながら言った。いずみは黙って頭を下げた。憲も何も言わなかった。

自動車はスズカケの並木の間を進んだ。緑色の三角屋根のジュピター楽器店が見えてきた。信号が赤に変わり、憲は車をとめた。

ギターが二本、立てかけられて冷たい光を放っている。二本のギターは、まるで宇宙の果てに置かれているかのように見えた。

信号が青に変わり、憲がアクセルを踏んだ。

「奇跡は起こらなかった」

いずみは憲の顔を見ずに言った。声が上ずった。

「うん」

「いまが一番いいときだなんて、どういうことなの。明日はどうなるの。その次の日はどうなるの。未来がないということなの」

憲は無言だった。

あまりにも理不尽だ。どうしてという言葉が胸にせり上がってくる。いまが一番いいときだなんて、どうしてあんな残酷なことが言えるのだろう。

車が高速道路に入ったとき、それまで沈黙していた憲が口を開いた。

「お母さん、いまが一番いいときって思ったことがあるやろ。あまりの幸福感に死んでもいいって。そんなときを過ごせということかもなあ」

そうだろうか。そうかも知れない。いまを精いっぱい生きよということかも知れない。

それにしても、夫婦の不仲に苦しんでいる憲が、こんなことを言うとは意外だった。

そのとき、ふと空気の変化に気づいた。

「憲、煙草をやめたの」

「うん、父親ががんなのに、息子が吸ってるのは、さまにならないかなあと思って」

いずみはハンドルを握っている憲の横顔を見つめた。細長い顔が引きしまって見えた。


穂水駅へ向かう途中で、八峰神社の前を通りかかり、小さな鳥居の下をくぐった。

いま、何をすればいいのだろう。目をつぶって手を合わせた。何をすればいいのか、心の中を丹念に探した。いま、できることがきっとある。

電車を乗り継いで病院へ着き、病室へ入った。

このところ、晃はいつも斜めにしたベッドにクッションを置いて上体を預けている。その姿勢以外は、耐えられなくなっているのだった。

片づけをしていると、晃が背中をかゆがったので、いずみは背中をさすった。

「保湿剤を塗ろうか」

いずみは看護師が置いていった緑色のラベルの貼られた保湿剤を手に取った。

「未央にもらったのが、あったやろ」

彼が言ったので、いずみは持っていた保湿剤を元へ戻して、前に帰省したときに娘に手渡されたスキンバームを手に取った。彼の背中はあからんでいた。丸みをおびた彼の背中を見ながら、ゆっくりと弧を描くように塗った。

携帯の着信音が鳴った。同窓生からだった。

「病棟の受付で聞いたんだけど、見舞いを断ってるらしいな。残念だけど、会わずに帰るわ」

「ありがとう。せっかく来てもらったのに悪いな。ごめんね」

いずみは友人に詫びた。

電話をきって、同窓生が見舞いに来てくれたことを晃に伝えた。

「遠くから来てくれたのに、申し訳ないなあ」

いずみが言うと、晃は首を小さく横に振った。

「これまでも病院での見舞いはことわってきた。この人には会って、この人には会わない、そんなわけにはいかない」

　彼はそう言って目を閉じた。

「みんなぎりぎりの生活をしている。選挙もある」

　彼は目を閉じたままでつけ加えた。穂水町の議員選挙が迫っていた。

　彼が目を開けた。

「病院で投票ができるで」

「きょうは泊まろうかな」

　いずみは話題を変えた。とっくにいずみの着替えなどは運び入れて泊まる準備はできている。

「だめだ。いずみは体が弱いんだから」

　晃はきっぱりした口調で言った。

　夕方、由衣子が入り口に立った。いつものように片手を軽く上げて入ってきた。

　晃も片手を上げて応え、頬をゆるめた。

「いずみ、もういい。由衣子、お母さんを頼む」

　晃の言葉に追い立てられるように病室を出て、由衣子とエレベーターを待った。

「きょうも、友だちがお見舞いに来てくれたけど、お父さんは断ったわ。この人に会って、この人に会わない。そんなわけにいかないって。それに、みんなは忙しいからって」

「家では受けてたのに、病院で見舞いを断るのには、お父さんなりの理由があると思いますよ。お父さんは弱った自分を見られたくないのかなあ」

　由衣子が言ったとき、ふと見舞い客について書かれた文章を思い出した。

　見舞い客は同じ顔つきで同じことを言う。見当違いのことをいう人もいる。ベッドに横たわっている自分を見下ろす。同じことを繰り返して答えるのに、もうあきあきした。誰の文章だったか、そんなことが書いてあった。

「前は、見舞いはまだって言って断ってたのに、最近、見舞いはまだって言わなくなって」

　そう言ったあと、いずみははっとした。まだ、と言っていたころ、晃は治ると思っていて、いまは、そう思えなくなっているのではないだろうか。

　翌日も、いずみは穂水駅へ向かう途中で八峰神社に寄った。いま、自分にできることをしよう。きょうこそ晃を説得しようと思った。

電車とバスを乗り継いで病院へ行った。

病室へ入ると、ベッドの傍に技師らしい白衣を着たふたりの男性がいた。年配の方は白髪で、若い方は背が高かった。移動式のステンレス製らしい検査機器がベッドの傍に置いてあった。検査のために体の下に板を挿しこむとき、晃は顔をしかめた。

「やめてください」

いずみが思わず言うと、晃が制止した。

「必要だから、やってるんやで」

晃はなだめるように言った。

検査を終えると、若い方の技師が検査機器を載せた台車のようなものを押して、ふたりは病室を出ていった。

「晃、ひげをそろうか」

いずみは気分を変えようとして、とりなす口調になって聞いた。

「ひげはいい」

「頭を拭こうか」

「きょうは、看護師さんが体と頭を洗ってくれるで。いずみ、ソファーにすわったらどうや」

晃が言ったとき、マッサージ師の多田士郎が入ってきた。彼は丹念に足をもみほぐした。

「大原さん、床に立ちたいと思いませんか」

多田が言うと、晃ははじかれたように顔を上げて目を光らせた。

「やってみませんか」

もう一度、多田が言った。

「ぜひ、立ちたいと思います」

答えた晃の声に勢いがあった。

やめてほしい。とても無理だ。検査のときに板を背中の下に置くのでさえ苦しそうなのだ。けれども、目を輝かせている晃を見て、いずみは言葉を呑みこんだ。

「大原さん、また、明日、来ます」

「また、明日、よろしくお願いします」

ふたりの言葉が胸に響いた。また、明日という言葉をこれまで無造作に使ってきたと思いながら、多田士郎の幅の広い背中を見送った。

「だいじょうぶかなあ」

ソファーにすわって、いずみはつぶやいた。

「がんばってみる」

彼の言葉を聞いたとき、いまだと思った。

「明日に備えて、きょうは泊まるわ」

いずみはすかさず言った。もの言いたげな顔をして彼が何か言いかけた。

「宿泊の手続きをしてくるわ」

いずみは彼の言葉をさえぎり、さっとソファーから立ち上がって素早く病室を出た。


初めて病院に泊まり、いずみは落ち着いた気持ちで朝を迎えた。三食とも食事を申しこんでおいたので、朝食を晃と一緒にとった。

多田士郎が大股で病室へ入ってきた。大仕事にかかる前の意気ごみが、がっしりした体にみなぎっているかのように見えた。彼はいつものマッサージをしたあと、晃に言った。

「始めましょうか」

緊迫した声だった。

「はい」

晃は力のある声を返した。

床に立つのは無謀だと思った。けれども、いまとなっては引き返せなかった。

晃は多田に支えられてベッドの端に移った。腰をかけて足を下ろした。それだけで、長い時間がかかった。激しい痛みがきているのは傍目《はため》にも明らかだった。のどから漏れ出ようとする苦悶の声を、晃は必死で抑えているようだった。

多田が晃を抱えた。ふたりは一体となって呼吸をしている。ひとつの塊になり、汗まみれになってあえいでいる。ふたりが黒い岩石に見えた。

目をつぶりたかった。胸がかきむしられた。息が浅くなった。けれども、耐えて見守った。

長い時間が過ぎたように思われた。

晃が多田の力を借りて、やっともとのように上体をベッドに預けた。

多田が力尽きたかのように床に膝をついた。終わったのだ。

「足が床につきましたか」

晃が目だけを多田に向けて聞いた。

「つきましたよ」

多田士郎が立ち上がりながら答えると、晃はうなずいた。頰に満足そうな笑みをためている。

多田が病室を出ていくと、いずみは温かいタオルで晃の全身の汗を拭いた。拭きながら、声にならない声を聞いた。ほかの誰でもない、自分は大原晃だと全身で主張している声だった。

十五　閃光

朝、晃は食事にあまり手をつけなかった。小さな錠剤を飲むときも手こずった。

いずみはふたり分の食器とトレーを重ね、両手で持って病室を出た。配食用のステンレス製の大きなワゴンが廊下にとめてあり、その傍に顔見知りの中年の女性が太い腕を組んで立っていた。いずみは食べ残しの多いことを気にしながら、食器とトレーをワゴンの棚に返した。

「残してしまって、すみません」

小声で言って頭を下げた。

鮮やかなピンク色の服と帽子をつけた女性が胸の前で組んでいた逞しそうな腕をほどいた。

「いいんですよ、ご主人の好きなものは何ですか」

彼女のがらがらした威勢のいい声に温もりがあったので、いずみはほっとした。

「缶詰めの桃かな」

いずみが言うと、彼女はうなずいた。

病室に戻ると、晃は斜めにしたベッドにクッションを当て、背中を預けて目を閉じていた。

晃は穏やかな顔をしていて室内は静かだった。静か過ぎる気がして急に不安になり、いずみは窓の外に目を移した。遠くになだらかな山なみが続いている。常磐木病院に泊まり始めて何日がたったのだろう。深緑色の山肌に目を遊ばせながら指を折って確かめると、ちょうど二週間が過ぎている。

かすかな気配を感じて、ベッドの方へ目を戻すと、晃が何かをつぶやくように唇を動かしたのだった。その小さな動きを見てたちまち胸が明るくなり、いずみは机に向かって原稿を書き始めた。

二ページ目に進んだとき、主治医の今村章子が病室へ入ってきた。足音で晃が目を開けた。今村医師がベッドの傍に立ったので、いずみは彼女の横に椅子を置いた。彼女は会釈をして腰を下ろした。

「ちょっと、見せてくださいね」

今村医師は晃の薄青色の患者服をたくし上げ、脇腹と足のつけ根を見た。濃い赤茶色に盛り上がった皮疹は胸の方まで広がっている。

彼女はじっと見ていたが、脇腹の皮疹に軽く手で触れ、患者服をもとに戻していずみを見た。

「エッセイを読ませてもらいましたよ」

そういえば、以前、晃が季刊誌〈竹林〉を彼女に渡したことがあった。

「お忙しいのに読んでくださったんですね。ありがとうございます」

いずみは頭を下げた。

「私ね、読んだあと、家族って何だろうって考えさせられて」

「そんなふうに読んでくださったんですね」

「先生、今度、妻は、月刊の文芸誌で連載エッセイを始めるんですよ」

晃が言った。

「そうですか、おめでとうございます。いつからですか」

「二か月あと。待ち遠しいなあ」

「二か月あとですか」

今村医師はそう言って、晃の顔をじっと見た。

医師が病室を出ていったあと、いずみはベッドの傍に寄った。

「足の裏をももうか」

「そうやな」

いずみは彼の呼吸に合わせて足の裏をもみほぐした。気持ちよさそうにゆったりとした顔をしていた晃が、ふいに眉間に縦じわを寄せた。

「どうしたの」

「思い出したんや」

「何を」

「入院した夜、山津波に追いかけられる夢を見た。そのあとも、同じ夢を見たなあ」

珍しく彼の声は弱よわしかった。

「二回も、見たの」

「うん、だけど、いずみが病院に泊まるようになってからは見てないな」

「私も大したもんやなあ」

いずみが胸を張ると、彼は笑った。

「いずみは、最近、皮肉を言わなくなったな」

「言ってたかなあ」

「相当なもんだった」

「言わない方がいいでしょう」

彼はそれには答えなかった。


昼食に缶詰めの桃がついたが、晃はひと口しか食べなかった。

午後、晃はふたりの看護師に体を洗ってもらった。体の向きを換えるとき、顔をしかめた。

そのあと、晃は鉛筆を片手に短歌帳を広げ、いずみは机に向かって原稿の続きを書いた。

今村医師が白衣を着た若い女性をつれて病室に入ってきた。白衣の女性は名刺を渡して、挨拶をした。粒の揃った健康そうな白い歯をしている。

「これからは、麻薬を使いたいと思っています」

麻薬という医師の言葉を聞いて、いずみは恐ろしいものに背中をつかまれた気がした。

「よろしくお願いします。これから、たびたびお伺いすることになります」

白衣の女性はていねいに頭を下げた。

麻薬を使い始めた日の午後、廊下の方で足音がして、憲と由衣子が入り口に立った。ようっ、というふうにふたりとも軽く二本の指を立てている。憲の骨ばった指、由衣子の白いしなやかな指。晃がひょいと片手を上げてふたりに応えた。一緒にいる憲と由衣子を見て、いずみの胸はなごんだ。

「病院に置いてあるのよりもよく見えるから、おじいちゃんに貸してあげるって、壮太が」

憲は言いながら、片手に持っていた紙袋から緑色の置時計を取り出して机の上に置いた。肩にカメラをかけている。

「そんなことを壮太が言ったか」

置時計を見て、晃が目尻を下げた。

「お父さん、足をもみましょうか」

由衣子が声をかけた。晃がうなずいたので、由衣子は床に膝をついて足をもみ始めた。憲は窓辺に立って外の景色にカメラを向けている。

今村医師と北浦侑紀看護師が病室に入ってきた。その足音が低かった。

由衣子がもんでいた手をとめて立ち上がり、窓辺の方へ歩いて憲と並んで立った。

医師と看護師は何故か黙っている。ふたりのただならぬ顔つきに引き寄せられるように、いずみはベッドの傍らに立った。窓辺にいた憲と由衣子もベッドの傍に近づいてきた。

今村医師は息を吸ってから口を開いた。

「もうすぐ、奥さんの連載が始まるんですね。大原さん、心待ちにしておられましたね」

医師の言葉に、晃はうなずいた。

「でもね、大原さん、その連載に、もう、間に合わないのです」

間に合わないという言葉が、いずみの全身を打ち据えた。不安定な揺れが全身を走りぬけ、病室が傾いたように感じられ、気がついたときには床に膝をついていた。

「大原さん、選んでほしいんです。自宅に帰るか、違う病院へ転院するか、どうなさいますか」

晃が唇を動かして何か言ったようだったが、聞きとれなかった。由衣子が椅子を引き寄せ、いずみを抱えてすわらせてくれた。

「自宅か、違う病院か、どうなさいますか」

もう一度、医師は聞いた。違う病院とはホスピスのことだろうか。たくさんの思いが胸に詰まっていく。けれども、言葉は形を成す前に消えていく。

「家族と相談しますので、時間をください」

晃が答えると、医師と看護師はうなずき、足音を立てずに病室を出ていった。

晃は自宅に帰ることを選ぶだろう。そう思っていずみは彼の言葉を待った。

「ここにいるよ」

晃の言葉に、いずみは自分の耳を疑った。

「お父さん、家に帰らなくてもいいのか」

「ここにいる」

父と子のやり取りをいずみは黙って聞いた。

由衣子が病室を出ていった。間もなく、由衣子は今村医師と北浦看護師と一緒に病室に入ってきた。

「大原さん、決まったそうですね」

「はい、ここに、いたいと思います」

今村医師の問いに、晃は即答した。

「大原さん、家に帰らないのですか。森や、畑や、清流の鮎や、〈里山再生チーム〉や、〈憲法を知る会〉の話を聞かせてくださいましたね。大原さんにとって、家には特別の意味がある、どんなにか帰りたいだろう、私も一度行ってみたい。そう思いながら聞かせてもらっていたんですよ」

医師の言葉を、晃はうなずきながら聞いた。

「人工肛門と胸のポートを先生に造ってもらって、ずっと抗がん剤治療を続けてきて、血栓症や胆管炎も治してもらいました。これからも、ずっと、常磐木病院にいたいと考えています」

晃は落ち着いた口調で答えた。

「そうですか。前に、心臓マッサージと人工呼吸器を希望しないと書かれましたね。そのお気持ちに変わりはありませんか」

「はい、心臓マッサージと人工呼吸器は必要ありません。モニターなんかもつけないでください」

晃の声が響いた。

「大原さん、泣いてもいいのですよ」

医師の言葉に誘われるように、晃は顔をわずかにゆがめた。けれども、ほんの一瞬だった。一秒もしないうちに、ゆがめた顔をもとに戻した。

「今村先生に聞き忘れたことがあったわ」

いずみは誰にともなくそう言って病室を出た。廊下を歩いていると、視界に入ってくる壁やドアがずれていくように感じられた。

スタッフステーションへ行くと、今村医師がパソコンの前にすわってキーを打っていた。彼女が視線を上げたので、目が合った。けれども、何を聞き忘れたのか、思い出せなかった。とっさに彼女から目をそむけ、きびすを返した。

扉を開けてらせん階段に出ると、冷気におそわれた。治療することは果てたのだ。そのことだけが頭にこびりついている。身動きできずに白い手すりをぼんやりと眺めていると、亡くなった祖母のことが甦ってきた。

病院のベッドで眠っていた祖母が目を開けた。

「いずみ、ここはどこや」

「病院やで」

「家に帰るで」

祖母はそう言って起き上がり、ベッドから下りると床に立った。何という身軽な動きだろう。それまでの衰弱がうそのようだった。

「朝まで待って」

いずみが言うと、祖母はベッドに横になった。けれども、しばらくしてまた同じことを繰り返した。

「待って、先生に相談してくるわ」

祖母に言い、静まり返った真夜中の廊下に出て足音を忍ばせて歩いた。

「一度、家につれて帰りたいのですが」

当直の医師に祖母の様子を説明したあと、いずみは言った。

「本人に自覚はないのです。夢を見ているようなものなのです。起き上がったら、体力を消耗して命を縮めますので、起き上がる前にとめてください」

医師は首を横に振った。祖母は夢を見ているような顔をしてはいなかったと内心思ったが、言葉を返せなかった。

いずみが病室に戻ると、祖母は眠っていた。けれども、しばらくして同じことを繰り返した。

「夜が明けてから帰ろうな」

いずみが言うと、祖母はベッドに身を横たえた。そのあと、昏睡に落ちて二度と起き上がることも、話をすることもなかった。

ふいに、らせん階段に風が吹きつけ、回想から引き戻された。あのとき、祖母は正気だったのではないか。本気で迫ったのではないか。けれども、いずみは医師の言葉に従った。

自分には欠けていたものがあった。野生の動物のような直感を失っていた。そのために、本音を汲み取れず、祖母の最期の願いを踏みにじった。家に帰るでという祖母の声が耳もとに甦ってくる。

白い手すりをつかんでいずみは身震いをした。ふと病室へ戻らなければならないことに気づき、ドアを開けて廊下へ入った。

心臓マッサージと、人工呼吸器はいらないという晃の言葉が思い出され、涙があふれて頬を滑り落ちた。声を殺して泣きながら、いずみは洗面所へ入った。顔を洗っててぃねいにハンカチで拭いた。

何故、晃は家に帰ると言わないのだろうと思いながら洗面所のドアを開けて廊下へ出た。胸の前で両手をきつく握って歩いた。

病室へ戻ると、憲と由衣子がベッドの傍で椅子にすわっていた。三人で話をしていたように見えた。由衣子が振り返っていずみを見た。

「お母さん、だいじょうぶですか」

彼女の心配そうな声音に、いずみは握っていた両手をゆるめて椅子に腰を下ろした。

「だいじょうぶ。私流でやるわ」

祖母の加江が入院したときに試されずみだ。

消化のいい物をよくかんで食べる。晃が眠っているときには、いずみも目をつぶって休む。晃の気持ちを大切にする。いつも、そのことだけを考えていればいい。

「じゃあ、また」

憲が晃の顔を見て椅子から立ち上がった。

「次は、真由と壮太をつれてきますね」

由衣子は言い、憲のあとを追った。

「憲と由衣子が一緒に来てくれたなあ」

病室を出ていくふたりをじっと目で追っていた晃がつぶやいた。いずみはうなずいて、ベッドの傍の椅子にすわった。

「晃、家に帰ろうか」

「ここにいる」

その話は決着がついたとでも言いたげなさっぱりした口調だったが、いずみは腑に落ちなかった。

「いまごろ、智ちゃんは寒風にめげないで仲間たちと町内を駆け巡っているだろうなあ」

晃が言ったので、宣伝カーに乗って穂水町内を駆け巡っている清水智子の姿をいずみは思い浮かべた。彼女は町議会の議員選挙に二期目の立候補をする決意を固めたのだった。

「ベッドに寝たままの人も社会の力になれるって智

ちゃんは言ってたなあ」

晃が自分に言い聞かせるようにつぶやいたとき、スマホの着信音が鳴った。

—今村先生に聞き忘れたことがあると言ってお母さんが病室を出られましたね。そのときに三人で話をしました。家に帰ったらどうかと私たちは勧めたんです。でも、常磐木病院にいるとお父さんは言いました。病院では僕の体を拭いてくれる。シーツを交換してくれる。薬を配ってくれる。夜中でも尿をとってくれる。いずみの食事も作ってくれる。掃除もしてくれる。家に帰ったら、いずみの体がもたないと言ってお父さんは譲りませんでした—

由衣子からのメールだった。

「由衣子からメールが届いたわ。病院を選んだわけが書いてあるわ。晃は私をかばってるの」

「いずみ、僕の自由はどんどん増え続けてるで。僕は家からも自由になったんやで」

晃は快活な声を響かせた。

「生きようと思えば、どこでも自由に生きられる」

迷いを感じさせない声で彼はつぶやいた。


いずみが病院に泊まり始めて、三週間が過ぎた。

ふたりの看護師がベッドの上にパッドを敷き、晃の全身を洗ってくれた。晃の背に当ててあった赤と白と黄色のバラの花模様のクッションは机の上に置かれている。看護師の手際はよかったが、体の向きを換えるとき、晃は痛そうに眉根を寄せた。

「腰のところが赤くなっていますね。右と左に交互にクッションを当てると、隙間ができて褥瘡《じょくそう》の進行をとめられますよ」

看護師は説明し、外してあった花模様のクッションを晃の背に当てた。

いずみは思わず看護師から目をそむけた。褥瘡、その言葉を聞きたくなかった。萎えてゆく気持ちを持てあまして唇をかんだ。

ふたりの看護師が病室から出ていった。体を洗ってもらって疲れたのか、晃は目を閉じている。

いずみは傍の椅子にすわって彼の寝顔に見入り、ともすれば怯《ひる》みそうになる気持ちに抗った。顔も、腕も、足も、瘦せていない。晃はだいじょうぶだと口の中でつぶやいて本を読み始めた。けれども、目は字面を追っているだけで内容が頭に入ってこなかった。

晃が目を開けて、机の上の緑色の置時計を見た。

「さあ、始めよう」

彼が勢いよく言った。

「えっ、何」

「看護師さんが言ってたやろ。クッションを入れ換えると、隙間ができていいって」

はいっといずみが声をかけると、彼が体を斜めに浮かせる。いずみは素早くクッションをぬいて、はいっともう一度声をかけて片側にクッションを入れ換えた。

「新しい目標が見つかったなあ」

晃が言った。彼は目標を見つけたのだと思いながら、いずみはかけ布団の端を整えた。


褥瘡ができた翌日の午後、北浦看護師が病室に入ってきた。

「三十分ごとにクッションを入れ換えてますよ。しだいに息が合ってきました」

晃が明るい声で報告すると、彼女はうなずいて胸の前で太い腕を組んだ。

「ふたりでバッチリですね。ところで、これから、大原さんのマットをエアマットに換えますよ」

彼女は言った。

以前、エアマットについての新聞記事を読んだことがあった。そのときは、いい発明だと思った。けれども、実際にエアマットを使う立場になると、病状の深刻さを思い知らされて気が滅入った。

間もなく、エアマットとストレッチャーが運ばれてきて、五人の看護師が病室に入ってきた。

「やっぱり、もうひとり、ほしいなあ」

年配の痩せぎすな看護師の言葉に、いずみは急いで傍に寄った。

「奥さんはいいんです。捜してきます」

北浦看護師はそう言うと、急ぎ足で病室を出ていった。

「難しいんですか」

いずみは細い腕を胸の前で組んでいる年配の看護師に尋ねた。彼女は腕をほどいて首を横に振った。

「いいえ、そうじゃなくて、力仕事なんですよ。奥さん、睡眠不足でしょう。夜中に見回ったとき、いつも起きているそうですね。大分痩せましたね。だいじょうぶですか。力をためておいてくださいね。北浦さんが、誰か、見つけてきますよ」

いたわられていることを感じながら、いずみは廊下へ出た。誰か来てくれる人があるだろうかと案じた。そのとき、珍しい光景を見た。

小柄な今村医師が頬を紅潮させ、両腕をぱっぱっと振って近づいてくる。競歩以上の速さだ。手術の直後なのか、医療用の立体マスクの紐が片方の耳からぶら下がって揺れている。そのあとを小太りの北浦看護師が必死な顔で小走りに追いかけてくる。まるで映画の一場面のようだった。

六人がベッドの周りに緊張した面持ちで立ち、両手でタオルケットの端をつかんだ。

「せえのっ」

年配の痩せた看護師が力のこもった声をかけた。晃は空中に浮かび、タオルケットごとストレッチャーの上に運ばれた。看護師たちがマットとエアマットを手早く交換し、シーツを整えた。

六人が再びタオルケットをつかんだ。かけ声とともに、晃は空中に浮かび、ベッドのエアマットの上に下りた。

ひと仕事終えたあとの活気が漂う中で、北浦看護師が晃に布団をかけた。彼女は丸い指先を頬に当てて首をかしげた。

「大原さん、タオルケットで移動するとき、楽しそうに見えましたよ」

「思いがけず、空中遊泳をさせてもらったので」

晃が頬に笑みをためて答えると、なごやかな空気が病室に残っている活気と混じり合った。

若い看護師が血糖値を測りにきた。腹腔外科にいる十数人の中で一番若い長身の看護師だ。

血糖値が高ければ、インスリンの注射をしてもらう。このところ、血糖値の高い日が続いている。

「血糖値はいくらでしたか」

下がっていますようにと思いながらいずみは看護師に聞いた。けれども、彼女は口をつぐんだまま、心はここにないという顔をしている。

「血糖値はどうでしたか」

再度、いずみは聞いた。けれども、若い看護師は焦点の定まらない目を壁に向けた。

「気にしないでください」

彼女はきり捨てるような口調で言うと、さっさと病室を出ていった。いずみはあっけに取られ、背丈のある彼女のうしろ姿を見送った。

晃を見ると天井の一角を注視している。

間もなく先刻の看護師が小型の注射器を手にして入ってきた。血糖値が高かったのだろう。彼女はインスリンの注射をした。

「さっき、血糖値を言わなかったね」

晃が言うと、看護師は若い頬を硬くした。

「数値は誰のためにあるのか。看護師のためか、医師のためか、患者のためか」

晃の口調はまるで鞭《むち》で激しく打つかのように鋭かった。

「すみませんでした」

すべすべした頬の若い看護師はうなだれ、小声で血糖値を言った。

「何か、あったの」

いずみは看護師に尋ねた。彼女はためらっているふうだったが、しばらくして重い口を開いた。

「さっき、患者さんにちゃんと答えられなくて、役に立たない看護師だとどなられたんです。で、コップのお茶をかけられて」

彼女は顔を上げずに、小声で説明した。

「大変ね」

「すみませんでした」

彼女は青ざめた顔で病室を去った。

「気持ちが分かる」

晃がぽつんと言った。若い看護師の気持ちが分かるというのだろうか。乾いた彼の声が別人のもののように聞こえたので、いずみははっとして彼を見た。その瞬間、彼は目をそらした。

「コップのお茶をかけてやりたい。僕も、そんな気持ちになったことがある」

彼は目をそらしたままでつぶやいた。気持ちが分かるというのは看護師の方ではなく、お茶をかけた患者の方だったのだ。かける言葉が見つからなかった。ベッドの傍に膝をついて彼の手を自分の両手で包んで、いずみはそのまま顔を伏せた。

しばらくして、彼がいずみの髪をなでているのに気づいた。

「いずみ、褥瘡の予防やで」

晃に言われて、いずみは急いで立ち上がった。はいっといずみが声をかけると、彼が体を浮かした。はいっと再び声をかけて素早くクッションを差し入れる。彼の息づかいと体温がじかに伝わってくる。晃の首すじの皮膚には潤いがある。落ち着いた目の色をしている。気力は十分だ。晃は生きていくと いずみは自分に言い聞かせた。

朝、カーテンを開けると、まばゆい陽光が病室に射しこんだ。

「日が昇るわ」

ベッドの傍に寄って知らせると、晃が東の空に目を向けた。けれども、すぐに目を閉じて顔をしかめた。もはや、彼は暁の太陽のまぶしさに耐えられないのだと思い知らされた。

いずみはとっさに紙屑の入ったビニール袋を手に取って立ち上がった。

「ごみを捨ててくるね」

そう言って、廊下へ出た。のどにせき上がってくるものを抑えられずに、あえぎながら歩いた。

らせん階段に出ると、寒気が全身を刺した。晃はこの階段で体力をつけた。手すりを握って足もとを見て、ゆっくりと階段を踏みしめ、思索を深めた。けれども、いまは歩くことも、朝陽を見ることもできなくなった。

赤い信号が街並みの外れで点滅している。規則正しい光の明滅を見ていると、すべてにつき離された気がして身震いをした。そのとたんに、涙があふれて頰をすべり落ちた。純白の手すりにすがり、いずみは涙を流した。

洗面所でビニール袋を捨て、顔と目を入念に洗った。腕時計を見ると検温の時間だったので、急いで病室へ戻った。

検温を終えて体温計を台の上に置いたとき、白衣を着た若い女性が入ってきた。

「薬を飲むのが、ひと苦労なんですよ」

「だいじょうぶですよ。飲めなくなったら貼る薬に変えますよ」

彼女は笑顔で答えたあと、麻薬について詳しい説明をしてくれた。

彼女と入れ替わるように、多田士郎が入ってきた。彼は念入りにマッサージをしたあと、言った。

「大原さん、また明日、来ます」

「待っています」

ふたりのやり取りを聞いて、いずみは何かにつき動かされるように多田を追った。

「多田さん」

ドアの前でいずみは彼の背中に向かって声をかけた。彼が足をとめて振り返った。

「明日も、次の日も、よろしくお願いします」

いずみが頭を下げると、彼はうなずいた。いずみは黙ってもう一度頭を下げた。


夜、北浦看護師が病室に入ってきた。

「リハビリステーションの多田さんが心配してましたよ。大原さんの奥さん、疲れてるんじゃないかって言ってましたよ」

「みなさんに心配をしてもらって」

「次の人に引き継いだあと、何故か、大原さんの顔を見たくなったんですよ。薬を持ってきたときも、尿の処理をしたときも、大原さんはにこっとして、お礼を言いますよね」

北浦看護師が照れたような顔をして早口で言い、ふっくらした片手を耳のうしろに当てた。そのとき、今村医師が病室に入ってきた。

いずみが椅子を勧めると、ふたりはすわった。

「それに、この間は、娘の相談に乗ってもらって、ありがとうございました」

北浦看護師の中学生の娘は学校へ行き渋っている。もしかしたら、彼女は相談という名を借りて、晃に居場所を作ってくれたのかも知れない。

「大原さん、面会を断っているんですね。会いたい人はいないんですか」

看護師の問いに、すかさず晃は答えた。

「友だちも、知り合いも、みんなそれぞれの場所で生活しています。僕は、ここで、ちゃんと、生きていますよ」

晃はたんたんと言った。いずみは晃と看護師のやり取りに耳を傾けた。今村医師も口をはさまずに聞いている。

「家族以外に会いたい人はいないんですか」

看護師が聞くと、晃は微笑した。

「この病室で、僕は自由ですよ。森が見える。川が見える。鳥の声が聴こえる。娘は東京にいますが、いつでも空想の中で娘と話をしてますよ。話すことがたくさんあって、娘との会話ははずんでいます。会おうと思えば、いつでも、誰とでも会える。最近では、死んだ人とも話をしていますよ」

そう言って、晃はいずみを見た。彼は時空を自由に往還している。そう思いながらいずみはその視線を受けとめてうなずいた。

「ほんとうに、患者さんはひとりずつ違うんですね。弱音をはく人もいれば、無言の人もいて、で、大原さんは、ほんとうに大原さんらしいですね」

看護師がしんみりした声で言った。

「僕はいい病院に恵まれたなあ。国じゅうに患者本位の病院が増えるといいんだが、逆の方向にいってるようやなあ」

晃の言葉に、いずみは医療リストラという言葉を思い出した。保健所や医療機関がどんどん減らされているのだった。

晃と看護師のやり取りを黙って聞いていた今村医師が口を開いた。

「大原さん、私ね、勤務が厳しくて、もう、ぎりぎりで、迷っていたんです。けど、結婚したあとも、医師を続けてゆきたいと思います」

医師はひと言ずつかみしめるように言った。彼女はそんな素振りを見せなかったが、内心では苦しんでいたことを知った。

夜中に若い看護師が見回って尿の処理をしてくれた。看護師が去ったあと、晃がつぶやいた。

「夜中でも来てくれる。ありがたいなあ。それに、麻薬のおかげで痛くない」

「ほんとうにね」

薬を飲めなくなったら、胸に貼ってくれる。医療の分野は進歩を続けているのだとつくづく思った。

空に目を移すと、下弦の月がかかっている。月は星の光を打ち消すことなく、空を照らしている。

しばらくのあいだ、ふたりで月に見入った。

「できた」

晃が言った。

いずみは短歌帳を開き、鉛筆を手に耳をそばだてて待った。

病室の窓辺にそそぐ月光が
森の記憶を甦らせる

いずみは晃のよんだ短歌を短歌帳に書いた。

「いずみ、何かして」

晃が言ったので、いずみは思案した。

「CDをかけようか」

「いいね」

「何をかけよう」

「小林多喜二がいいな。多喜二はユーモアのある人だったそうやな」

晃はつぶやいた。

一九三三年、多喜二は思想犯として捕らえられ、その日のうちに特高警察によって殺された。CDのレクイエムが胸に沁み入ってくる。

その身を試練に置きながら
いつもほほえんでいた
どれだけ生きたかっただろう

曲が終わると、晃がつぶやいた。

「崇高やなあ。もう一度かけて」

いずみは再びCDをかけた。


歌が終わると、静寂が訪れた。

彼が短歌帳を見た。歌が生まれる気配に、いずみは短歌帳を開いて鉛筆を握った。

病窓に下弦の光充ちるとき
多喜二のレクイエムに未来を想う

いずみは短歌を書きとめて、漢字を確認するために彼に見せた。彼はうなずいて夜空に目を戻した。

ゆっくりと時間が過ぎていく。

「里山、源流、憲法、オオタカ」

彼がつぶやいたので、いずみは短歌帳を取り出して待った。けれども、それきりだった。

短歌帳の前のページをめくると、見たことのない歌があった。ところどころ字がかすれている。

病室の外で泣いたか濡れた眼で
体温計を君は手渡す

病棟で君は本音を言っているか
言ってもいいよと言ってみようか

豆本をめくる病室の朝
甦る仲間の声病室の夜

憲法にこもる人間の声
戦争いらない自由に生きたい

裏日本という人もいる故郷の
稚鮎《ちあゆ》の群れと水のきらめき

いつ書いたのだろうと思いながら、いずみは短歌帳を閉じて胸に抱いた。

「晃は鮎みたいな人だと言われたことがあったなあ。鮎みたいな人っていいね」

ふと思い出して話しかけた。

「鮎みたいな人か」

彼は言ったあと、言葉を継いだ。

「いずみはどんな人って言われたいんや」

晃に聞かれて、いずみは考えを巡らせた。

ふたりで里山を歩いたことがあった。あのとき、源流を見た。暗がりの中で光っていた水。生き物たちの命綱。穂水川の流れとなって、いくつもの川と合流し、いつの日か大海へそそぎこむ水もある。

「源流のような人と言われたい」

いずみはそう言って、晃の言葉を待った。けれども、いくら待っても、彼は黙っている。

「源流のような人になりたい」

聞こえなかったのだろうかと思い、もう一度繰り返した。それでも、彼は黙っている。間を置いて、ようやく口を開いた。

「源流のような人には、そうそう、なれない」

その言葉に気落ちしたが、一方でいかにも晃らしいとも思った。

彼が夜空から短歌帳に目を移したので、いずみは再び鉛筆を握った。

君の声が遠のいてゆく
空に月と星その果ての無限

いずみは黙って短歌帳に彼のよんだ短歌を書いた。書いたあと、読み返した。にじんでいる孤独に圧倒された。抗しがたい世界に放り出されたようで息苦しかった。

晃を見ると、目を閉じている。

引き寄せられるかのようにベッドの傍に寄り、彼の手に唇を押しつけた。彼がもう一方の手でいずみの首すじをなでた。指先の動きが肌に馴染《なじ》んだ。

どのくらいそうしていただろう。ふと顔を上げると、彼が目を開けていた。見たことのない遠いまなざし、その奥に音もなく流れているものがある。内側で何かが変わり、彼は大きなものに身をゆだねているかのように見えた。

「こんなに、いずみに我がままを言えるとは、思わなかったなあ」

ふいに彼が低い声で言った。

「我がまま、そうかなあ、言ってるかなあ」

彼はそれには答えないで、続けた。

「がんだと分かってから、何年もたったような気がする」

いずみにもこの月日は濃く感じられる。ともに語り合ったこと、行動したことが次つぎに甦ってくる。

「がんになってから、僕らはどんどん変わったなあ。いずみ、小説を書けよ。きっと、書ける」

青年のように若々しい声だった。その声音に驚いて、いずみは彼の顔をまじまじと見つめた。

彼は月明かりのそそぐ窓辺へ目を向けていたが、しばらくして窓から目を返した。

「未央のつき合っている人と会いたいな」

「分かった、連絡するね」

もう寝ているかも知れないと思ったが、東京の娘にメールを送った。遅い時間だったが、すぐに返信があった。

「彼は韓国に仕事で行ってるって。なので、未央の恋人に会えるのは十日あとになるって。未央は今月も句会に参加したって。そのときの俳句が書いてあるわ。読むね。〈蝶の影一途に生死思う者〉」

「ハッチョウトンボを見たころ、未央は僕の胸の辺りまでしかなかったなあ。小さかった未央がそんな俳句を作るようになったんやなあ。もう一度、俳句を読んで」

「〈蝶の影一途に生死思う者〉未央が彼を連れてくるのは十日あとね」

いずみが言うと、晃は目をつぶった。しばらくして、彼が目を開けた。

「もう、だめかも知れない」

彼の低い呻き声が胸をえぐった。

何か言いたかった。けれども、何を言えばいいのか分からなかった。途方に暮れて晃を見ると、その瞳に揺らめいているものがある。静止した目がものを問いたげに何かを訴えている。

この目を見たことがある。どこで見たのだろう。思い出した。初めて出会ったとき、晃は同じ目でいずみを見ていた。思わず彼の手を握り、さすった。手をさすることしかできない自分の無力が強く胸にきた。自分の体が小さく縮んでいくように感じられた。空気が希薄になり、呼吸をするのが苦しかった。無力感が体じゅうを侵食していく。

何かがしきりに招いている。安らかなところがすぐそこにある。たとえ暗い地の底であってもいい。ずっと一緒に沈んでいられるなら、そこへ行きたい。甘美な誘惑に酔い、微笑が頬に浮かぶのを意識しながら、いずみはつぶやいた。

「晃」

彼がいずみを見た。不審の色が浮かんでいる。とまどうように目をおよがせ、ふいにいずみの手を引き寄せた。とくっとくっという彼の心臓の鼓動がいずみの指先に触れた。

「いずみを見ていると、僕はもうひとりの自分を見ている気がするなあ」

彼がつぶやいた。どういう意味だろうと思いながら彼を見つめた。澄んだ目が光っている。もうひとりの自分を見ている気がするという意味をつかめないまま、その言葉を反芻し、いずみは彼の心臓の鼓動を指先に感じた。

晃は錠剤を飲みこめなくなったので、貼り薬に変えてもらった。

その日の昼過ぎ、由衣子と壮太が病室に入ってきた。由衣子は紙袋を提げ、壮太は段ボール箱を両手で抱えている。

「お父さんと、お姉ちゃんも、すぐに来るで。おじいちゃん、森へ行ってきたで。友だちと一緒に木に登ったで。川が見えたで」

壮太が言うと、晃は満足そうにうなずいた。

壮太は段ボール箱を開けて、色とりどりの細長い折り紙の束を取り出して机の上に並べた。手のひらぐらいの大きさで魚の形にきってある。〈六十一歳のお誕生日おめでとう〉と太字のマジックインキで書いてあった。窓ガラスに貼ると、あたかも鮎が窓辺で泳いでいるかのように見えた。

ひと足遅れて、憲と真由が病室に入ってきた。

憲は持っていたギターをソファーに立てかけた。真由はくるくる巻いたピンク色の色画用紙を持っている。ほどいて巻き返し、ロッカーにセロテープで貼った。〈誕生会プログラム〉と書いてある。

未央が病室に入ってきた。急いで来たらしく息をはずませている。旅行かばんを提げたまま、ベッドの傍に立った。

「彼が韓国から帰国したら、一緒に会いにくるね」

未央が言うと、晃は黙ってうなずいた。

「これから、大原晃さんの誕生会を始めます」

真由はいつものようにおじいちゃんと言わず、大原晃さんと言った。

由衣子が紙袋からケーキの箱を出し、憲がケーキにろうそくを立てて火をつけた。

憲がギターで伴奏し、みんなでバースデイソングを歌った。看護師が入り口のところで顔をのぞかせ、ふんふんと顔をうなずかせて去った。

由衣子がナイフでケーキをきり分けた。未央がケーキのひときれを小さい銀色のフォークで晃の口もとに運んだ。

「おいしい」

食べたあと、晃はそう言って笑みを浮かべた。

憲がギターを抱えて弾き始めた。風の音、水の音を思わせる旋律のリフレインのあと、憲が歌った。曲の終わりの〈若者たちは種の芽生えを見つめる子どもたちは木の実を探しはじめる〉というフレーズになったとき、由衣子と真由と壮太が声を合わせた。四人のハーモニーが病室に流れた。

「しばらくの間、自由時間にします」

歌が終わると、真由が言った。

去年の鮎はおいしかったとか、畑の大根の花が咲いているとか、森の道でウグイスが鳴いていると か、強風で屋根瓦が一枚飛んだとか、庭の桃の花が満開だとか、話はつきなかった。

真由が椅子から立ち上がった。

「大原晃さんにあいさつをお願いします」

真由が改まった口調で言うと、とたんに病室は静寂に包まれた。

白い壁の一点を見つめたあと、晃が話し始めた。

「僕はずっと考え続けてきたことがあって、いま、それが確信になった。それは、死ぬことは生きることだという確信だ。多分、誕生日を祝ってもらったおかげだと思う。ありがとう」

拍手の中で真由が口を開いた。

「大原晃さん、ありがとうございました。死ぬことは生きること。難しいけど、覚えておきます」

誕生会が終わると、憲たち家族は穂水町へ、未央は東京へ帰っていった。

静かになった病室で、いずみはベッドの傍に椅子を引き寄せてすわった。彼はいずみを黙って見ていたが、しばらくして口を開いた。

「約束が果たせなかったなあ」

「えっ、約束って何」

「いずみは体が弱い。最期は僕が看ると約束してたのになあ」

いずみは声を失ったが、ようやく言葉を継いだ。

「さっき、死ぬことは生きることって言ったね」

「うん、森の木を思い出していた」

「森の木」

「雨が降る。風が吹いて木の葉にたまっていたしずくがこぼれる。水は土に沁みこんだり、流れたりして、やがて空に還っていく。また、雨が降る。長い間、自然はそのいとなみを繰り返してきた。死ぬこと、生きることって、そんな単純なことだと思うようになった」

いずみは晃の話す声に聴き入り、明日の朝こそ、必ずふたりで太陽を見ようと心に決めた。

誕生会の翌朝、いずみは晃のベッドを斜めにずらした。この角度なら、彼の顔に朝陽が当たらない。カーテンを開けると、晃の肩先に太陽の淡い光がにじみ、朝の清新な空気に包まれた。

彼が傍らの短歌帳を見たので、いずみは鉛筆を手に待った。

「ひかりは陽光と書いてくれ」

彼の言葉に、いずみはうなずいた。

病棟の窓に陽光《ひかり》は充ちみちて

いまを生きよと語りかけてくる

いずみは短歌を書きとめたあと、東の空に目を移した。暁の陽光に充ちた空は、遥かな未来の光景のように見えた。

彼のまなざしが深い光をたたえている。いまを生きよという言葉が胸の中で鳴り響いた。

「私もできたわ」

いずみは言った。

朝明けの金色の光眼にやどし
創作者たれとふ君の伝言

「返歌やな、ありがとう。〈文藝潮流〉の連載を楽しみにしてるで。いずみらしい文章を書けよ」

晃は笑みを浮かべて言った。

ふたりで朝の陽光を見た日の昼過ぎ、看護師が指先で測る晃の酸素濃度が減り始めた。

北浦看護師がつきっきりになった。

憲と由衣子にそのことをメールで知らせると、すぐに返信があった。

―憲は職場から直行します。私は真由と壮太を学校に迎えにいってから、病院へ向かいます。未央ちゃんにも知らせました―

いずみは晃の手を握って、話しかけた。次つぎに言葉があふれ出た。晃は言葉を返さなかったが、思いは届いている、彼の体に吸いこまれている。その手ごたえがあった。

憲がもつれるような足どりで病室に入ってきて、ベッドの傍に寄って話しかけた。

「お父さん、未央が新幹線でこちらに向かってるで。彼とふたりで、もうすぐ着くで」

晃は娘の恋人に会いたがっていた。間に合ってほしいといずみは祈った。

「僕と未央が小学生のとき、食べるときは食べる。考えるときは考えるってお父さんは僕らに言ったなあ。考えるときは考えるという言葉どおりに、僕は家族のことを考えに考えたで。心配のかけどおしやったなあ。お父さん、僕らはだいじょうぶやで」

憲が話しかけた。

代わっていずみが話しかけた。

かわるがわる晃に話しかけた。

どのぐらい時間がたっただろう。

今村医師が入ってきてベッドの傍らに立った。

晃が最期の息をしたのが分かった。

医師は晃の手を取ったあと、目を見た。

「ここのに、しましょうね。大原さんがいつも見ていた緑色の時計の時刻にしましょうね」

医師は、晃が呼吸をとめた日時を告げた。

「残念ながら抗がん剤で奇跡は起こせませんでした。でも、お会いしてからずっと、大原さんは大原さんらしく、生きぬかれましたね」

医師はつけ加えた。

いずみは晃の手を握った。手はまだ生きていた。

由衣子が真由と壮太と一緒に入ってきた。

憲は三人を見て語りかけた。

「お父さんは、最期まで苦しまなかった。生と死の境界が分からなかった。いまみたいに、ずっと穏やかな顔をして旅だった。そのとき、死ぬときは死ぬというお父さんの声を耳もとで聴いた気がしたで。奇跡のようだった。まるで、奇跡のようだった」

憲は奇跡という言葉を繰り返し、流れる涙を手の甲で拭った。憲の言葉が胸に沁みとおった。死ぬときは死ぬという言葉をいずみも聴いたような気がした。

いずみはベッドの傍に膝をついた。頬をなでると、晃の温もりがあった。

真由が耳もとでささやいた。

「おじいちゃんは看護師さんたちに体を洗ってもらって、服を着替えさせてもらうって。その間、病室の外で待つようにって。お父さんとお母さんは何か手続きをしてる。壮太はついていった。おばあちゃん、私と一緒にいような」

真由はそう言うと、いずみを立たせて病室の外へ連れ出した。廊下を歩いていくと、涙が滴り、手の甲や、床を濡らした。

ドアの外へ導かれると、純白の手すりがあり、階段がくるりくるりと回って地面と空を結んでいた。

上空を駆けぬける風の音を孫の胸の中で聴いた。

奇跡という言葉が閃光のようによぎり、慟哭《どうこく》が空にとけていく。

十六　温かい声

エッセイを連載するのは初めてなので緊張した。第一回は〈里山に生きる〉という題をつけ、何回も書き直した。日記で確かめると、五十三回書き直していた。

原稿を〈文藝潮流〉の編集部に送ると、いずみはすぐに二回目の〈かすみ山椒魚〉を書き始めた。カスミサンショウウオではなく、カスミを平仮名でサンショウウオを漢字にした。晃が生きていれば、多分《それでいい》と言うに違いない。

穂水町には森林や湿地や沼地があり、カスミサンショウウオが生息している。体長は二センチほどで、絶滅危惧種に指定されている。生前、晃はカスミサンショウウオを探していた。けれども、見つからなかった。

晃が逝ってひと月がたった日の午後、いずみは穂水駅の改札口で来客を待った。ポケットに入れておいた名刺を指先でつまみ出して、久保宮和一という名前を確かめた。

一両だけのディーゼルカーから客がひとりだけ下りてきた。眼鏡をかけ、グレイのスーツに水色のネクタイ、アタッシュケースを提げ、唇をきっちりと結んでいる。四十代前半だろうか。〈文藝潮流〉の編集担当者だ。彼は周りの景色には目もくれずに足早に近づいてきた。

家に案内して居間にとおってもらい、用意しておいた緑茶と干菓子を出した。挿絵や、締め切りなどについて改めて確認をする間、彼は余分なことを一切言わなかった。細長い顔が引きしまって見えた。

「連載の期間は一年間です」

これだけは言っておくというような強い語調だったので、いずみは思わずうなずいた。

「甘いものはどうも苦手で」

久保宮は悪びれない顔で干菓子を見て言うと、冷めた緑茶を飲んだ。そのあと、話すことは何もなかった。せっかく東京から足を運んでくれたのにといずみは申し訳ないような気になった。

「裏の森をぬけると、穂水川が見えるんですよ。案内しましょうか」

「はあ」

「お疲れですか。やめた方がいいですか」

いずみの問いに、久保宮は間を置いた。

「お願いできますか」

しばらくして彼はぼそっとした声で答えた。仕方がないので行きますと言われたような気がした。

いずみは裏の森の道をとおって穂水川を見晴らすビッキ石に案内した。

「水が濁っていますね」

久保宮は眉をひそめた。その顔を見て、いずみはビッキ石の言い伝えについて語ろうとしていた言葉を呑みこんだ。そのあとも話ははずまなかった。


朝、窓を開けると室内に冷気が一気に流れこみ、痩せた体にこたえたので急いで窓を閉めた。

朝食の片づけをすませたあと、〈かすみ山椒魚〉の続きにかかった。集中して書いた。どのくらい時間がたったのだろうと壁の円い時計を見上げると、いつの間にか二時間が過ぎていた。

椅子を立って窓辺に立ったとき、ウグイスの鳴き声を聴いた。晃とともに聞けないのが口惜しかった。辛いことがあったときよりも、いいことがあると無性に晃に知らせたくなる。

ふと晃の声を聞いた気がした。

《〈文藝潮流〉の連載を楽しみにしてるで。いずみらしい文章を書けよ》

書く、書くと答えながら机の前に戻ろうとしたとき、電話が鳴った。背すじがぴくんと動いた。

電話機の画面には知らない番号が表示されている。早く、早くと呼び出し音が急きたてる。大事な用だ、受話器を取ってくれと叫んでいるかのようだ。けれども、どうしても手が伸びない。

晃が逝って以来、電話に出られないことが多くなった。病気や最期の様子を聞かれたくない。ご愁傷さまとか、薄紙をはがすようなもので日がたてば元気になりますよなどと言われたくない。これまでいずみも無造作に使ってきた気がしてうしろめたかったが、それでも聞きたくなかった。体の芯に薄暗い塊があってそれが電話を拒んでいる。

ふいに電話の呼び出し音がとまった。その瞬間、お前はだめな人間だと宣告された気がした。

しばらくして、また電話が鳴った。今度は名前が画面に表示されたので、受話器を取った。〈文藝潮流〉編集部の久保宮からだった。

「〈里山に生きる〉の初めのページに、下弦の月を見ていたとありますね。時刻からすると、上弦の月ではありませんか。調べてみてください」

調べるまでもなかった。下弦の月は夜更けにしか見ることはできない。

久保宮は原稿を丁寧に読んでくれている。そう思い、感謝の気持ちが湧いた。


朝、目覚めるといつものように目が痛かった。朝食が終わるころには、いつの間にか痛みはなくなっていた。毎朝、目の痛みは続いている。

憲に言うと彼は顔を曇らせ、翌日、近くのクリニックに車で連れていってくれた。

「まぶたの筋肉が落ちたせいでしょう。しっかり食べてください」

検査のあと、眼科の医師は言った。そういえば、体重がひところに比べて十キロ近く減っている。

「難しい病気でなくてよかったな」

家に向かう車の中で、憲は言った。

「お米の味が落ちたなあ」

いずみが言うと、憲はハンドルを持ったまま、黙って父親譲りの長いまつ毛をしばたたかせた。

クリニックから帰宅すると、いずみは玄関横の濡れ縁に置いている段ボール箱のふたを開けて中を見た。見慣れた空色の手提げ袋が入っている。清水智子からの定期便だ。毎週、彼女は共産党の支部会議のレジュメや資料や〈穂水町民報〉などを届けてくれる。その日の手提げ袋も持ち重りがした。

いずみはキッチンに入り、手提げ袋の中の物をテーブルの上に取り出した。いつものように、メモ書きが入っている。いずみちゃん、〈後援会ニュース〉ができたよ。みんなで手分けしたので、いずみちゃんは八十人分お願いねと書いてある。急いで書いたらしく、ボールペンの文字が踊っている。

いずみは茶封筒に住所と名前を書いたシールを貼り、〈後援会ニュース〉を三つ折りにして封筒に入れた。八十人分が終わると青い手提げ袋に入れて、いつものように智子の家の納屋に置いた。

会議にも活動にも参加していないいずみに、智子は軽い仕事を頼んでくる。何とかして党の中にいずみの居場所を作ろうとしてくれている。いずみが会議に参加したらどんなに喜ぶだろう。分かっているのだが、どうしても足が前に出ない。

源流のような人になりたいといずみは言ったことがあった。あのとき、《源流のような人には、そうそう、なれない》と晃は言った。その意味を思い知らされている。

スマホのメールの着信音が鳴った。清水智子からだった。

―いずみちゃん家《ち》の畑を見て―

どういうことだろうといずみは首をかしげた。

かつて晃はせっせと野菜作りをしていた。彼の収穫してくる季節の野菜が食卓を豊かに彩った。けれども、いま、畑は一面の草はらになっている。

畑へ行って息を呑んだ。膝丈を超すほど生い茂っていた草が消えている。土は耕され、野菜の苗が植えてある。ピーマンがある。パプリカがある。キュウリ、トマト、オクラ、ナスビもある。

いずみはポケットからスマホを取り出し、柿の木の陰に入って智子にメールを送った。

―びっくり、畑が生まれ変わってる―

―きのう、嘉夫がひとがんばりしたんやわ―

―ありがとう。嘉夫さんに感謝―

―水やり、しっかりね―

いずみはまだ幼い苗を一本ずつ見つめた。やわらかそうな黄緑色の葉が春の風に揺れている。

翌朝、洗濯物を干したあと、足が自然に畑へ向いた。パプリカが豆粒ほどの白いつぼみをつけていた。いずみは草をぬいて、如雨露で水をそそいだ。

ひと仕事した気分で部屋に入って机の前にすわったとき、宣伝カーの声が聞こえた。いずみは首をかしげた。家は奥まった場所にあり、いつも遠くにしか聞こえないのに、声はしだいに近づいてくる。

「穂水町のみなさん、こんにちは。田植えにいそしんでいらっしゃいますね。こんにちは。あっ、手を振ってくださいましたね。ありがとうございます。きょうは憲法記念日です」

女性のアナウンスの声がはっきり聞き取れた。〈憲法を知る会〉の人たちだと気づき、胸がとくんと動悸を打った。去年、宣伝カーで晃と一緒に市町村を駆け巡ったことが思い出された。

　声はますます近づいてくる。宣伝カーは家の庭に入ったようだ。わざわざ家に立ち寄ってくれたのだ。晃を偲んできてくれたのかも知れない。

　出迎えようと思って椅子を立ったとき、晃の短歌が頭をよぎった。《豆本をめくる病室の朝　甦る仲間の声病室の夜》口ずさんだとき、ふいに嗚咽が込み上げてきて動けなくなった。

「みなさん、ご一緒に憲法について語りましょう。ご一緒に学びませんか」

　家の前でユーターンしたらしくアナウンスの声は遠のいていった。

　いずみはのろのろと歩いて居間の窓辺に立った。

　父が遺した庭の金木犀を見ると、木の周りに薄暗がりができている。見ていると吸い込まれそうな気がした。ふと疑念が頭をもたげた。

　ほんとうは、晃は最期を家で過ごしたかったのではないだろうか。いずみは間違ったのではないだろうか。まだある。寮歌を好んでいた晃と一緒に病室で歌うのを忘れていた。うかつだった。

　もうあのときには戻れない。

　六月の半ば、いずみは〈竹林〉の研究集会に参加した。行かないつもりだったが、矢加部文に誘われて参加した。彼女はいずみの分まで特急券を取ってくれた。

　研究集会から帰宅して畑へ行ってみると、パプリカが小さい鈴のような真緑色の実をつけていた。いずみは周りの草をぬいて、如雨露で水をまいた。

　畑のキュウリが小指よりも小さい実をつけた日、一通の手紙を受け取った。〈竹林〉の仲間からの手紙だった。長野県松本市の文学学習会に講師として来てほしいときちんとした楷書で書かれ、メールアドレスと携帯番号が記されている。

　読んだとたんに、あとずさりしたくなった。

　晃の死後は〈竹林〉の研究集会以外には、会議にも、集会にも、買い物にも、コンサートにも、行っていない。心を閉じて日を過ごしている。そんないずみに人の前で語る資格はない。

　いずみは断りの手紙を書いた。

　数日して手紙が届いた。今度の手紙は分厚かった。大原さんのエッセイを読んで励まされていると手紙は書き出され、〈里山に生きる〉についての感想が便箋六枚にびっしり書いてあった。大原さんのお話をぜひ聴きたい、今後はメールでやり取りをしたいのでメールを送りますと結ばれている。

パソコンを開くとメールが届いていた。

―大原さん、ぜひ、こちらへお越しください。お話を聴かせてください。

昨年、東京で開かれた文学教室のとき、僕は大原さんと同じ分散会に参加していました。文学は現実を乗り越えて未来へとつなぐと語られたお連れ合いの言葉が記憶に残っています。大原晃さんともう一度お会いしたかった。残念でなりません―

読んでいるうちに指先が震えてきた。しっかりしなければいけないと自分に言い聞かせたが、一度乱れた感情は鎮まらなかった。泣いたあと、洗面所へ行って冷たい水で顔を洗った。何回も洗った。

顔をタオルで拭きながら、いずみは鏡に映った自分の顔を見た。泣きはらした目、あからんだ鼻がみっともなかった。背後に晃がいて笑っている気がする。《ずるいで、先に逝くなんて、約束違反やで》と叫んで、タオルできつく顔をこすった。

洗面所を出て居間の窓辺に立った。金木犀の木を眺めると、固い葉をみっしりとつけ、いつものように薄暗がりを作っている。

ふと初めて講演したときのことを思い出した。いずみは迷ったが、晃に励まされて引き受けたのだった。あのときの、晃の強い目の光が脳裡にまざまざと甦った。

いずみはパソコンの前にすわってキーを打った。

―学習会に参加して、一緒に勉強をさせていただこうと思います。また、夫のことを覚えていてくださってありがとうございます。

ところで、ふがいないことですが、私は夫のことを思い出すと、いまだに自分の感情をコントロールできないことがあります。それで、お願いがあります。そちらへ伺ったとき、夫の話を避けていただけるでしょうか。お願いします―

―学習会に参加してくださるとのメールを嬉しく拝見しました。ありがとうございます。

それから、お連れ合いのお話はまだ無理だとのこと、それほど思いが深いのだろうと拝察します。そのことは承知しました。

また、学習会の終了後、懇親会をしますので、ぜひご参加ください。宿泊はこちらで予約します――ご配慮、ありがとうございます。

当日は日帰りしますので、あとの懇親会には出られません。どうぞよろしくお願いします――

メールのやり取りをして、自然と命、エッセイのモチーフなどについて話をすることになった。


七月初旬、松本へ行く日になった。その日の早朝、由衣子が車で穂水駅へ送ってくれた。

「帰りは歩いて帰るわ。迎えはいらないで」

「そうですか。気をつけて」

「行ってきます」

いずみは旅行用のリュックとバッグを手に、改札口の方へ歩いた。途中で振り向くと、由衣子が車の窓を開けて手を振ったので、いずみも振り返した。

予定どおりに駅の改札口で出迎えてもらい、車で会場に向かった。

「これから〈自然と向き合う文学〉という演題で大原いずみさんに話をしていただきます」

司会者の男性が言った。

話し始めたいずみは、後方の席にすわっている四十代ぐらいの女性が気になった。黒いバンダナをつけ、きりっとした雰囲気を漂わせている。ときおりうなずきながらメモをしている。

一時間ほど話をしたあと、数人の参加者の質問に答えた。休憩をはさんで交流会が始まった。

司会者が参加者に問いかけた。

「どんなエッセイを書いていますか」

バンダナをつけた女性がすっと高く手を上げた。子どもが四人いて、四人とも不登校だったと彼女は前置きをして、続けた。

「子どもたちが不登校だということを、誰にも知られたくありませんでした。実の親にも隠していました。そのころ、泣かない日はなかった気がします。そのうちに、〈ふきのとう〉という不登校の人たちの会に参加するようになって、そこでエッセイを書くことを勧められました。で、いまでは、こうしてみなさんの前で話せるようになりました。書くことで前向きになりました。書いてきてよかったと、つくづく思っています」

彼女の口調は明るかった。

メダカや鈴虫を育てている人、歌とダンスと朗読で介護施設を訪問している人、ぼかし肥えを作って畑作りをしている人、満蒙開拓団に行った祖父母からの聞き書きをしている人など、次つぎに発言が続いた。それぞれのテーマの多彩さが豊穣《ほうじょう》に感じられ、いずみはうなずきながら聞いた。

二時間ほどで交流会が終わるとすぐに、駅へ送ってもらって特急電車に乗った。

穂水駅で一両だけのディーゼルカーを下りた。リュックを背負い、バッグを肩にかけ、いずみは家に向かって歩いた。月はなかったが、学習会で味わった充実感の余韻が足どりを軽くしている。

八峰神社の小さい鳥居が闇の中に薄く見えてきた。神社の前を過ぎて坂道を上り詰め、少し歩いて家への脇道へ曲がると見晴らしが開けた。

いずみは立ちどまって目の前の景色を見た。山も、森も、家も、闇に沈んでいた。

ふいに全身を射すくめられた気がした。うろたえて空を見上げると、月はなく、凍てついている。数えられないほどの星の配列だけがあった。

この空には何かが決定的に欠けている。音がない。風がない。匂いがない。湿り気がない。体温がない。息遣いが聞こえない。

こんな空は見たくない。

自分の骨組みが砕けていくように感じられて、思わず、視線を落として辺りを見回した。猫一匹見当たらなかった。体が傾き、視界がずれていく。

突然、鹿が鳴いた。暗闇を切り裂くかのように尾を引く無機質な鳴き声だった。その鳴き声につき動かされるようにいずみは家に向かって歩き始めた。足もとがひどくおぼつかなかった。

家に帰ると、リュックとバッグを床に置いたまま、ベッドに身を投げた。ついさっき見た暗闇と星の光だけの光景がまざまざと甦ってくる。

ふいに晃の短歌を思い出した。《君の声が遠のいてゆく　空に月と星その果ての無限》背すじに震えが走った。やはり晃の本心を分かっていなかったのではないだろうか。

いずみの中には、人との触れ合いを喜ぶ心と、孤独が同居している。前に進もうとする気持ちと、閉じこもろうとする心が綱引きをしている。

《源流のような人には、そうそう、なれない》という晃の声が聞こえた。

松本の学習会から一週間ほどが過ぎた日、参加者の感想文集が送られてきた。

黒いバンダナをつけた女性の感想文も入っていた。実の娘との不和に苦しんでいるが、ずっと書き続けたい。大原さんの話を聞いて前向きになれた。そんなことが細かい字で綴られている。読んでいるうちに引きこまれて何度も読み返した。

いずみは不健全な状態にいる。それでも、受け入れてくれる人がいる。そう思うと、体の芯にある薄暗い塊がほぐれていくように感じられた。

真由と壮太が夕飯を食べにきた。

「匂いですぐに分かったわ。いただきます」

真由はそう言って、カレーライスのスプーンを手に取った。

「お姉ちゃん、ハムを一枚くれる」

壮太は姉にサラダのハムをねだった。

「いいで」

孫たちのやり取りを聞いていると、気持ちがなごんだ。晃にふたりの様子を見せたいと思いながら、ご飯を口の中に入れた。米の味がした。そういえば、最近、目覚めたときの目の痛みが消えている。体調に気をつけて、何とか〈文藝潮流〉の最終回まで連載を書き継ぎたいと思った。

「近ごろ、お米がおいしくなったなあ」

いずみが言うと、ふたりは顔を見合わせた。

「ずっと、おいしかったで。米粒がきらきら光ってるやろ、ことしも、全国コンクールで最優秀賞だったらしいで。お父さんの同級生が作ってるって」

壮太はかじりかけのハムを箸ではさんだまま、自慢そうに声を強めた。

「おばあちゃん、ネックレスもイヤリングもしなくなって、体育祭にも、文化祭にも来なかったな」

真由がいずみの顔を見て言った。

「ごめんな」

ふたりとも張りきっていたのにと胸がちくりと痛んだ。行って応援したかった。けれども、どうしても気が進まなかった。

「やっぱり、おじいちゃんのお墓は作らないの」

壮太が思い出したように聞いた。

「おじいちゃんの遺言やで」

真由が顔をうつむけてぼそりと言った。素っ気ない言葉がいずみをかばっているかのように響いた。

夕飯をすませて孫たちは家に帰っていった。

その日、連載の最終回の原稿を送った。疲れが指の先までたまっている。電話の着信音が鳴った。久保宮からだった。

「原稿に小林多喜二が投獄されてその日のうちに殺されたとありますね。ですが、最後に逮捕されたときは投獄されずに警察署で殺されたのでしたね」

彼が言ったので、胸が冷やりとした。

「そうでしたね。気づいてくださって助かりました。ありがとうございます」

「いいえ。ところで、ついにゴールしましたね。お疲れさまでした」

彼のねぎらいの言葉が耳に心地よかった。

「おかげさまで、どうにか。最終回にこぎつけることができました」

「ところで、大原さん、編集会議で話し合ったことですが」

そう言って、彼は間を置いた。

「エッセイにご主人の短歌を引用されましたね。憲法にこもる人間の声　戦争いらない自由に生きたいという短歌です。あの回のエッセイを読んだとき、直感的に思ったんです。まだ書けるんじゃないかって。大原さん、あと一年間、書きませんか」

飾らない彼の言葉に文芸への熱がこもっているようだった。あまりにも思いがけなかったので、とっさに返事ができなかった。

「考えさせてください」

やっと、いずみは答えた。

「十日間待ちましょう」

彼は言った。

いくら考えても、結論は出なかった。いずみには分かっている。本心は書きたがっている。けれども、自信がないのだった。あと一年、書き続けられるだろうか。衰えた体がもつだろうか。

スマホの着信音が鳴り響いた。娘の未央からのメールだった。未央は結婚してまだ間がない。

—お母さん、ちゃんと食べていますか。連載エッセイもゴールが見えてきましたね。お母さんの好きな中村屋の月餅《げっぺい》を送りました。

お父さんを思い出してよんだ俳句です。

開戦日パンタグラフの擦過痕

日記買う黙らない者鮮烈に

後悔を未来へ送らぬ冬の空——

いずみはスマホを手に取った。

——未央、ありがとう。後悔を未来へ送らぬ、いま、私が求めている言葉です。エッセイをあと一年、書き継ぐことにします——

未央にメールを送ったあと、いずみは再びスマホを手に取った。

——矢加部文様、お元気でしょうか。

〈文藝潮流〉の久保宮さんから、もう一年、連載エッセイを続けてみないかと勧められました。考えた末に書くことに決めました。二年目も学びながら、書いていきたいと思います——

文から返信があった。

——一大決心をしましたね。大原さん、強くなったかな。心残りのないように、存分に書いてください——

すっきりした気持ちで、いずみは本棚に立ててある晃のノートを一冊だけ手に取って、居間のソファーにすわった。晃が考えたことや読んだ本の感想などを日記ふうに綴っていたノートだ。

四ページ目をめくったとき、愛と知を自由へとつなぐという言葉が目に飛びこんできた。

おじいちゃんのお墓は作らないのという壮太の言葉をふと思い出した。晃のこの言葉を石に刻んでもらったらどうだろうと考えた。とてもいい考えのような気がした。

堺市の教職員組合から講演の依頼があった。組合の役員に松本市出身の人がいて、同級生にいずみの講演のことを聞いたのだという。

いずみは堺市へ行くことにした。

当日は三百人あまりの参加者の前で話をした。講演を終えて参加者の質問に答えたあと、思いがけなく花束をもらった。

講演を終え、電車をいくつか乗り換え、ディーゼルカーに乗った。車内は空いていたので、ボックス席にひとりですわって傍らに花束を置いた。文学をとおして知らない人と触れ合えたという充足感があった。バラの甘い香りが漂ってくる。

「こんばんは」

　ふいに声をかけられた。見上げると、長身の杉田大介が立っている。顔も、首も、腕も、相変わらず日焼けして黒光りしている。

「こんばんは。杉田さん、久し振りやなあ」

　いずみが言うと、彼は向かいに腰を下ろした。

「きれいな花やなあ。白いバラと赤いグロリオサリリーの取り合わせがいいな」

「花の名前に詳しいんやな」

「花を栽培している農家でバイトしたことがあるんです」

「そうなんや。私ね、きょう堺市で話をして、そのときにこの花束をもらったんやわ」

「そうでしたか。俺は同窓会の帰りです」

　酒が入っているのか、彼は軽い調子で言ったあと、口をつぐんで窓の外に目を向けた。いずみも車窓に目を移した。間もなく、晃と大介たちが鮎のオトシガワ漁をした場所に差しかかった。規則正しく並んだ街灯の光が穂水川に映って暗い水面で揺れている。

「カスミサンショウウオがいたんですよ」

　ふいに彼が言ったので、いずみは窓から目を戻した。

「どこにいたんですか」

「里山の池の近くで発見したんです。〈里山再生チーム〉で枝の下払い作業をしているときに見つけて、一匹になっても生きてるんやなあってめっちゃ感動して」

「よく見つけたなあ」

　いずみは指先ほどしかないカスミサンショウウオを思い浮かべた。一匹だけいたというカスミサンショウウオの孤独を想った。

「次の作業日のときは、みんなが気をつけてたら、またまた一匹発見して」

　彼は途中で声を途ぎらせた。半開きにした唇の間に健康そうな真っ白い歯が見え、ディーゼルカーの鈍い照明を受けて光った。彼は再び話を続けた。

「カスミサンショウウオのことが〈太陽光発電を考える会〉で話題になって、里山にいるのなら、メガソーラーの予定地にもいるかも知れないということになって、昔は何匹もあそこにいたと森林組合長さんも言ってて、もし、カスミサンショウウオがいたら、メガソーラーの建設をとめられるかも知れないとみんなでめっちゃ盛り上がって」

彼の話に、いずみはうなずいた。絶滅危惧種のカスミサンショウウオが見つかれば、工事を差しとめられる可能性がある。

「で、メガソーラーの予定地の辺りを大捜索して、池や、溝や、湿地や、近くの森を必死で探したけど、見つからなくて」

彼はそう言って肩を落とした。カスミサンショウウオには水環境と陸環境の両方が必要だが、どちらも破壊されてきた。ものを言わない生きものの悲鳴が聞こえてくるようだった。

「俺は萎えたけど、清水さんたちはめっちゃ元気で、メガソーラーの建設で住民の暮らしが脅かされないようにするって次の行動を始めていますよ。あのパワーは半端ないなあ」

「開発条例が穂水町では決まったんでしょう。ささやかだけど、ひとつの到達点ですよね」

いずみが言うと、彼はうなずいた。

自然は過重な負荷を強いられ、本来の力を失っている。けれども、大介たちは自然界の生きる力を取り戻そうとしている。

大介がポケットからスマホを取り出した。日焼けした長い指先を横に滑らせると、画面に何枚もの写真が現れた。彼は二本の指を使って画面を拡大した。緑がかった褐色の背面、一部に黄色い条線のある尾、カスミサンショウウオだ。

「里山で撮ったんですよ。大原さんに、カスミサンショウウオを見せたかったなあ」

聞こえるか、聞こえないかぐらいの声で大介がつぶやいた。いずみの胸は波立った。泣いてはならない。とっさにかばんからスカーフを取り出して手を隠し、手の甲を指できつくつねった。

「晃の言葉を石に刻んでもらおうと思ってね」

スカーフの下で手の甲を指でつねって泣くのをこらえ、とっさに、話題を変えた。

「石碑ですか。それなら中学時代から気の合う同級生で、そいつとさっきまで同窓会で一緒だったんだけど、最近になって家業の石屋を継いでるんだけど、声をかけてみましょうか」

憲たち家族と未央も石碑を作ることに賛成した。

大介の紹介で、石碑の話は順調に進んだ。

清水智子からメールがとどいた。

―大介君に聞いたで。それなら、ぜひ、うちの家の庭石を使って―

―ありがとう。使わせて―

由衣子が字を書いた。彼女は書に心得があるのだった。私でいいんですかと彼女は神妙な声で言い、夜遅くまで背すじをぴんと立てて文机に向かって何枚も書いた。〈愛と知を自由へとつなぐ　晃〉という由衣子が書いた文字を石屋へ送った。

玄関を出たところに石碑が建った。石をいくらか埋めてセメントで固めてもらうと、地面に出ている高さは七十センチほどになった。全体に丸味をおび、灰色と深緑色の混じった深みのある色合いをしている。素朴な石碑は、昔からそこにずっとあったかのように馴染んで見えた。

いずみが石碑の傍の土をスコップで掘り返していると、真由が来た。

「おばあちゃん、ジャスミンを植えてるの」

「ジャスミンじゃなくて、テイカカズラね。いい香りの優しい花だけど、逞しいで。森のビッキ石の近くに茂ってるのを少し分けてもらったんやで」

いずみは真由とそんな会話を交わした。

今年も憲法記念日が巡ってきた。

一年前の憲法記念日には、宣伝カーが家の庭まで入ってくれた。今年はどうだろうと思いながら、いずみは緑茶と柏餅とコーヒーを準備した。

外へ出て石碑の傍へ行くと、テイカカズラがたくさんの花をつけて芳しい匂いを放っている。晃のかばんの内ポケットに憲法の豆本が入れてあったことが、きのうのことのように思い出される。いずみは石碑を指先でなでた。

今年はもう来てくれないかも知れない。そう思ったとき、遠くで声が聞こえた。いずみは耳をすませた。アナウンスの声が近づいてくる。五月の風がきびきびした女性の声を運んでくる。

「穂水町のみなさん、こんにちは。きょうは憲法記念日です。私たちは〈憲法を知る会〉です。今年も、お伺いして訴えをさせていただいています」

声がどんどん近づいてくる。言葉がはっきり聞き取れる。白い車体の宣伝カーが庭に入ってきた。

「こんにちは」

車のドアを開けて、白髪の山下満会長と事務局長夫妻が下りてきた。三人とも白い手袋をしている。事務局長夫妻は同色の緑色のTシャツを着ている。

「こんにちは」

三人は手袋を外しながら、笑顔で言った。

「お疲れさま、休憩してください」

「そうさせてもらおうかな」

事務局長はジーンズのうしろポケットに手袋をつっこみながら顔をほころばせた。

三人は玄関の前で足をとめて、しばらくの間、無言で石碑に見入った。

居間に案内したあと、いずみはキッチンで緑茶とコーヒーをいれた。柏餅と飲み物を角盆に載せて運んでいくと、三人はスタンディングアピールの話をしていた。そういえば、智子が毎週届けてくれる党の支部会議のレジメにもそのことが書いてあった。

憲法を変えようとする動きはいっそう強まっている。それに抗して、週末からの五日間、〈憲法を知る会〉は市町村の駅でスタンディングアピールを予定しているのだった。

「おいしそうやな」

山下会長が柏餅を見て言うと、あとのふたりも顔をほころばせて手を伸ばした。智子に聞いているのか、三人とも晃のことを話題にしないのでいずみはほっとした。

「ごちそうさまでした。エネルギーを補給してもらったなあ。さあ、行きましょうか」

事務局長が軽快な声で言って立ち上がると、あとのふたりもソファーを立った。

小さくなって遠ざかる宣伝カーを見送りながら、いずみは語りかけた。

《晃はよく知っていることだけど、私はとても気おくれする方だった。だけど、勇気を出して、教職員組合、文学団体、婦人団体などの主催する集会なんかに出かけたで。二十人ほどのこともあれば、五百人を超えたこともあったわ。九州へは三回出かけたで。たくさんの人と触れ合うことができたわ》

話し足りない気がして、もう一度話しかけた。

《どこへ行っても、晃のことを思わない日はなかった。自分の命と引き換えに私を生んだ母や、育ててくれた祖母や、会うことのなかった父や、死んだ人たちのことも思い出すわ。晃が生きたということ、みんなが生きたということと、そして苦しんだということが、少しずつ分かりかけてきた気がする》

家に入る前に、玄関横の濡れ縁に置いてある段ボール箱の中から青い手提げ袋を取り出してキッチンに入り、テーブルの前に立ったままで中に入っていた共産党の支部会議のレジュメや資料を取り出して読んだ。いつものように、智子からのメモが入っていた。いずみちゃん、しっかり食べてるかと書いてあった。レジュメの末尾に、次回の支部会議は土曜日の午後二時からと太字で記されていた。土曜日の午後二時という文字をいずみは手帳に記した。

憲法記念日の翌日、とうとうその日を迎えた。その特別の日の朝、いずみは石碑の傍に立った。

《きょう、晃の生きた年齢を越えたわ。きょうから、晃が生きられなかった時間を生きるわ》

つぶやいたとき、晃の言葉を思い出した。

《いずみを見ていると、僕はもうひとりの自分を見ている気がする》と晃は言ったのだった。言われたときは分からなかったが、いまなら、いくらか理解できる気がする。

《小説を書けよ》という晃の声が聴こえた。《書くね》と石碑を指先でなでながら答えた。

土曜日、いずみは手帳を開いて午後二時という文字を確かめ、かばんを提げて玄関の戸を開けた。ふと見ると、石碑の前のテイカカズラの傍に、キンランの鉢植えが寄り添うように置いてあった。いつ、誰が置いてくれたのだろう。濃い黄色の小さい鈴のような花が陽光に包まれて明るく輝いている。

いずみは田んぼ沿いの道を歩いた。水の匂いがする。

ふと立ちどまって見上げると、空はなだらかな山やまの稜線と深い森の梢にきり取られていた。狭い空と陽光を透かせた白い雲がまぶしい。

ありがとうという言葉が唇の間からこぼれた。

自由に生きたいという願いを胸の中で温めながら、いずみは真っすぐに前を向いて歩いた。

柴垣　文子（しばがき　ふみこ）
1945年宮崎県生まれ
1967～2000年京都府小学校教員
日本民主主義文学会会員
著書　『風立つときに』（2018年、新日本出版社）
『校庭に東風吹いて』（2014年、同上）
『星につなぐ道』（2012年、同上）
『おんな先生』（2006年、光陽出版社）

森《もり》の記憶《きおく》

2020年12月15日　初　版

著　者　柴　垣　文　子
発行者　田　所　稔

郵便番号　151-0051　東京都渋谷区千駄ヶ谷4-25-6
発行所　株式会社　新日本出版社
電話　03（3423）8402（営業）
03（3423）9323（編集）
info@shinnihon-net.co.jp
www.shinnihon-net.co.jp
振替番号　00130-0-13681

印刷　亨有堂印刷所　　製本　東京美術紙工

落丁・乱丁がありましたらおとりかえいたします。

ISBN978-4-406-06425-5 C0093　Printed in Japan